U0466046

负暄絮语

张中行 著

冯亦同 编

目录

我眼中的张中行（代序）\ 季羡林　　001

辑一　红楼旧事　　001
　　北京的痴梦　　003
　　红楼点滴一　　007
　　红楼点滴二　　011
　　红楼点滴三　　014
　　沙滩的住　　018
　　沙滩的吃　　022
　　北大图书馆　　025
　　我的琉璃厂今昔　　029
　　鬼市　　034
　　东安市场　　037
　　阅微草堂　　041

辑二　故人梦影　　045
　　章太炎　　047
　　熊十力　　049
　　苦雨斋一二　　054
　　两位美学家　　060
　　胡博士　　065

	梁漱溟	069
	刘半农	074
	朱自清	078
	叶圣陶	082
	汪大娘	088
	王门汲碎	092
	银闸人物	097
	东谢西谢	101
	家乡三李	105
辑三	**不合时宜**	109
	怀疑与信仰	111
	彗星	117
	直言	122
	旧迹发微	128
	周婆制礼	133
	关于美人	135
	今之视昔	139
	不合时宜	143
辑四	**案头清供**	151
	常翻看的《骨董琐记》	153
	汉学与轻信	156
	红学献疑	160
	《周作人文选》序	168
	"禅"的禅外说	174

	案头清供	184
	砚田肥瘠	187
辑五	**碎影流年**	193
	乡里	195
	蒙学内外	201
	进京	208
	婚事	213
	生计	230
	整风之风	236
	劳动种种	245
	少小离家老大回	252
	先我而去	258
	自我提前论定	268
编后记		273

我眼中的张中行（代序）

季羡林

接到韩小蕙小姐的约稿信，命我说说张中行先生与沙滩北大红楼。这个题目出得正是时候。好久以来，我就想写点有关中行先生的文章了。只是因循未果。小蕙好像未卜先知，下了这一阵及时雨，滋润了我的心，我心花怒放，灵感在我心中躁动。我又焉得不感恩图报，欣然接受呢？

中行先生是高人、逸人、至人、超人。淡泊宁静，不慕荣利，淳朴无华，待人以诚。以八十七岁的高龄，每周还到工作单位去上几天班。难怪英文《中国日报》发表了一篇长文，颂赞中行先生。通过英文这个实为世界语的媒介，他已扬名寰宇了。我认为，他代表了中国知识分子，特别是老年知识分子的风貌，为我们扬了眉，吐了气。我们知识分子都应该感谢他。

但是，现在回想起来，却不能不承认这是一件怪事：我与中行先生同居北京大学朗润园二三十年，直到他离开这里迁入新居以前的几年，我们才认识，这个"认识"指的是见面认识，他的文章我早就认识了。有很长一段时间，亡友蔡超尘先生时不时地到燕园来看我。我们是济南高中同学，很谈得来。每次我留他吃饭，他总说，到一位朋友家去吃，他就住在附近。现在推测起来，这"一位朋友"恐怕就是中行先生，他们俩是同事。愧我钝根，未能早慧。不然的话，我早个十年八年认识了中行先生，不是能更早得一些多得一些潜移默化的享受，早得一些多得一些智慧，撬开我的愚钝吗？佛家讲因缘，因缘这东西是任何人任何事物都无法抗御的。我没有什么话好说。

但是，也是由于因缘和合，不知道是怎样一来，我认识了中行先生。早晨起来，在门前湖边散步时，有时会碰上他。我们俩有时候只是抱拳一揖，算是打招呼，这是"土法"。还有"土法"是"见了兄弟媳妇叫嫂子，无话说三声"，说一声："吃饭了吗？"这就等于舶来品"早安"。我常想中国礼义之邦，竟然缺少几句见面问安的话，像西洋的"早安"、"午安"、"晚安"等等。我们好像挨饿挨了一千年，见面问候，先问"吃了没有"？我同中行先生还没有饥饿到这个程度，所以不关心对方是否吃了饭，只是抱拳一揖，然后各行其路。

有时候，我们站下来谈一谈。我们不说："今天天气，哈，哈，哈！"我们谈一点学术界的情况，谈一谈读了什么有趣的书。有一次，我把他请进我的书房，送了他一本《陈寅恪诗集》。不意他竟然说我题写的书名字写得好。我是颇有自知之明的，我的"书法"是无法见人的。只在迫不得已时，才泡开毛笔，一阵涂鸦。现在受到了他的赞誉，不禁脸红。他有时也敲门，把自己的著作亲手递给我。这是我最高兴的时候。有一次，好像就是去年春夏之交，我们早晨散步，走到一起了，就站在小土山下，荷塘边上，谈了相当长的时间。此时，垂柳浓绿，微风乍起，鸟语花香，四周寂静。谈话的内容已经记不清楚。但是此情此景，时时如在眼前，亦人生一乐也。可惜在大约半年以前，他乔迁新居。对他来说，也许是件喜事。但是，对我来说，却是无限惆怅。朗润园辉煌如故，青松翠柳，"依然烟笼一里堤"。北大文星依然荟萃。我却觉得人去园空。每天早晨，独缺一个耄耋而却健壮的老人，荷塘为之减色，碧草为之憔悴。"此情可待成追忆，只是当时已惘然"。

中行先生是"老北大"。同他比起来，我虽在燕园已经呆了将近半个世纪，却仍然只能算是"新北大"。他在沙滩吃过饭，在红楼念过书。我也在沙滩吃过饭，却是在红楼教过书。一"念"一"教"，一字之差，时间却相差了二十年，于是"新""老"判然分明了。即使是"新北大"吧，我在红楼和沙滩毕竟吃住过六年之久，到了今天，又哪能不回忆呢？

中行先生在文章中，曾讲过当年北大的入学考试。因为我自己是考过北大的，所以备感亲切。一九三〇年，当时山东惟一的一个高中——省立济南高中毕业生八十余人，来北平赶考。我们的水平不是很高。有人报了七八个大学，最后，几乎都名落孙山。到了穷途末日，朝阳大学，大概为了收报名费和学费吧，又招考了一次，一网打尽，都录取了。我当时尚缺自知之明，颇有点傲气，只报了北大和清华两校，居然都考取了。我正做着留洋镀金的梦，觉得清华圆梦的可能性大，所以就进了清华。清华入学考试没有什么特异之处，北大则给我留下了难忘的印象。先说国文题就非常奇特："何谓科学方法？试分析详论之。"这哪里像是一般的国文试题呢？英文更加奇特，除了一般的作文和语法方面的试题以外，还另加一段汉译英，据说年年如此。那一年的汉文是："别来春半，触目愁肠断。砌下落梅如雪乱，拂了一身还满。"这也是一个很难啃的核桃。最后，出所有考生的意料，在公布的考试科目以外，又奉赠了一盘小菜，搞了一次突然袭击：加试英文听写。我们在山东济南高中时，从来没有搞过这玩意儿。这当头一棒，把我们都打蒙了。我因为英文基础比较牢固，应付过去了。可怜我那些同考的举子，恐怕没有几人听懂的。结果在山东来的举子中，只有三人榜上有名。我侥幸是其中之一。

至于沙滩的吃和住，当我在一九四六年深秋回到北平来的时候，斗换星移，时异事迁，相隔二十年，早已无复中行先生文中讲的情况了。他讲到的那几个饭铺早已不在。红楼对面有一个小饭铺，极为窄狭，只有四五张桌子。然而老板手艺极高，待客又特别和气。好多北大的教员都到那里去吃饭，我也成了座上常客。马神庙则有两个极小但却著名的饭铺，一个叫"菜根香"，只有一味主菜：清炖鸡。然而却是宾客盈门，川流不息，其中颇有些知名人物。我在那里就见到过马连良、杜近芳等著名京剧艺术家。路南有一个四川饭铺，门面更小，然而名声更大，我曾看到过外交官的汽车停在门口。顺便说一句：那时北平汽车是极为稀见的，北大只有胡适校长一辆。这两个饭铺，对我来说是"山川信美非吾土"，价钱较贵。当时通货膨胀骇人听闻，纸币上每天加一个0，也还不够。我吃不起，只是偶尔去一次而已。

我有时竟坐在红楼前马路旁的长条板凳上，同"引车卖浆者流"挤在一起，一碗豆腐脑，两个火烧，既廉且美，舒畅难言。当时有所谓"教授架子"这个名词，存在决定意识，在抗日战争前的黄金时期，大学教授社会地位高，工资又极为优厚，于是满腹经纶外化而为"架子"。到了我当教授的时候，已经今非昔比，工资一天毛似一天，虽欲摆"架子"，焉可得哉？而我又是天生的"土包子"，虽留洋十余年，而"土"性难改。于是以大学教授之"尊"而竟在光天化日之下，端坐在街头饭摊的长板凳上却又怡然自得，旁人谓之斯文扫地，我则称之源于天性。是是非非，由别人去钻研讨论吧。

中行先生至今虽已到了望九之年，他上班的地方仍距红楼沙滩不远，可谓与之终生有缘了。因此，在他的生花妙笔下，其实并不怎样美妙的红楼沙滩，却仿佛活了起来，有了形貌，有了感情，能说话，会微笑。中行先生怀着浓烈的"思古之幽情"，信笔写来，娓娓动听。他笔下那一些当年学术界的风云人物，虽墓木久拱，却又起死回生，出入红楼，形象历历如在眼前。我也住沙滩红楼颇久。一旦读到中行先生妙文，也引起了我的"思古之幽情"。我的拙文，不敢望中行先生项背，但倘能借他的光，有人读上一读，则予愿足矣。

中行先生的文章，我不敢说全部读过，但是读的确也不少。这几篇谈红楼沙滩的文章，信笔写来，舒卷自如，宛如行云流水，毫无斧凿痕迹，而情趣盎然，间有幽默，令人会心一笑。读这样的文章，简直是一种享受。他文中谈到的老北大的几种传统，我基本上都是同意的。特别是其中的容忍，更合吾意。蔡孑民先生的"兼容并包"，到了今天，有人颇有微辞。夷考其实，中外历史都证明了，哪一个国家能兼容并包，哪一个时代能兼容并包，那里和那时文化学术就昌盛，经济就发展。反之，如闭关锁国，独断专行，则文化就僵化，经济就衰颓。历史事实和教训是无法抗御的。文中讲到外面的人可以随时随意来校旁听，这是传播文化最好的办法。可惜到了今天，北大之门固若金汤。门外的人如想来旁听，必须得到许多批准，可能还要交点束脩。对某些人来说，北大宛若蓬莱三山，可望而不可及了。对北大，对我们社会，这样做究竟是一件好事，还是一件坏事，请读者诸君自己来下结论吧！我不敢越俎代庖了。

中行先生的文章是极富有特色的。他行文节奏短促，思想跳跃迅速；气韵生动，天趣盎然；文从字顺，但决不板滞，有时宛如大珠小珠落玉盘，仿佛能听到节奏的声音。中行先生学富五车，腹笥丰盈。他负暄闲坐，冷眼静观大千世界的众生相，谈禅论佛，评儒论道，信手拈来，皆成文章。这个境界对别人来说是颇难达到的。我常常想，在现代作家中，人们读他们的文章，只需读上几段而能认出作者是谁的人，极为稀见。在我眼中，也不过几个人。鲁迅是一个，沈从文是一个，中行先生也是其中之一。

在许多评论家眼中，中行先生的作品被列入"学者散文"中。这个名称妥当与否，姑置不论。光说"学者"，就有多种多样。用最简单的分法，可以分为"真""伪"二类。现在商品有假冒伪劣，学界我看也差不多。确有真学者。这种人往往是默默耕耘，晦迹韬光，与世无忤，不事张扬。但他们并不效法中国古代的禅宗，主张"不立文字"，他们也写文章。顺便说上一句，主张"不立文字"的禅宗，后来也大立而特立。可见不管你怎样说，文字还是非立不行的。中行先生也写文章，他属于真学者这一个范畴。与之对立的当然就是伪学者。这种人会抢镜头，爱讲排场，不管耕耘，专事张扬。他们当然会写文章的。可惜他们的文章晦涩难懂，不知所云。有的则塞满了后现代主义的词语，同样是不知所云。我看，实际上都是以艰深文浅陋，以"摩登"文浅陋。称这样的学者为"伪学者"，恐怕是不算过分的吧。他们的文章我不敢读，不愿读，读也读不懂。

　　读者可千万不要推断，我一概反对"学者散文"。对于散文，我有自己的偏见：散文应以抒情叙事为正宗。我既然自称"偏见"，可见我不想强加于人。学者散文，古已有之。即以传世数百年的《古文观止》而论，其中选有不少可以归入"学者散文"这一类的文章。最古的不必说了，专以唐宋而论，唐代韩愈的《原道》、《师说》、《进学解》等篇都是"学者散文"，柳宗元的《桐叶封弟辨》也可以归入此类。宋代苏轼的《范增论》、《留侯论》、《贾谊论》、《晁错论》等等，都是上乘的"学者散文"。我认为，上面所举的这些篇"学者散文"，有一个共同的特点，就是文采斐然，换句话说，也就是艺术性强。我又有一个偏见：凡没有艺术性的文章，不能算是文学作品。

　　拿这个标准来衡量中行先生的文章，称之为"学者散文"，它是决不含糊的，它是完全够格的。它融汇思想性与艺术性，融汇到天衣无缝的水平，在当今"学者散文"中堪称独树一帜，可为我们的文坛和学坛增光添彩。

一九九五年八月

辑一　红楼旧事

北京的痴梦

我自一九三一年暑后到北京住，减去离开的三四年，时间也转完了干支纪年的一周。有什么可以称为爱或恶的感触吗？再思三思，就觉得可留恋的事物不少。此情是昔年早已有之。二十年代后半期，我在通县念师范，曾来北京，走的是林黛玉进京那条路，入朝阳门一直往西。更前行，穿过东四牌楼和猪市大街，进翠花胡同。出西口，往西北看，北京大学红楼的宏伟使我一惊。另一次的一惊是由银锭桥南往西走，远望，水无边，想不到城市里竟有这样近于山水画的地方。念师范，常规是毕业后到外县甚至乡镇去当孩子王，所以其时看北京就如在天上，出入北大红楼，定居后海沿岸，是梦中也不敢想的。

几年前我曾诌文谈机遇，说它与人的一生关系密切，我们却不能奈何它，因为已然者不可改，未然者不可知。就凭这不可知，离开通县之后，我竟有了先则出入红楼、后则结庐后海的机会。在北京住时间长了，风风雨雨，啼啼笑笑，也是一部二十四史，无从说起；单说对于北京，就有了较深的了解。了解常常与情纠缠到一起，这情是

"爱"，表现为说说道道，是觉得许多方面都好。许多方面，说不胜说，只好化零为整，说印象最深的，计有四条。

第一是文化空气浓。表现在许多方面，也只能说说显著的。一是学校多，大中小，上包括世界知名的北大、清华、燕京等，下也不当弃外号为"野鸡"的，可以说大街小巷都是。学校多，知书识礼的人也就多，如果当代还有孟母，她择邻就可以省很多力。二是读书人多，这多人中，自然还要包括不少有高名的，如王国维、鲁迅、陈寅恪等等。三是书多，图书馆，个人收藏，书店书摊，几乎到处都是书。我们常说书香，各种书，古，今，中，外，善本，木刻，铅印……清除"黄色"的之后，用鼻嗅，气味不一样，但有个共同的作用，是与之接近，日久天长，就可以野气渐减而文气渐增，所谓"文质彬彬，然后君子"。四是与文有关的事物多，这是说书之外，还有书画碑帖、笔墨纸砚等等，也是随处可见。就算作附庸风雅吧，比如你有了蜗居，想略装点一下，就可以到琉璃厂，写字找罗复堪，刻印找张樾丞，等等，几天就交工。五是雅人雅事多，比如你逛公园，路过茶座，会听到男女杂坐唱昆曲；往某街巷，不识路，问路旁老北京，他会领你去，高高兴兴的（今日就多半会索指路钱）。

第二是历史旧迹多。旧迹有什么好？我的体会，是给"逝者如斯"之叹略作一些补偿，即使如苏东坡所说"而未尝往也"，也总可以抚摸柱础而想见昔时的宫殿之美。而说起北京，所存旧迹又不只是柱础。限于人而有文名的，其故居，只是宣南，就可以找到几十处吧？人而有艳名的就更容易引起思古之幽情，如铁狮子胡同有明末田畹府，从门前过，我们就禁不住想到陈圆圆。这样的幽情也许不该有吗？人生就是这么回事，我们是俗人，俗是本分事，不矫情，也可以说是无伤也。

第三是富有人情味。这是与其他城市，尤其新兴城市比，与北京人,尤其老北京(还可以分为深浅二级,深是旗下人,浅是非旗下的多年住户)相处、交往,总感到亲切、温暖。这由于他们(包括妇女)惯于待人如己,助人为乐。

第四是吃穿日用。北京老字号多,花点钱,所得轻说是靠得住,重说是必很好。这方面,由程朱陆王看是小节,但是,如果由唯心而移近唯物,所费不多而能得到自己想望的,就成为大事了。以切身感受为例,单说老而没有字号的,我住在后海北岸,西行,小市喝大麦粥,东行,大葫芦买甜酱萝卜,晚间家中坐,买推车串街的羊头肉,都价不高而味绝美,其他都市就未必能这样。

觉得好处多,必化为情,是爱。情动于中,依《诗大序》之教,要形于言,于是远在二十年前,我就以"春明碎影"为题,凑了十二首五言绝句。写人,写事,写时,写地,当然都是可怀念的。怀念,一个分量重的原因是已经不再有。又过二十年的现在就更甚。比如以上说的四种优点,即使还没有化为零,也所余无几了吧?这样说,我的情是由爱变为惋惜。可说的不少,只说一种,桑榆之年最想望而不能得的,是一个称心如意的息影之地。可取的地方不只一处,老北京是其中之一,比如偏僻地方的小胡同内,一个由墙外可以望见枣树的小院就很好。说起来,这愿望也是藏于心久矣,有诗为证:

露蝉声渐细,容易又秋风。
曲巷深深院,墙头枣实红。(《春明碎影·深巷之秋》)

这样的小院,近些年都是住在楼里想象的。能实现吗?显然,除非是在梦里。

梦,非人力所能左右,于是我转而投身于白日梦。又于是我就真有了一个小院,离城根不远,因而可以听到城外丛林的鸟叫。院内房

005

不是四合，为的实地多，可以容纳两三棵枣树。不能种丁香或海棠吗？老北京，小门小户，要是枣树，秋深树上变红，才对。当然，不能少个女主人，《浮生六记》陈芸那样的，秀丽，多情，而且更多有慧。这之后，我的拙句"丁香小院共黄昏"改为"枣棵小院共黄昏"，幻想就可以成为现实。说到此，有人不免要窃笑，说书呆子的"呆"竟发展为"疯"，可怜可叹。但我亦有说焉，是有言在先，乃白日梦，自己也知道必不能实现；不能实现而仍想说，也只是因为，对于昔年的北京生活，实在舍不得而已。

红楼点滴一

民国年间，北京大学有三个院：一院是文学院，即有名的红楼，在紫禁城神武门（北门）以东汉花园（沙滩的东部）。二院是理学院，在景山之东马神庙（后改名景山东街）路北，这是北京大学的老居址，京师大学堂所在地。三院是法学院（后期移一院），在一院之南北河沿路西。红楼是名副其实的红色，四层的砖木结构，坐北向南一个横长条。民国初年建造时候，是想用作宿舍的，建成之后用作文科教室。文科，而且是教室，于是许多与文有关的知名人士就不能不到这里来进进出出。其中最为大家所称道的当然是蔡元培校长，其余如刘师培、陈独秀、辜鸿铭、胡适等，就几乎数不清了。人多，活动多，值得说说的自然就随着多起来。为了把乱丝理出个头绪，要分类。其中的一类是课堂的随随便便。

一般人谈起北京大学就想到蔡元培校长，谈起蔡元培校长就想到他开创的风气——兼容并包和学术自由。这风气表现在各个方面，或者说无孔不入，这孔自然不能不包括课堂。课堂，由宗周的国子学到清末的三味书屋，规矩都是严格的。北京大学的课堂却不然，虽然规定并不这样说，事实上总是可以随随便便。这说得鲜明一些是：不应该来上课的却可以每课必到，应该来上课的却可以经常不到。

先说不应该上课而上课的情况。这出于几方面的因缘和合。北京大学不乏名教授，所讲虽然未必都是发前人之所未发，却是名声在外。这是一方面。有些年轻人在沙滩一带流浪，没有上学而同样愿意求学，还有些人，上了学而学校是不入流的，也愿意买硬席票而坐软席车，于是都踊跃地来旁听。这也是一个方面。还有一个方面是北京大学课堂的惯例：来者不拒，去者不追。且说我刚入学的时候，首先感到奇怪的是同学间的隔膜。同坐一堂，摩肩碰肘，却很少交谈，甚至相视而笑的情况也很少。这由心理方面说恐怕是，都自以为有一套，因而目中无人。但这就给旁听者创造了大方便，因为都漠不相关，所以非本班的人进来入座，就不会有人看，更不会有人盘查。常有这样的情况，一个学期，上课常常在一起，比如说十几个人，其中哪些是选课的，哪些是旁听的，不知道；哪些是本校的，哪些不是，也不知道。这模模糊糊，有时必须水落石出，就会近于笑谈。比如刘半农先生开"古声律学"的课，每次上课有十几个人，到期考才知道选课的只我一个人。还有一次，听说是法文课，上课的每次有五六个人，到期考却没有一个人参加。教师当然很恼火，问管注册的，原来是只一个人选，后来退了，管注册的人忘记注销，所以便宜了旁听的。

再说应该上课而不上课的情况。据我所知，上课时间不上课，去逛大街或看电影的，像是很少。不上有种种原因或种种想法。比如有的课不值得听，如"党义"；有的课，上课所讲与讲义所写无大差别，可以不重复；有的课，内容不深，自己所知已经不少；等等。这类不上课的人，上课时间多半在图书馆，目的是过屠门而大嚼。因为这样，所以常常不上课的人，也许是成绩比较好的；在教授一面，也就会有反常的反应，对于常上课的是亲近，对于不常上课的是敬畏。不常上课，有旷课的处罚问题，学校规定，旷课一半以上不能参加期考，不考不能得学分，学分不够不能毕业。怎么办？办法是求管点名（进课堂看座位号，空位画一次缺课）的盛先生擦去几次。学生不上课，钻图书馆，这情况是大家都知道的，所以盛先生总是慨然应允。

这种课堂的随随便便，在校外曾引来不很客气的评论，比如，北京大学是把后门的门槛锯下来，加在前门的门槛上，就是一种。这评论的意思是，进门很难；但只要能进去，混混就可以毕业，因为后门没有门槛阻挡了。其实，至少就我亲身所体验，是进门以后，并没有很多混混过去的自由，因为有无形又不成文的大法管辖着，这就是学术空气。说是空气，无声无臭，却很厉害。比如说，许多学问有大成就的人都是蓝布长衫，学生，即使很有钱，也不敢西装革履，因为一对照，更惭愧。其他学问大事就更不用说了。

时间不很长，我离开这个随随便便的环境。又不久，国土被侵占，学校迁往西南，同清华、南开合伙过日子去了。一晃过了十年光景，学校返回旧居，一切支离破碎。我有时想到红楼的昔日，旧的风气还会有一些吗？记得是一九四九年四月，老友曹君来串门，说梁思成在北大讲中国建筑史，每次放映幻灯片，很有意思，他听了几次，下次是最后一次，讲杂建筑，应该去听听。到时候，我们去了。讲的是花园、桥、塔等等，记得幻灯片里有苏州木渎镇的某花园，小巧曲折，很美。两小时，讲完了，梁先生说："课讲完了，为了应酬公事，还得考一考吧？诸位说说怎么考好？"听课的有近二十人，没有一个人答话。梁先生又说："反正是应酬公事，怎么样都可以，说说吧。"还是没有人答话。梁先生像是恍然大悟，于是说："那就先看看有几

009

位是选课的吧。请选课的举手。"没有一个人举手。梁先生笑了,说:"原来诸位都是旁听的,谢谢诸位捧场。"说着,向讲台下作一个大揖。听讲的人报之以微笑,而散。我走出来,想到北京大学未改旧家风,心里觉得安慰。

红楼点滴二

点滴一谈的是红楼散漫的一面。还有严正的一面,也应该谈谈。不记得是哪位先生了,上课鼓励学生要有求真精神,引古希腊亚里士多德改变业师柏拉图学说的故事,有人责问他不该这样做,他说:"吾爱吾师,吾更爱真理。"红楼里就是提倡这种精神,也就真充满这种空气。这类故事很不少,说几件还记得的。

先说一件非亲历的。我到北京大学是三十年代初,其时古文家刘师培和今文家崔适已经下世十年左右。听老字号的人说,他们二位的校内住所恰好对门,自然要朝夕相见,每次见面都是恭敬客气,互称某先生,同时伴以一鞠躬;可是上课之后就完全变了样,总要攻击对方荒谬,毫不留情。崔有著作,《史记探原》和《春秋复始》都有北京大学讲义本;刘著作更多,早逝之后刊为《刘申叔先生遗书》,可见都是忠于自己的所信,当仁不让的。

三十年代初,还是疑古考古风很盛的时候;同是考,又有从旧和革新之别。胡适写了《中国哲学史大纲》上卷,在学校讲中国哲学史，自然也是上卷。顺便说个笑话，胡还写过《白话文学史》，也是只有上卷，所以有人戏称之为"上卷博士"。言归正传，钱宾四（穆）其时已经写完《先秦诸子系年考辨》，并准备印《老子辨》。两个人都不能不处理《老子》。这个问题很复杂，提要言之，书的《老子》，人的"老子"，究竟是什么时代的？胡从旧，二"老"就年高了，高到春秋晚年，略早于孔子；钱破旧，二"老"成为年轻人，晚到战国，略早于韩非。胡书早出，自然按兵不动，于是钱起兵而攻之，胡不举白旗，钱很气愤，一次相遇于教授会（现在名教研室或教员休息室），钱说："胡先生，《老子》年代晚，证据确凿，你不要再坚持了。"胡答："钱先生，你举的证据还不能使我心服；如果能使我心服，我连我的老子也不要了。"这次激烈的争执以一笑结束。

争执也有不这样轻松的。也是反胡，戈矛不是来自革新的一面，而是来自更守旧的一面。那是林公铎（损），人有些才气，读书不少，长于记诵，二十几岁就到北京大学国文系任教授。一个熟于子曰诗云而不识 abcd 的人，不赞成白话是可以理解的。他不像林琴南，公开写信反对；但又不能唾面自干，于是把满腹怨气发泄在课堂上。一次，忘记是讲什么课了，他照例是喝完半瓶葡萄酒，红着面孔走上讲台。张口第一句就责骂胡适怎样不通，因为读不懂古文，所以主张用新式标点。列举标点的荒唐，其中之一是在人名左侧打一个杠子（案即专名号），"这成什么话！"接着说，有一次他看到胡适写的什么，里面写到他，旁边有个杠子，把他气坏了；往下看，有胡适自己的名字，旁边也有个杠子，他的气才消了些。讲台下大笑。他像是满足了，这场缺席判决就这样结束。

教师之间如此。教师学生之间也是如此，举两件为例。一次是青年教师俞平伯讲古诗，蔡邕所作《饮马长城窟行》，其中有"枯桑知天风，海水知天寒"两句，俞说："知就是不知。"一个同学站起来说:"俞先生,你这样讲有根据吗?"俞说:"古书这种反训不少。"接着拿起粉笔,在黑板上写出六七种。提问的同学说:"对。"坐下。另一次是胡适之讲课,提到某一种小说,他说:"可惜向来没有人说过作者是谁。"一个同学张君,后来成为史学家的,站起来说,有人说过,见什么丛书里的什么书。胡很惊讶,也很高兴,以后上课,逢人便说:"北大真不愧为大。"

这种站起来提问或反驳的举动,有时还会有不礼貌的。如有那么一次,是关于佛学某问题的讨论会,胡适发言比较长,正在讲得津津有味的时候,一个姓韩的同学气冲冲地站起来说:"胡先生,你不要讲了,你说的都是外行话。"胡说:"我这方面确是很不行。不过,叫我讲完了可以吗?"在场的人都说,当然要讲完。因为这是红楼的传统,坚持己见,也容许别人坚持己见。根究起来,韩君的主张是外道,所以被否决。

这种坚持己见的风气,有时也会引来小麻烦。据说是对于讲课中涉及的某学术问题,某教授和某同学意见相反。这只要能够相互容忍也就罢了;偏偏是互不相让,争论起来无尽无休。这样延续到学期终了,不知教授是有意为难还是选取重点,考题就正好出了这一个。这位同学自然要言己之所信。教授阅卷,自然认为错误,于是评为不及格。照规定,不及格,下学期开学之后要补考,考卷上照例盖一长条印章,上写:注意,六十七分及格。因为照规定,补考分数要打九折,记入学分册,评六十七分,九折得六十分多一点,勉强及格。且说这次补考,也许为了表示决不让步吧,教授出题,仍是原样。那位同学也不让步,答卷也仍是原样。评分,写六十,打折扣,自然不及格。还要补考,仍旧是双方都不让步,评分又是六十。但这一次算及了格,问为什么,说是规定只说补考打九折,没有说再补考还要打九折,所以不打折扣。这位教授违背了红楼精神,于是以失败告终。

红楼点滴三

点滴一谈散漫,二谈严正;还可以再加一种,谈容忍。我是在中等学校念了六年走入北京大学的,深知充任中学教师之不易。没有相当的学识不成;有,口才差,讲不好也不成;还要有差不多的仪表,因为学生不只听,还要看。学生好比是剧场的看客,既有不买票的自由,又有喊倒好的权利。戴着这种旧眼镜走入红楼,真是面目一新,这里是只要学有专长,其他一切都可以凑合。自然,学生还有不买票的自由;不过只要买了票,进场入座,不管演者有什么奇怪的唱念做,学生都不会喊倒好,因为红楼的风气是我干我的,你干你的,各不相扰。举几件还记得的小事为证。

一件,是英文组,我常去旁听。一个外国胖太太,总不少于五十多岁吧,课讲得不坏,发音清朗而语言流利。她讲一会总要让学生温习一下,这一段空闲,她坐下,由小皮包里拿出小镜子、粉和胭脂,对着镜子细细涂抹。这是很不合中国习惯的,因为是"老"师,而且在课堂。我第一次看见,简直有点愕然;及至看看别人,都若无其事，也就恢复平静了。

另一件，是顾颉刚先生，那时候他是燕京大学教授，在北京大学兼课，讲《禹贡》之类。顾先生专攻历史，学问渊博，是疑古队伍中的健将；善于写文章，下笔万言，凡是翻过《古史辨》的人都知道。可是天道吝啬，与其角者缺其齿，口才偏偏很差。讲课，他总是意多而言语跟不上，吃吃一会，就急得拿起粉笔在黑板上疾书。写得速度快而字清楚，可是无论如何，较之口若悬河总是很差了。我有时想，要是在中学，也许有被驱逐的危险吧？而在红楼，大家就处之泰然。

又一件，是明清史专家孟心史（森）先生。我知道他，起初是因为他是一桩公案的判决者。这是有关《红楼梦》本事的。很多人都知道，研究《红楼梦》，早期有"索隐"派，如王梦阮，说《红楼梦》是影射清世祖顺治和董鄂妃的，而董鄂妃就是秦淮名妓嫁给冒辟疆的董小宛。这样一比附，贾宝玉就成为顺治的替身，林黛玉就成为董小宛的替身，真是说来活灵活现，像煞有介事。孟先生不声不响，写了《董小宛考》，证明董小宛生于明朝天启四年，比顺治大十四岁，董小宛死时年二十八，顺治还是十四岁的孩子。结果判决：不可能。我是怀着看看这位精干厉害人物的心情才去听他的课的。及至上课，才知道，从外貌看他是既不精干，又不厉害。身材不高，永远穿一件旧棉布长衫，面部沉闷，毫无表情。专说他的讲课，也是出奇的沉闷。有讲义，学生人手一编。上课钟响后，他走上讲台，手里拿着一本讲义，拇指插在讲义中间。从来不向讲台下看，也许因为看也看不见。应该从哪里念起，是早已准备好，有拇指作记号的，于是翻开就照本慢读。我曾检验过，耳听目视，果然一字不差。下课钟响了，把讲义合上，拇指仍然插在中间，转身走出，还是不向讲台下看。下一课仍旧如此，真够得上是坚定不移了。

又一件，是讲目录学的伦哲如（明）先生。他知识丰富，不但历代经籍艺文情况熟，而且，据说见闻广，许多善本书他都见过。可是有些事却糊里糊涂。譬如上下课有钟声，他向来不清楚，或者听而不闻，要有人提醒才能照办。关于课程内容的数量，讲授时间的长短，他也不清楚，学生有时问到，他照例答："不知道。"

又一件，是林公铎（损，原写攻渎）先生。他年岁很轻就到北京大学中国语言文学系任教授，我推想就是因此而骄傲，常常借酒力说怪话。据说他长于记诵，许多古籍能背；诗写得很好，可惜没见过。至于学识究竟如何，我所知甚少，不敢妄言。只知道他著过一种书，名《政理古微》，薄薄一本，我见过，印象不深，以"人云亦云"为标准衡之，恐怕不很高明，因为很少人提到。但他自视很高，喜欢立异，有时异到等于胡说。譬如有一次，有人问他："林先生这学期开什么课？"他答："唐诗。"又问："准备讲哪些人？"他答："陶渊明。"他上课，常常是发牢骚，说题外话。譬如讲诗，一学期不见得能讲几首；就是几首，有时也喜欢随口乱说，以表示与众不同。同学田君告诉我，他听林公铎讲杜甫《赠卫八处士》，结尾云，卫八处士不够朋友，用黄米饭炒韭菜招待杜甫，杜公当然不满，所以诗中说，"明日隔山岳，世事两茫茫"，意思是此后你走你的路，我走我的路。也许就是因为常常讲得太怪，所以到胡适兼任系主任，动手整顿的时候，林公铎解聘了。他不服，写了责问的公开信，其中用了杨修"鸡肋"的典故，说"教授鸡肋"。我当时觉得，这个典故用得并不妥，因为鸡肋的一面是弃之可惜，林先生本意是想表示被解聘无所谓的。

最后说说钱玄同先生。钱先生是学术界大名人，原名夏，据说因为庶出受歧视，想扔掉本姓，署名"疑古玄同"。早年在日本，也是章太炎的弟子。与鲁迅先生是同门之友，来往很密，并劝鲁迅先生改抄古碑为写点文章，就是《呐喊·自序》称为"金心异"的（案此名本为林琴南所惠赐）。他通文字音韵及国学各门。最难得的是在老学究的队伍里而下笔则诙谐讽刺，或说嬉笑怒骂。他是师范大学教授，在北京大学兼课，讲"中国音韵沿革"。钱先生有口才，头脑清晰，讲书条理清楚，滔滔不绝。我听了他一年课，照规定要考两次。上一学期终了考，他来了，发下考卷考题以后，打开书包，坐在讲桌后写他自己的什么。考题四道，旁边一个同学告诉我，好歹答三道题就交吧，反正没人看。我照样做了，到下课，果然见钱先生拿着考卷走进教务室，并立刻空着手出来。后来知道，钱先生是向来不判考卷的，学校为此刻一个木戳，上写"及格"二字，收到考卷，盖上木戳，照封面姓名记入学分册，而已。这个办法，据说钱先生曾向外推广，那是在燕京大学兼课，考卷不看，交与学校。学校退回，钱先生仍是不看，也退回。于是学校要依法制裁，说如不判考卷，将扣发薪金云云。钱先生作复，并附钞票一包，云：薪金全数奉还，判卷恕不能从命。这次争执如何了结，因为没有听到下回分解，不敢妄说。总之可证，红楼的容忍风气虽然根深蒂固，想越雷池一步还是不容易的。

沙滩的住

这个标题不够明确。因为文题不宜于过长,只得暂时将就,到写的时候补救。我的意思是谈谈以北京大学为中心的青年学生,三十年代前后在北京沙滩一带,生活的一个重要部分,住是什么情况。——就是这个长解题,也还需要再加说明。沙滩是北京大学第一院(即文学院)所在地,校舍是有名的红楼。红楼是多方面的中心。天文或者谈不上,可以由地理说起。泛泛说,形势是四通八达:东通东四牌楼,西通西四牌楼,南行不远是王府井大街、东安市场,北行不远是地安门、鼓楼。风景也好,西行几百步就是故宫、景山、三海。缩小到仅限于学校也是这样:西是第二院(理学院),南是第三院(法学院),学生宿舍大小七处,分布在南、西、北三面。按三才的顺序,地之后是"人"。这有两个方面值得说说。一是全国"文"界最有名的人,为数不少集中于此。二是大学程度的青年,有些是北京大学学生,很多不是,尤其到暑期,也集中于此。人多,都要住宿,办法如何呢?

先要泛泛说说全北京的。由住的时间方面看，有长期、临时二类。长期，可以长到几百年，这是，或都看作，土生土长，按旧规定籍贯可以写这里，如大兴（北京东城）翁方纲、宛平（北京西城）孙承泽等等就是。长期，还要包括时间不长而心情不想再动的，北京大学的许多教授属于此类。形势所需和心甘情愿老于此的，要买住宅或租民房。北京有不少富户，以多买房产、出租为生财之道，这类房名为民房。一所住房，多则上百间，少则十间八间，一家全租是住独院。贫困人家无力租全院，只租一部分，多则三五间，少则一两间，是住杂院。临时住，是外地来京办事的那些人，多则一两个月，少则三天两天，事完就走。这类人集中在前门（正阳门）外一带，所住之处名为店、旅馆、客栈等。

青年学生在沙滩一带生活，与全北京相比，住的情况是小同而大异。小同是少数可以租民房，但也不能归入长期一类，因为没有扎根的条件。大异是绝大多数处于长期和临时之间，住的既非民房，又非旅店。这又可以分为两类，一类是已经走入北京大学之门的，另一类是在门外的。

已经走入门的有个特权，是可以住学校宿舍，不花钱，还有工友伺候。宿舍有两类，以男女分。男生宿舍"量"多，计有东斋（在红楼西北角）、西斋（在第二院西墙外）、三斋（在第三院北）、四斋（在红楼北椅子胡同）、第三院宿舍（第三院内一座二层"口"字形楼）。女生宿舍"级"高，只两处，一在第二院西南角，另一在红楼北松公府夹道。量多不必解释，是床位多，共有大几百，只要学生愿意，向隅的很少。级高要解释一下，是女生访男生可以入宿舍，男生访女生绝不许入宿舍，只有校庆一天是例外。据说，到这一天，不只有人可访允许进去，无人可访也可以进去，各屋看看。但不知为什么，我一次也没去，因而不知道这集体闺房是什么样子，时乎时乎不再来，现在只能徒唤奈何了。

以下入正题，说不住学生宿舍的，这就可以不分北京大学门内门外的，一网打尽，少数有条件的可以租民房。所谓条件，严格说只有一个，是必须有女伴。这也要略加解释。在那个时代，虽然理论上男女早已平等，租房却必须男性出头，因为只有男性可以充当户主。租民房，介绍所遍地皆是，就是贴在街头电线杆上的半尺多高的红纸片。措辞千篇一律：第一行在右方，由上到下四个较大的字，是"吉房招租"，以后第二行起较小的字写，今有北（或东、西、南）房若干间，坐落在什么街什么胡同多少号，有什么什么设备（包括灯、水等）。家眷、铺保来问。所谓家眷，是必须有妻室，光棍男子汉不租。所谓铺保，是租房有租摺，迁入前要找个商店盖章作保，不能交租由商店负责代偿。提起吉房招租，有两件欠文雅的或者可以算作轶事的事应该提一提。一件是有个时期，北京土著对东北人和天津人印象欠佳，于是招租贴的最后都加上一条，是"贵东北贵天津免问"。另一件是有个新由南方来的学生，对北京的情况似通非通，看到招租贴之后去租民房，一看满意，三句两句谈妥，最后房东慎重，加问一句，"您有家眷吗？"两地口音不同，南方人以为问的是"家具"，于是答："家具不是你们供应吗？"房东大怒，势将动武，就这样，租约糊里糊涂地破裂了。

其实，供应家具的事并不假，但那是"公寓"，不是民房。公寓是适应不住宿舍或无宿舍可住的学生需要的一种住所，沙滩一带很不少。又可以分为两类：一类是明的，门口挂牌匾，如我住过的坐落在银闸的大丰公寓就是。另一类是暗的，数目更多，门口没有牌匾，可是规制同有牌匾的一样。所谓规制，由一个角度说是中间型，就是既不像旅店那样流动，又不像民房那样固定；由另一个角度说是方便型，即应有尽有而价钱不贵。这可以由住宿人那方面来描绘一下，比如一个南方学生初到北京，下车后来到沙滩一带，向人打听哪里有公寓。按照人家的指点，走进一家，问有房没有。十之九是有，于是带着你看，任意挑选。选定一间之后，公寓伙计帮你把行李搬到屋内。其中照例有床一张，书桌一个，椅子两把，书架一个，盆架一个。打开行李，安排妥当，公寓供开水，生活大部分可以解决，并且相当安适。房租以月为单位，比民房贵一些，比旅店便宜得多。吃饭一般是在附近小饭馆，也是费钱不多而保证能充饥。洗衣服也方便，有洗衣房的人定期来取来送，如果你懒而不很穷，就可以交付伙计，当作他的日课来办。

前面说，非北京大学的学生也集中于此，这"此"，说是公寓也未尝不可。人多了，难免藏龙卧虎，如胡也频、丁玲等就都在这里生活过。不是龙虎，也能体会公寓生活的优点。一是人情味远非旅店所能比，某处住得时间长了，可以和同院（包括公寓主人）同甘共苦，成为一家人。二更重要，是可以享受"良禽择木而栖"的绝对自由，比如上午住某处，忽然觉得此处不便而彼处更好，就可以在当日下午迁往彼处，因为房总是有空闲的。

随着时间的流逝，公寓逐渐减少以至于消亡，良禽择木而栖的自由也逐渐减少以至于消亡。但沙滩一带的格局却大部分保留着，所谓门巷依然。我有时步行经过，望望此处彼处，总是想到昔日，某屋内谁住过，曾有欢笑，某屋内谁住过，曾有泪痕。屋内是看不见了！门外的大槐树仍然繁茂，不知为什么，见到它就不由得暗诵《世说新语》中桓大司马（温）的话："木犹如此，人何以堪！"

沙滩的吃

沙滩的住，有特点，所以写了上一篇。吃，特点不多，不过谈住而不谈吃，像是挂对联只有上联，见到的人会不满意，所以不得不勉强凑个下联。

还是以在沙滩一带生活的学生为限。上一篇说学生有北京大学门内的和门外的两类。这两类在住的方面区别很大，因为门外的没有白住学校宿舍的权利。可是在吃的方面区别很小，因为学校（如西斋）虽然有可包饭的食堂（每日三餐，一人一月六七元），但饭不能白吃，又没有吃饭馆随便，所以门内的也有很多不吃包饭。这样，谈沙滩的吃，就可以不分内外，而集中说说分布在学校附近的饭馆。

饭馆都是级别不高的，原因很简单，学生的钱包，绝大多数不充裕，预备高级菜肴没人吃。饭馆数目不少，现在记得的，红楼大门对面两家，东斋附近两家，第二院附近两家，沙滩西端一家。其中有些字号还记得：东斋门坐东向西，对面稍北一家名叫林盛居，北侧也坐东向西一家名叫海泉居；第二院大门对面一家名叫华顺居，东行不远路北一家名叫德胜斋。德胜斋是回民饭馆,只卖牛羊肉菜肴。沙滩西端路南一家,比其他几家级别更低,北京通称为切面铺。切面铺特点有二:一种可名为优点,是货实价廉,比如吃饼吃面条,都是准斤准两;一般饭馆就不然,吃饼以张计,吃面条以碗计,相比之下就贵了。另一种可名为缺点,是花样太少,品位不高。

照顾切面铺,绝大多数是体力劳动者,北京通称为卖力气的,因为饭量大,要求量足,质差些可以将就。但我有时也愿意到那里去吃,主食要十两(十六两一斤)水面(加水和成)烙饼,菜肴要一碗肉片白菜豆腐,味道颇不坏,价钱比别处便宜,可以吃得饱饱的。可取之处还有吃之外的享受,是欣赏老北京下层人民的朴实、爽快和幽默。铺子里人手不多,大概是四个人吧,其中两个外貌有特点,拿炒勺的偏于瘦小,脸上有麻子,跑堂的年轻,个子高大,于是顾客都用特点称呼他们:"大个儿,给个空碗。""麻子,炸酱多加一份肉。"大个儿和麻子坦然答应。反过来,他们也这样称呼顾客,顾客也是坦然答应。这在其他几家就不成,买卖双方之间总像有一层客气隔着。

德胜斋的拿手好戏是烧饼加炖牛肉,学生照顾它,多半吃这个。它给人留下清晰的印象不是饭菜,而是人,一个跑堂的,其时大概二十岁多一点,姓于,学生都叫他小于。他和气,勤快,却很世故。几乎能够叫出所有常去的学生的姓名,见面离很远就称呼某先生,点头鞠躬,满面笑容,没话想话。如果时间长些,还要尽恭维之能事,说不久毕业一定会升官发财,最低也是局长。世故的顶峰是一次大聚敛,说是死了父亲,足穿白鞋,腰系白带,见到熟学生就抢前一步,跪倒叩头。北京习惯,这是讨丧礼,有不成文的定价,大洋一元。那几天,北京大学学生,熟识的见面总是问一句,"小于的钱你给了吗?"可见这次聚敛的范围是如何宽广了。

其他几家非回教的饭馆都有一种名菜,名叫"张先生豆腐"。顾名思义,是一位姓张的所创。据说这位姓张的也是北京大学学生,但究竟是哪一位,可惜不像马叙伦先生,著书说明,"马先生汤"是他何时何地所创。自己不说,他人想明究竟,自然只能用乾嘉学派的考证方法。藁名张先生豆腐,创始人姓张,没有问题。菜在沙滩一带风行,其他地区罕见,此张先生与北京大学有密切关系,十之九也不成问题。是教师呢?是学生呢?传说是学生;如果是教师,留名的可能性会大一些;可证多半是学生。菜里有竹笋等,北方人少此习惯,可证这位张先生是江南人。——没有考证癖的人,更关心的是好吃不好吃。我的印象是很好吃。价钱呢,一角六分一盘,在当时,如果一天吃一次,单是这一项,一个月就要近五元,就穷学生的身份说是太豪华了。

与德胜斋的小于相比,海泉居也有个出名的跑堂的,可惜忘了他的尊姓。这位与小于职位相同,可是志趣大异,借用张之洞"中学为体,西学为用"的妙论来说明,小于是中学为体,这位是西学为用。他向会英语的许多学生发问,"炒木樨肉"英文怎么说,"等一等,就来",英文怎么说,等等。于是,渐渐,他就满口不中不西的英文了。这已经足够引人发笑。但店里的什么人还以为不够,于是异想天开,请什么人写了一副对联,挂在饭桌旁的墙上,联语是"化电声光个个争夸北大棒,煎炸烹炒人人都说海泉成",下面落款是"胡适题"。联语用白话,如果不看笔迹,说是出于《白话文学史》作者的手笔,也许没有人怀疑吧?

一晃半个世纪过去,当年的这些饭馆都无影无踪了。沧海变桑田,天道如此,不值得大惊小怪,可惜的是张先生豆腐也成为历史陈迹,想再吃一次的机会不再有了。

北大图书馆

文章标题不宜过长,所以只好把本该写在前面的"我上学时期的"几个字略去;"北大"也用了简称,全称是要写为"国立北京大学"的。这时期的图书馆在松公府,是新由红楼地下室迁入的。这至少是再迁,因为据旧同学录"沿革"部分所记,清光绪二十八年(公元 1902 年,即建校之后四年)设置藏书楼,地点是在"学校后院"(推想就是应保存而于七十年代拆掉的所谓"公主楼")。为了校外人看到这里不致茫然,这里要翻翻旧账。所谓学校,是指光绪二十四年(公元 1898 年)创立的京师大学堂,经过许多波折,最后才成为"北京大学"的。且说创立时的校址,原是清乾隆皇帝的四女儿和硕和嘉公主(下嫁傅恒之子福隆安)的府第,在景山之东马神庙(借庙名为街名)西部路北。民国五年(公元 1916 年)在其东沙滩汉花园建红楼,后用作文科教室,称第一院(文学院),原马神庙(改名景山东街,不久前改为沙滩后街)校址降为第二院(理学院)。专说第一院的扩张情况。红楼邻街,坐北向南,为四层砖木建筑。其背后有属于

025

松公府的空地，再北偏西是松公府。先是一九一八年，学校租空地作操场；到一九三一年，一劳永逸，连府也买过来。府有几进房屋，相当好，稍加修整就把图书馆和研究所国学门迁进去，馆在前，所在后。馆，藏书不少，所，藏古物不少，至今还是北京大学的一部分珍贵家当。我一九三一年暑后上学，松公府时期的图书馆刚启用，一九三五年暑后离开学校，新图书馆已经建成（在府门西南），馆即将升迁，所以说句笑话，我是与松公府时期的图书馆共始共终。又所以，谈闲话就不该漏掉它。

当然，谈它，还有更重要的原因，是那时我还年轻，很糊涂加多幻想，盲人骑瞎马，而它，像一束微弱的光，有时照照这里，有时照照那里，就说是模模糊糊吧，总使我仿佛看到一些路。这样说，提到图书馆，我是应该永远怀有感激之情。也不尽然，因为它给我的是一些"知"，而知，根据西方的最上经典，来于伊甸园中间那棵树上的果子，受了蛇的引诱才吃，得的果报必是"终身劳苦"。但木已成舟，也就难于找到解救的办法，因为生而为人，能力总是有限的，比如说，坐在哪里，面对众人，说些自己绝不相信的"天子圣哲"之类的话，练练，不难；至于静夜闭门，独坐斗室，奉劝自己相信鞭打就是施恩，那就大难。大难，想做也做不到，只好不做。话扯远了，其实我只是想说说，四年出入图书馆，我确是有所得，虽然这所得，用哲学的秤衡量，未必合理，用世风的秤衡量，未必合算。

该言归正传了。且说那时候，北大有些学生，主要是学文史的，是上学而未必照章上课。不上，到哪里去？据我所知，遛大街，以看电影为消遣的很少；多数是，铁架上的钟（在红楼后门之外稍偏西）声响过之后，腋夹书包，出红楼后门，西北行，不远就走入图书馆。我呢，记得照章应上的课，平均一天三小时，减去应上而理应听的，不应上而愿意听听的，剩余的时间还不少，就也夹着书包走进图书馆。经常走进的房子只有第一、二两进。第一进是卡片兼出纳室,不大,用处用不着说;第二进是阅览室,很大,用处也用不着说。两个室都有值得说说的,因为都有现在年轻人想也想不到的特点。

先说卡片兼出纳室。工作人员不多,我记得的,也是常有交往的,只是站在前面的一位半老的人。记得姓李,名永平,五十多岁,身材中等偏高,体格中等偏瘦,最明显的特点是头顶的前半光秃秃的。这位老人,据说是工友出身,因为年代多了,熟悉馆内藏书的情况,就升迁,管咨询兼出纳。为人严谨而和善,真有现在所谓百问不烦的美德。特别值得说说的还不是这美德,而是有惊人的记忆力。我出入图书馆四年,现在回想,像是没有查过卡片,想到什么书,就去找这位老人,说想借,总是不久就送来。一两年之后,杂览难免东冲西撞,钻各种牛角尖,想看的书,有些很生僻,也壮着胆去问他。他经常是拍两下秃额头,略沉吟一下,说,馆里有,在什么什么丛书里,然后问借不借。我说借,也是不久就送来。还有少数几次,他拍过额头,沉吟一下之后,说馆里没有,要借,可以从北京图书馆代借,然后问我:"借吗?"我说借,大概过三四天就送来。我们常进图书馆的人都深深佩服他的记忆力,说他是活书目。四年很快过去,为了挣饭吃,我离开北京,也就离开这位老人。人总是不能长聚的,宜于以旷达的态度处之;遗憾的是,其后,学校南渡之前,我曾多次走过浅灰色三层兼两层楼房的新图书馆,却没有进去看他。应做的事而没有做,现在后悔也无济于事了。

再说第二进的阅览室。布置没有什么新奇,长方形比书桌大很多的木板大案,不远一个,摆满全室;案两面各有几把椅子,是供阅览者坐的。往图书馆,进室,坐在哪里,任随君便,只要那里还没有人坐。但是既已坐下,就会产生捷足先登的独占权。所谓独占,不同于现在的半天一天,而是长时期。这长时期,来于借书还书的自由主义。具体说,自由包括两个方面:一方面是借书多少,数量不限;另一方面是借的时间，长短不限。此外还可以加上一种小自由，比如我们一些几乎天天来的看客，座位有定，借书，大多是送货上门。这样，借的书，有的短期看不完，有的常常要翻翻，就不是勤借勤还，而是堆在面前，以逸待劳。现在还记得，我的位子在室的东北角，面前的书，经常堆成小山岭，以至对面那位的活动情况，看什么书，是否记笔记，一点也不知道。前面说过，图书馆藏书不少，我，颇有现在一些旅游家的心情，到北京，不只著名的燕京八景要看看，就是小胡同，只要有感兴趣的什么人住过，也想走进去，摸摸残砖断瓦。于是而借这个借那个，翻这个翻那个。就这样，许多书，大块头的，零种的，像游鱼一样，从我的面前游过去。由自己方面说，是跳到古籍的大海里，尽情地扑腾了一阵子。结果呢，如果也可以算作有所得，这所得，至少就上学的四年说，完全是也奉行自由主义的北大图书馆之赐。这里需要加点说明，是我并不提倡这方面的自由主义也向外扩张，向下流传，原因是，彼一时也，此一时也，图书馆的任务，方便读者的一面当然要重视，但还有另一面，是看守，防止损坏丢失，这后者如果一放松，那就不堪设想了。

说到向下流传，我不由得想到现在的北大图书馆。真够得上发扬光大了。迁到原燕京大学，新建了既高大又豪华的楼房。书，吞并了燕京大学收藏的，加新购，据说就数量说，已升到全国第二位，仅次于北京图书馆。善本，甚至孤本，也不少。这新图书馆，我也利用过，是几年以前，因为考证有些旧人旧事，须查善本。照章，带着介绍信，还求副馆长版本专家郭君打了招呼，才拿到善本室的阅览证。善本室的工作人员也和善，但照章，要先查卡片，写好书名和编号，坐等。找到，要先交工作证和阅览证，作为抵押，然后领书。看完，还要立即归还。对于防止善本的损坏丢失，手续再增加，我也谅解；只是借到的书，有的盖有旧北京大学的印记，我看看，想想，感到那样多的书，那样长的过往，都离我太远了，不禁为之惘然。

我的琉璃厂今昔

这个题目,"我的"两个字最重要,去掉这两个字,文章就不好作了。幸而早已有人作过,那是写《贩书偶记》等书的孙殿起,琉璃厂通学斋的有"实"学的主持人,喜欢考史,于几十年前辑了《琉璃厂小志》(作古后由别人整理出版)。这本书的大优点是繁而杂,繁是有闻必录,杂是连类而及,如谈旧书,就走出琉璃厂,兼看看隆福寺、东安市场等地。优点还可以分类说。一是旧闻多,凡是散见各书之有关琉璃厂的,如李文藻《琉璃厂书肆记》之类,都收了,这样,想了解琉璃厂,就用不着东翻西检,有这一本就够了。二是有很多材料不是来自书,而是来自他自己的所见所闻和所记忆,这是最珍贵的史料,因为放过就会湮灭,即以《贩书传薪记》那部分而论,所记的有些人,不见经传,我还熟识,见到就感到特别亲切。三是所收游记、诗词之类,可以作为卧游之资,那就还有考史以外的价值。但这样一来,我就有如前行有虎拦路,只好绕道走,着重写"我的",以表现另一时期的琉璃厂的今昔变化。想分作三个段落谈,一是三四十年代，二是五十年代到六十年代前半，三是文化大革命之后。

先说第一个段落。一九三一年夏，我念完通县师范，无路可走，到北京考大学。心目中考两处，北京大学和师范大学。北京大学考期在前，发榜也快，侥幸录取，乐得牺牲一元钱的报名费，可以入师范大学的考场而没有去。人生的旅程有如实际行路，岔路口，走上一条，前面的景象就与走上另一条迥然不同。且说北大与师大的两条路，可以推想，千差万别，一言难尽。其中很小的之一属于地理方面，包括远近和方便不方便。扣紧本题说，入北京大学，我就有住北河沿第三院宿舍的机会，离东安市场就近了；入师范大学，校址在和平门外路西，原琉璃厂的琉璃窑所在地，到后期书业集中地的琉璃厂，出校门往南，不过一箭之地。简而言之吧，我因为没入师范大学，与琉璃厂的关系就难得亲近，或者说，只能间或走走而不能朝夕流连。间或去，目的可以分为两类，一类是平时买笔墨之类，一类是旧历正月逛厂甸。先说有目的的买。穷学生，没有乾隆年间四库馆中人查书的需要，没有搜求善本的财力，所以到琉璃厂，很少走进书店，偶尔进去看看，也很少买。买笔墨等用物的时候比较多。笔买贺莲青或李玉田的，七紫三羊或五紫五羊，一支不过两三角钱，店里人还管挑选，捻捻毫端，看看，才递给买主。墨买胡开文的，五百斤油，黑而亮，一支也是两三角钱。三家都在东琉璃厂。古董店，旧墨不少，听说有点地位的文人、书人、画人都用旧墨，乾隆年的，一锭一二元，也不很贵，我们不敢问津。笔墨之外，记得由书店买过几种书，其中一种是《永怀堂古注十三经》，七七事变战火中失落了。还买过碑帖，现在居然还有残存，如二爨，《谷朗碑》，《嵩高灵庙碑》，大概都是看康有为《广艺舟双楫》时候买的。

再说逛厂甸。由老北京看，厂甸也是庙会的一种，定期，男女老少都去，有卖有买，可吃可玩。由书生看就不同，比如外城广安门外有个五显财神庙,庙会期在旧历正月初二,经商之家必去,书生就很少去。厂甸庙会不拜神,会期长,由正月初一到十五,有些人却天天到。原因之一是展出待价而沽的是古旧书籍、古旧书画以及古董等;之二是货多,勤换,天天有巧遇的机会。以下具体说"我的",记得是由一九三二年起,每年会期平均去两三次。路程是由北而南,出和平门。出去不远,路中间是席棚,向南延伸很远。里面挂满旧字画,据说名家款的,几乎没有真的。索价不一定,也许几十几百,三两块钱就成交。我这样的既无眼力又无财力的人当然不敢过问,所以总是走马看花,一穿而过。席棚北端往南不很远,两旁都是背墙面街的书摊,整齐大部头的不多,因为意在清除丛残存货。但是反而容易发现罕见的,所以摊前总是不冷清,其中还有不少戴花镜的老朽。我也买到一些,其后有的散失,剩下的一些混在丛杂中,辨认也难了,只有一种,《粤雅堂丛书》本《苏米斋兰亭考》二册,日前偶然见到,已沦为一旧砚之座,记得确是逛厂甸时候买的。厂甸庙会海王村内(今中国书店)为古董摊集中地,其东火神庙内为珠宝玉器摊集中地,那是供应另一类主顾的,与书生无关,只好不谈。

以下转入第二个段落。自一九四九年革故鼎新,琉璃厂变化很大,庙会渐渐消亡,书籍、书画、古董等商店渐渐减少、归并。我前往,目的和行程由前一段落的杂化为单一,具体说是只到东琉璃厂一家,路北专经营旧书画的宝古斋。我不能书,却喜欢看法书,其时这类旧物还不很少,价不很昂,有时货合意兼价合意,就买一两件,拿回欣赏,也可算是遣有涯之生的一种妙法。画当然也好看,但价高得多,只好看而不买。店里有一位店员名张有光,是我的同乡,重乡里之谊,我隔些时候去,他总拿些价不高的新进货给我看看。这里插说几句,书画和人一样,也有走运不走运的分别,比如伊秉绶和刘石庵,都有大名,伊的字就贵得多;又如郑板桥和高南阜,就字说,我

031

看还是高的较好，因为骨多而少造作气，可是郑的贵得多。还是回过头来说交易。因为是国营了，话说得实在，比如"真的，没问题"，"有人看真，有人看假"，等等。又一个好处是，已经定价的就言不二价。这样，有如钓鱼，只要有耐心，日子多了，也就可以钓上几条，纵使都是三两二两的。但只要不是想贱买贵卖，而是想遣有涯之生，三两二两的也未必不如三斤二斤的。比如都是经张君之手，我买得的姚惜抱恭楷书札，高南阜左手书札，梁山舟为吴山尊书前后《赤壁赋》，翁方纲为张廷济书藏器题跋，曹贞秀书刘改之词扇面，归懋仪书自作诗扇面，虽然在收藏家眼里都算不了什么，我却觉得颇有意思。

最后说第三个段落，文化大革命之后。大革命中，琉璃厂所卖，十之十是四旧，在应除之列。除的结果是灭亡，至少要销声匿迹。七十年代末，风有变，对四旧的评价渐渐大变，由应除升迁为应保护的文物。然而可惜，到想改阶下囚为上宾的时候，连囚也难于找到了。但恢复仍势在必行，一是这属于精神文明，二是外国人珍视，可以换外汇。于是行回生之道。其中的大举是改破旧平房为宫殿式，中举是恢复老字号，小举是开货之源。三举，最后一举最难，一是大除之后，死里逃生的已经不多；二是有文物什么法，值得保存的不许卖。这结果——还是说我的见闻吧。先说"货价"。还是八十年代早期，我过琉璃厂，顺便到中国书店看看。从架上抽出两本一部的线装书，看着眼熟，知道是我的故友李君物，大革命初被运走，落实政策时，他儿子以平均一本一角的价钱卖给中国书店的，已升到一本五元。碑帖的价就更可怕，如郑文公上下碑，拓裱都平平常常，已升到过千元。再说"货质"。八十年代前期，我陪伴也有砚癖的王、刘二君往庆云堂楼上看旧砚。货不少，明码标价，最少的一方一百元，最多的一方五千元。看完，二君问我的观感，我说没有一方可要的。还可以说说"货的真伪"。一两年前，听说响应开放，古书画也卖了，一个年轻人有兴趣，约我一同去看。我们看了两家，虹光阁和宝古斋。挂出的货不多，绕场一周，见到很伪的八大山人，价八千，很伪的王石谷，价五千，万没想到连清末民初人的字，如陈宝琛、邵章之流，竟也有形而无神，可是定价都是六七百元。我只好一笑走出来。

　　近几年，我往琉璃厂，常进去的一家是荣宝斋。十之九是买纸。也有个小笑话，是住在晋南的玄翁来信，托买六吉宣。我赶紧去荣宝斋，正好一位年老的售货员在柜台内，我上前说明来意。那位很幽默，先反问："您说的是什么时候的话？"我识趣，答："前些年的。"想来是话投机，他笑了笑，说："您有什么就买什么，别说前些年的话了。"于是买了净皮，不再要求六吉。顺便说说，荣宝斋还卖今人字画，大概是八十年代初，启功先生的字一幅售价二百元。我少见多怪，看见启功先生，开玩笑说："您知道您的身价吗？"他说不知道。我说已经涨到二百，他说："两毛您要吗？"我说："不要，因为要您的字，我还没花过一毛钱。"不想又过了几年，连续有人告诉我，原来二百那样的，已经涨到六千。真贵加上其他的假和次，也贵，再加上外围的宫殿式，其总和就成为可怕。但是我不怕，因为我有战略战术，不是取自孙武子，是取自勤于治水的大禹王，三过其门而不入是也。

鬼　市

老北京有所谓"鬼市",又名"小市"或"晓市"。得名的由来,三十年代官修《旧都文物略·杂事略·市井琐闻》说得比较详细:"于东西两市场(案指东安市场和西单商场)之外,更有晓市之设。每值鸡鸣,买卖者率集合于斯以交易焉。售品半为骨董,半系旧货,新者绝不加入。以其交易皆集于清晨,因名晓市。或谓鬼市,亦喻其作夜交易耳。俗呼小市,误。"这说的不尽确实。一、鬼市的鬼,主要不是取夜行之义,而是取用鬼祟手段以假充真而骗钱之义,清佚名《燕台口号一百首》之一云:"乍听鸡鸣小市齐,暗中交易眼昏迷。插标人去贪廉贱,一笑归看假货低。"这假即所谓玩鬼把戏。二、俗呼小市并不误,除上引佚名诗句之外,清吴长元《宸垣识略》卷九说:"东小市在半壁街南,隙地十余亩,每日寅卯二时,货旧物者交易于此。"可见解小为晓,也许正是深文周纳了。

鬼市也是交易之所,但有不少特点。一是时间早,鸡鸣开始,日稍升即散。二是卖买双方都流品很杂。卖方半数以上是旧物小贩,北京称之为"打鼓儿的",他们白天挑担,手持径寸硬皮小鼓,用细长竹片边走边敲,发清脆之音,串大街小巷,收买旧物。收买范围可说是佛法无边,上至商彝周鼎、汉镜唐琴,下至破旧衣服、碎铜烂铁。出去一天,收获或多或少,第二天欲明还暗的时候到小市,摆在地上出卖。鼓担之外,还有不少并非经商的市民,多数是急于换钱,少数是旧物无用而不愿存储,也拿到鬼市待价而沽。再说买方,有商人,也是流品很杂,只能举例说,如可以高到古玩字画店的老板,低到补鞋匠;有一般市民,目的是用贱价买些家用杂物;还有一些人,可以称之为有访古汲碎癖的书生,如邓之诚、顾随、胡佩衡之流。特点之三是货未必真而价必不实,即俗话说的满天要价,就地还钱。还有一个特点,由访古汲碎的书生看来最重要,是常常会遇到年代久远、希奇古怪、很难由商店买得的东西。这方面的例证不少,有文献可征的如《红楼梦》后四十回的残稿,《浮生六记》作者沈复的画,都是由这条路来的。

由于偶然的机缘,我长时期住在北城鼓楼以西,出门向西不远是摄政王府,它的西墙外有一块空地,就是北京著名的鬼市之一。还有两个,一个在崇文门外,就是《宸垣识略》说的东小市,一个在宣武门外,因为都离得远,我没有到过。这北小市也历尽沧桑。一是面积的伸缩,这也有规律,大致是社会不稳定的时候伸,稳定的时候缩。伸,不只是地,还有人。如四十年代日去美来的时期,地域由摄政王府西墙外一直伸到东墙外,摆摊的人加入不少旧日的缙绅阶层,包括胜国贝勒载涛。另一变动是迁居,这是五十年代的事了,先迁到德胜门内以东的城根,名曰绦儿胡同,再迁到德胜门外略东的教场口,几年后消灭。

我有时想,逛鬼市,由心理或动机方面看,应该说与垂钓有相似之处,都是贪。但也略有分别,就是汲碎的"得"不单纯是利,而杂有不少赏奇和思古之幽情。例如我有一次买到个唐景云二年（公元711年）臧十二娘的铜造像，个儿小，制作不精，非贵重之物，可是想想年份，其时李白刚刚十岁，杜甫要一年之后才出生，就觉得很有意思。

由于这类的有意思，加以"天时不如地利"，空闲的早晨我总是喜欢到鬼市逛逛。有时起得很早，就更能体验一下鬼趣。赶早寻宝的商人多半提着马灯，快步前行，或者停在某鼓担前，掌上托着什么，用灯照着细看；卖买双方都不说话，袖口对袖口用手指争论价钱。我们书生一流自然只能掇拾一点点大网漏下的小鱼小虾。但有时也会有虽不名贵而颇有意思的获得，如清朝乾嘉时期藏书家严元照（芳椒室）写的黄山谷诗卷，因为不是一般人都熟悉的成铁翁刘，久卧地上无人问津，我买了，看看，落款后的两个印章是"张氏秋月字香修一字幼怜"，"我亦前身是秋月"，前一个印章见叶昌炽《藏书纪事诗》，说是孙星衍见过，后一个印章，大概孙氏也没见过，所以觉得颇有意思。又如乾隆拓唐欧阳通《道因碑》整幅裱本，沈德潜《杜诗偶评》初刻本，都是商贾不肯收，我觉得有意思，用贱价买来的。

屈指十几年，断断续续由鬼市收得杂物不少，有些随手散去，有些当作四旧付之丙丁，自我失之，也没什么遗憾。只是有一种，约半套驴皮剪的彩色影戏人物，这是儿时随母亲到外祖家，静夜在村头看灯影中的悲欢离合故事，为之入迷的，也放在旧书报之上烧了，事过境迁，有时忆及，仿佛儿时的梦更渺茫了，不禁兴起对于鬼市的怀念。

东安市场

三十年代初期，我一度住在北京大学第三院，地址在东安门北河沿路西。一个拱形大门，上有楼，是著名的"北京大学学生储蓄银行"所在地。银行很小，因为行长是马寅初，所以名气却大。入门笔直一条路，路北是球场，路南是口字形的二层楼，用作学生宿舍。门外是一条南北向的小河，沿河北行，过骑河楼东口，再北行，到东西向的一条大街，正名是汉花园，通称沙滩，路北就是有名的红楼，北京大学第一院，即文学院。出第三院门南行，不远，也是一条东西向的大街。西望，不很远，是紫禁城的东华门。东行，相当近，出东安门（其时门和皇城都已拆去），是东安门大街，两旁都是商店。东口外是南北向的一条大街，往北名八面槽，往南就是一直负盛名的王府井大街。王府井大街南口外是东交民巷，使馆区，外国阔人多，所以这一带有不少洋味的商店。我们穷学生对洋味不感兴趣，或说不"敢"兴趣，可是常到这一带来，是因为这里有东安市场。

东安市场在王府井大街靠北头路东，南北一个长条。有三个门，接近北头坐东向西是正门；北头向北、南头向西，各有一个门，是旁门。据说这里在清朝是箭场，旗下子弟练习弓箭之所，后来推位让国，不射箭了，空地无用，于是由商贩摆摊发展为市场。因为是自由发展的，所以格局不严整；又因为物以类聚，所以又像是略有规划。主干是进北门南行的一条街，上有棚顶，售百货的商店集中于此。主干东面的一条，北头是吉祥戏院，往南是大大小小一些饭馆，最南是南花园，空场，露天，最简陋，有杂耍，卖小吃，都是随时聚散的。主干西面的一条（严格说是半条），也就是进西门往南拐，先是一个小方块，名畅观楼，再南行，一条街，名丹桂商场，都是靠边是店，中间是摊，上有棚顶，商业清一色，卖旧书。

对于我们穷学生，东安市场能够解决衣、食、用三方面的问题。用，因为百货俱全，自然买什么有什么，惟一的限制是不能一文不名。优点是钱少也可以，比如说衣吧，当时人人必穿的蓝布长衫，先试后买，不过一元钱多一点一件。应该着重说的是食。食有两种，一为肠胃食粮，另一为精神食粮。肠胃是根本，却很容易满足，譬如说，东来顺的羊肉饺很好，十个不过四分钱，吃二十，八分，加一碗粥，一分，给一角，说明不必找钱，还可以听到全店齐声的"谢"。精神食粮，依古训是"行有余力"的事，我们却视为很重要，或说很感兴趣。因为很感兴趣，所以文题是东安市场，却不得不缩小范围，多说丹桂商场。

连带毕业之后，同丹桂商场打交道，前后超过二十年。印象自然很深，可是要描述，却感到千头万绪，无从说起；又因为年老善忘，有些印象模模糊糊，说也难免似是而非。不得已，还是由兴趣方面下笔。兴趣之一是熟，不只店熟，摊熟，人熟，甚至某类书会出现在什么处所，也能估计个八九不离十。现在宣扬文明礼貌，好旅店、好公共车有旅客之家、乘客之家的美名，那时的丹桂商场，确是可以援例称为书客之家。兴趣之二是书丰富,而且常常会遇见意想不到的。那时候,旧书的来路很多,在进货方面,书商是八仙过海,各显其能,因而,譬如说一星期去一次,总会看到不少新的旧货。回想当年游丹桂商场,真有如沿着河岸钓鱼,不知道什么时候就会拽出一条大的来。这情况也可以用游山玩水的话来形容,是如行山阴道上,应接不暇。兴趣之三是常常不空手而回。有时一本,有时两三本,装在书包里,带回家,放在桌上,看看高兴,翻开读读,有所得,更加高兴。

二十年,记不清出入多少次,也记不清买了多少种。但是说来可怜,其中大部分,文化大革命中装入麻袋,运往造纸厂了。我没有鲁迅先生那样的雅兴,把购书账写在日记之后,现在是想知道曾经买到什么书也做不到了。但确切记得的也还有一些,为了引为谈助,无妨把自己偏爱的略举一二。一种是重刊青柯亭本《聊斋志异》,十六册,木板两函,乾隆乙巳(五十年,1785年)所刻,连布套的蓝布都是当时的,纱粗布厚,使人发思古之幽情。其实,青柯亭原刊本在彼时也并不难得,价不过十元左右。只是我买的这重刊本,价才五角。又,因为并非善本,不为人所重,反而并不多见,孙楷第先生一次到我这里来,我拿给他看,他说还是第一次见。又一种是辜鸿铭所著英文本《春秋大义》。辜氏英文写得好,思想怪,不少外国人崇拜他,重价搜罗他的著作。我出于好奇之心,也想搜罗他的著作。多年来买到几种,只有这一种较名贵,因为有他的双料签名。书是赠给一位名"孙再"的人,翻开封面,左右两页,左边用中文写,右边用英文写。中文三行,右是"孙再君存",中是"读易老人",左是"癸亥年立夏后一日",总共十六个字,有意思的是竟写错了三个:"易"中间多了一横,"癸"开头多了一撇,"亥"少了最后一撇,成为"玄"字。癸亥为民国十二年(1923年),是他逝世之前七年,也可见是如何颓唐了。又一种是C. Jarvis英译本《堂吉诃德》,美国印,有插图一千幅,为法国名画家 T. Johannot 所画。我国由明代以来，刻俗文学书有所谓绣像，不知为什么，总是画得不像真的，更大的缺点是面貌千篇一律，略具形体而毫无个性。这本《堂吉诃德》就不然，正如曹雪芹笔下的人物，个个有血有肉。"桑丘·潘沙和驴"一幅尤其妙，整页，桑丘·潘沙两臂伏在驴背上，人和驴都作憨态，可是人的目光中却露出务实的机智。这部书是我多年爱读的，对照插图，感受就更深了。还有两种，可以合在一起说，因为都是一种连续买了两本，以其一送给也好聚书的友人。一种是梁令娴钞《艺蘅馆词选》，光绪三十四年（1908年）印，精装，皮脊烫金，很美。另一种是鲁迅先生原印《死魂灵一百图》，画得至上，印得至上。《死魂灵》是世界讽刺文学作品的上乘，对照这样的插图看，那就真是红花有绿叶扶持了。

到五十年代，丹桂商场趋向冷落。其后，东安市场改建，成为东风市场，原来的熟书店、书摊，如中原、五洲、环球、华鑫、华盛、大众等都不见了。场由分部化为统一。变动相当大，这包括：简陋变为堂皇，阴暗变为敞亮，不整齐变为有条理。我有时从门前过，进去看看，经常是人山人海，多数柜台前三层两层人围着，年轻的买穿戴，更年轻的买玩具，等等。我也买过一次东西，是腰带，牛皮的，坚韧，很合意。高兴之余，想到昔时，辨认，原来就是当年买得木板《聊斋志异》的地方。

阅微草堂

辛未年尾,大寒节之后两天,祭灶之前四天,我又到位于北京外城虎坊桥东路北的晋阳饭庄去吃一次午饭。说"又",是因为已经去过多次。都不是独自一人。最多,或也最早,是辉君,仍是逝者如斯夫,也长时期没有消息了。这次去,我是想到琉璃厂买纸,顺便看看处理的金星歙砚。陪伴的是两个年轻人,一男一女,也去的理由,主要是出于惜老之心,照顾我,其次是顺便到琉璃厂看看。组合之后就出发,根据不成文法,上下车,横穿马路,他们搀扶;我一方呢,要招待吃饭,于是直奔晋阳饭庄。饭庄在琉璃厂之南,相隔一站多路,吃它而不吃琉璃厂的什么馆,应该说明理由。理由有二。一是唯物的,那里的山西名菜"过油肉",专有菜"小炒肉",我喜欢吃,而且价钱不贵。理由之二是唯心的,那地方是纪晓岚(名昀)故居,即所谓阅微草堂。坐在那里,饮竹叶青一杯,缅想二百年前,这位既有学识又有风趣的高级知识分子,用他的藏砚磨墨,写他的笔记或其他的什么,可以发思古之幽情。

我想依照时间先后的顺序，说说自己和阅微草堂以及其主人纪文达公的一些因缘。纪氏生于清雍正二年（公元1724年），卒于嘉庆十年（公元1805年），地道的乾嘉人物，我自然无缘见到。可是见过他的画像《洗砚图》，半身，头长，上圆下尖，眼小近于闭，鼻端粗大，微有须，着宽袖长袍，左手持一长椭圆砚，弯至胸前，总的印象，是个十足的糟老头子。人无可看，只好说与人有关的杂七杂八的。

时间最早是《阅微草堂笔记》。我读这类消闲书，始于《聊斋志异》，那是上小学时期。上中学才得见《阅微草堂笔记》。其中殊少柳泉居士笔下那样可爱的鬼和狐，可是他肯记"如是我闻"，希望读者"姑妄听之"，究竟比老学究高出一筹，所以也就喜欢看。不只自己看，八十年代编《文言文选读》，还选了《刘东堂言》等三则，介绍给青少年看。因为我一直认为，学文言，开始宜于读些文笔流利内容有趣的，纪氏的这部书正是这样的一种。

笔记浅易，甚至可以不雅驯，像是未尝不可以说，文如其人，因为里巷传说，纪氏是最喜欢开玩笑的。但他还有另一面，是正襟危坐写大书，那是多人起草由他定稿多达二百卷的《四库全书总目提要》。这部书，自入大学翻看之后，我就钦佩，离不开，因为阅读古籍，它是最好的顾问。这不是说，它毫无缺失，是说，它有知见，能够为我们引路；文笔简练典雅，单是当作文章读，也是一种享受。享而受之，独吞，有违"与朋友共"的古训，于是也在那部《文言文选读》里，选了《武林旧事》等三篇的提要，用意是，读书人，显示知识，夸耀见识，眼睛应该往上看，读了《提要》，只是三卷五卷，我们也就会自视缺然了吧？

缺是赶不上。就我自己说，还有闲事一宗，也苦于赶不上，是纪氏为清代藏砚名家，我也喜欢砚，可是因为少钱少缘，虽多年兴趣不减而仍是只能望洋兴叹。叹，无用，只好退一步，只求看看。而上天不负苦心人，在五十年代初，由隆福寺街的三友堂，居然就买到《阅微草堂砚谱》。据民国五年徐世昌的序文说，是根据纪氏后代所藏仅有的一份拓片影印的。收砚约一百二十方，不知道是否有遗漏。拓片几乎都是兼收正背两面，如果侧面有款识，也收。以拓片为中介看砚，有如隔帘幕看佳人，只能得其仿佛。但就是这仿佛，其中有些，也足以使迷砚者馋涎欲滴了。有些款识也值得赏玩，只举两处（原无标点，下同）：

枯研无嫌似铁顽，相随曾出玉门关。龙沙万里交游少，只尔多情共往还。乾隆辛卯（案为三十六年，公元1771）六月，自乌鲁木齐归，囊留一研，题廿八字识之。晓岚。

余与石庵皆好蓄砚，每互相赠送，亦互相攘夺，虽至爱不能不割，然彼此均恬不为意也。太平卿相不以声色货利相矜，而惟以此事为笑乐，殆亦后来之佳话与？嘉庆甲子（案为九年，公元1804）五月十日晓岚记，时年八十有一。

这有情趣。牵涉的历史也有情趣，如遣戍新疆放还，其后二年就编《四库全书》；嘉庆九年还有闲情铭砚，第二年就见上帝了。我特别感兴趣的是与名书法家刘石庵（名墉）通砚的有无，所以昔年诌《咏砚十绝句》，其中之一就提到他们，诗云："凤阙朝参退食余，崇坚（刘评砚石贵坚老）贵腻隔城居（刘寓内城东四南驴市胡同，今改礼士胡同）。唐泥宋石相侵夺，白发题铭两尚书。"

再说一件后来居上的因缘，是六十年代初，阅市，遇见纪氏藏南宋末家之巽（曾任校书郎）的眉寿砚。砚长方形，大而厚，左侧有纪氏题识，云：

海宁陈文勤公（案名世倌）蓄古砚二，辗转贩鬻，皆归于余。一为端石，刻澂泉结翠四篆字，署姓存居士家之巽题，后为石庵持去。一为歙石，即此砚也。家之巽名见《癸辛杂志》，则

043

二砚为宋石审矣。嘉庆甲子十月晓岚记。

石确是歙石，很旧，再证以题识的引周密书，即使不对砚谱，也可知必非赝品。可是文物商有个师徒授受的框框，说纪氏家道未落，砚从未散出，所以凡声称出于阅微草堂者都是伪造。我没有这样的框框，虽然推断题识的秀劲隶书必是代笔（纪氏拙于书），还是收了。

　　其时关于纪的寓所，只知道在虎坊桥一带，所谓扑朔迷离。是八十年代中期，以某种机缘结识刘叶秋先生。他也是喜欢谈掌故听掌故的，于是有一次就谈到阅微草堂。他说就是现在的晋阳饭庄，民国初年他家曾租用，阅微草堂在东院，北房三间，门上还悬着匾额，饭庄东邻是个杂坊，一直往里走就是。其后有一天，我又到晋阳饭庄吃饭，想到东院看看，饭庄人说，早没有了。又其后不久，刘叶秋先生归了道山。幸而阅微草堂的事，有关的人士也知道了，于是饭庄门外墙上加了"纪晓岚故居"的题识，餐厅后院加了启功先生写的"阅微草堂遗址"的匾额。至于东小院，真阅微草堂，原匾额，刘叶秋先生作古之后，恐怕连知道的人也绝无仅有了。

辑二　故人梦影

章太炎

提起章太炎先生,我总是先想到他的怪,而不是先想到他的学问。多种怪之中,最突出的是"自知"与"他知"的迥然不同。这种情况也是古已有之,比如明朝的徐文长,提起青藤山人的画,几乎无人不知,无人不爱,可是他自己评论,却是字(书法)第一,诗第二,画第三。这就难免使人生疑。章太炎先生就更甚,说自己最高的是医道,这不只使人生疑,简直使人发笑了。

发笑也许应该算失礼,因为太炎先生生于清同治八年(1869年),按行辈是我的"老"老师的老师。老师前面加"老",需要略加说明:简单说是还有年轻一代,譬如马幼渔、钱玄同、吴检斋等先生都是太炎先生的学生,我上学听讲的时候他们都已五十开外,而也在讲课的俞平伯、魏建功、朱光潜等先生则不过三十多岁。"老"老师之师,我不能及门是自然的,不必说有什么遗憾。不过对于他的为人,我还是有所知的,这都是由文字中来。这文字,有不少是他自己写的,就是收在《章氏丛书》中的那些;也有不少是别人写的,其赫赫者如鲁迅先生所记，琐细者如新闻记者所写。总的印象是：学问方面，深，奇；为人方面，正，强（读绛）。学问精深，为人有正气，这是大醇。治学好奇，少数地方有意钻牛角尖，如著文好用奇僻字，回避甲骨文之类；脾气强，有时近于迂，搞政治有时就难免轻信，这是小疵。

一眚难掩大德，舍末逐本，对于太炎先生，我当然是很钦佩的。上天不负苦心人，是一九三二年吧，他来北京，曾在北京大学研究所国学门讲《广论语骈枝》（清刘台拱曾著《论语骈枝》），不记得为什么，我没有去听。据说那是过于专门的，有如阳春白雪，和者自然不能多。幸而终于要唱一次下里巴人，公开讲演。地点是北河沿北京大学第三院风雨操场，就是"五四"时期囚禁学生的那个地方。我去听，因为是讲世事，谈己见，可以容几百人的会场，坐满了，不能捷足先登的只好站在窗外。老人满头白发，穿绸长衫，由弟子马幼渔、钱玄同、吴检斋等五六个人围绕着登上讲台。太炎先生个子不高，双目有神，向下望一望就讲起来。满口浙江余杭的家乡话。估计大多数人听不懂，由刘半农任翻译；常引经据典，由钱玄同用粉笔写在背后的黑板上。说话不改老脾气，诙谐而兼怒骂。现在只记得最后一句是："也应该注意防范，不要赶走了秦桧，迎来石敬瑭啊！"其时是"九一八"以后不久，大局步步退让的时候。话虽然以诙谐出之，意思却是沉痛的，所以听者都带着愤慨的心情目送老人走出去。

此后没有几年，太炎先生逝世了（1936年）。他没有看见七七事变，更没有看见强敌的失败，应该说是怀着愤激和忧虑离开人间了。转眼将近半个世纪过去，有一天我去魏建功先生书房，看见书桌对面挂一张字条，笔画苍劲，笔笔入纸，功力之深近于宋朝李西台（建中），只是倔强而不流利。看下款，章炳麟，原来是太炎先生所写，真可谓字如其人了。不久，不幸魏先生也因为小病想根除，手术后恶化，突然作古，我再看太炎先生手迹的机缘也不再有了。

熊十力

熊十力先生是我的老师，现在要谈他，真真感到一言难尽。这一言难尽包括两种意思：一是事情多，难于说尽；二是心情杂乱，难于说清楚。还是五十年代，他由北京移住上海。其后政协开会，他两度到北京来，先一次住在崇文门新侨饭店，后一次住在西单民族饭店。这后一次，正是大家都苦于填不满肚皮的时候，他留我在饭店饱餐一顿，所以至今记忆犹新。别后，我写过问候的信，也听到过一点点他的消息。大动乱来了，我在文斗武斗中浮沉三年，然后到朱元璋的龙兴之地去接受改造。喘息之暇，也曾想到年过八旬的老人——自然只能想想。放还之后，七十年代中期曾到南京及苏杭等地漫游，想到上海看看而终于没有敢去，主要是怕登门拜谒而告知的是早已作古。再稍后，忘记听谁说，确是作古了，时间大概是六十年代末期。想到民族饭店的最后一面，想到十几年，我挣扎喘息而竟没有写三言两语去问候，真是既悔恨又惭愧。

我最初见到熊先生是三十年代初期，他在北京大学讲佛学，课程的名字是"新唯识论"吧，选这门课的人很少。我去旁听几次，觉得莫测高深，后来就不去了。交往多是四十年代后期，他由昆明回来，住在北京大学红楼后面，我正编一种佛学期刊，请他写文章，他写了连载的《读智论抄》。解放以后，他仍在北京大学，可是不再任课，原因之小者是年老，大者，我想正如他自己所说，他还是唯心论。其时他住在后海东端银锭桥南一个小院落里，是政府照顾，房子虽不很多，却整齐洁净。只他一个人住，陪伴他的是个四川的中年人，无业而有志于佛学，因为尊敬老师，就兼做家务劳动。我的住所在后海北岸，离银锭桥很近，所以晚饭后就常常到熊先生那里去，因而关于熊先生，所知就渐渐多起来。

早年的事当然不便多问，但听说革过命，后来不知由于什么，竟反班定远之道而行，投戎从笔，到南京欧阳竟无大师那里学佛学。治学，也像他的为人一样，坚于信而笃于行，于是写了《新唯识论》。"唯识"前加个"新"字，自己取义是精益求精；可是由信士看来却是修正主义，用佛门的话说是"外道"。于是有人作《破新唯识论》而攻之。熊先生不是示弱人物，于是作《破破新唯识论》而答之。混战的情况可以不管，且说熊先生的佛学著作，我见到的还有《佛家名相通释》，我原来有，大动乱中也失落了。他这一阶段的学识，信士看是不纯。后来，五十年代前后就变本加厉，张口真如，闭口大《易》，成为儒释合一，写了《原儒》《明心篇》《体用论》等书。我没有听到信士的评论，也许视为不可救药，与之"不共住"了吧？严厉的评论是来自另一方面，即批林批孔时期，见诸文件，说他是吹捧孔老二的人。没有上海的消息，也不便探询，我只祝祷他借庄子"佚我以老"的名言而不至引来过多的麻烦。

尊重熊先生不妄语的训诫，对于老师的学识，我不得不说几句心里话。熊先生的治学态度、成就，我都很钦佩。至于结论，恕我不能不怀疑。这问题很复杂，不能细说，也不必细说。我是比熊先生的外道更加外道的人，总是相信西"儒"罗素的想法，现时代搞哲学，应该以科学为基础，用科学方法。我有时想，二十世纪以来，"相对论"通行了，有些人在用大镜子观察河外星空，有些人在用小镜子寻找基本粒子，还有些人在用什么方法钻研生命，如果我们还是纠缠体用的关系，心性的底里，这还有什么意义吗？——应该就此打住；不然，恐怕真要对老师不敬了。

还是撇开这玄虚干燥的玩意儿，专说熊先生的为人。记得熊先生在《十力语要》里说过，哲学，东方重在躬行。这看法，专就"知"说，很精。熊先生的可贵是凡有所知所信必能"行"。这表现在生活的各个方面。以下谈一些琐细的，一般人会视为怪异的，或者可以算作轶事吧。

他是治学之外一切都不顾的人，所以住所求安静，常常是一个院子只他一个人住。三十年代初期，他住在沙滩银闸路西一个小院子里，门总是关着，门上贴一张大白纸，上写，近来常常有人来此找某某人，某某人以前确是在此院住，现在确是不在此院住。我确是不知道某某人在何处住，请不要再敲此门。看到的人都不禁失笑。五十年代初期他住在银锭桥，熊师母在上海，想到北京来住一个时期，顺便逛逛，他不答应。我知道此事，婉转地说，师母来也好，这里可以有人照应，他毫不思索地说："别说了，我说不成就是不成。"师母终于没有来。后来他移住上海，是政协给找的房，仍然是孤身住在外边。

不注意日常外表，在我认识的前辈里，熊先生是第一位。衣服像是定做的，样子在僧与俗之间。袜子是白布的，高筒，十足的僧式。屋里木板床一，上面的被褥等都是破旧的。没有书柜，书放在破旧的书架上。只有两个箱子，一个是柳条编的，几乎朽烂了。另一个铁皮的，旧且不说，底和盖竟毫无联系。且说这个铁箱，他回上海之前送我了，七十年代我到外地流离，带着它，返途嫌笨重，扔了。

享用是这样不在意；可是说起学问，就走向另一极端，过于认真。他自信心很强，简直近于顽固，在学术上决不对任何人让步。写《破破新唯识论》的事，上面已经说过。还可以举一件有意思的。四十年代晚期，废名（冯文炳）也住在红楼后面，这位先生本来是搞新文学的，后来迷上哲学，尤其是佛学。熊先生是黄冈人，冯是黄梅人，都是湖北佬，如果合唱，就可以称为"二黄"。他们都治佛学，又都相信自己最正确；可是所信不同，于是而有二道桥（熊先生三十年代的一个寓所，在地安门内稍东）互不相让，至于动手的故事。这动手的武剧，我没看见；可是有一次听到他们的争论。熊先生说自己的意见最对，凡是不同的都是错误的。冯先生答："我的意见正确，是代表佛，你不同意就是反对佛。"真可谓"妙不可酱油"。我忍着笑走了。

对于弟子辈，熊先生就更不客气了，要求严，很少称许，稍有不合意就训斥。据哲学系的某君告诉我，对于特别器重的弟子，他必是常常训斥，甚至动手打几下。我只受到正颜厉色的训导，可证在老师的眼里是宰予一流人物。谈起训斥，还可以说个小插曲。一次，是热天的过午，他到我家来了，妻恭敬地伺候，他忽然看见窗外遮着苇帘，严厉地对妻说："看你还聪明，原来糊涂。"这突如其来的训斥使妻一愣，听下去，原来是阳光对人有益云云。

在一般人的眼里，熊先生是怪人。除去自己的哲学之外，几乎什么都不在意；信与行完全一致，没有一点曲折，没有一点修饰；以诚待人，爱人以德：这些都做得突出，甚至过分，所以确是有点怪。但仔细想想，这怪，与其说是不随和，毋宁说是不可及。就拿一件小事说吧，夏天，他总是穿一条中式白布裤，上身光着，无论来什么客人，年轻的女弟子，学界名人，政界要人，他都是这样，毫无局促之态。这我们就未必成。他不改常态，显然是由于信道笃，或说是真正能"躬行"。多少年来，我总是怀着"虽不能之而心向往之"的心情同他交往。他终于要离开北京，我远离严师，会怎么样呢？我请他写几句话，留作座右铭，他写："每日于百忙中，须取古今大著读之。至少数页，毋间断。寻玩义理，须向多方体究，更须钻入深处，勿以浮泛知解为实悟也。甲午十月二十四日于北京什刹海寓写此。漆园老人。"并把墙上挂的一幅他自书的条幅给我，表示惜别。这条幅，十年动乱中与不少字轴画轴一同散失。幸而这座右铭还在，它使我能够常常对照，确知自己在读古今大著和寻玩义理方面都做得很差，惭愧而不敢自满，如果这也可以算作收获，总是熊先生最后的厚赐了。

苦雨斋一二

北宋初年有个大官，姓吕名端，字易直，作到平章事（宰相职）。同富郑公、韩魏公等相比，他不算有名，可是关于他有个有趣的评语，而且出自太宗皇帝之口，是："小事糊涂，大事不糊涂。"苦雨斋主人周作人是北京大学的老人物，从一九一七年到校，至一九三七年事变后学校南迁，整整二十年，可谓与学校共存亡。我上学时期，他主要担任日文组的课，有时兼点国文系的课，如讲六朝散文之类。他是老师行辈，我离开学校之后还同他有些交往。旧事难忘，有时自然会想到他；每次想到，吕端的故事就涌上心头。也许应该算作感慨吧，是惋惜他不能学习吕端，而是与吕端相反：大事糊涂，小事不糊涂。

所谓大事是节操，用老话说是应该义不食周粟。他是日本留学生，精通日语，而且娶的是日本夫人，羽太信子。从在日本时期起，伴随胞兄鲁迅先生，过的就是文学生涯。回国以后，"五四"前后，他写了大量的散文，也写白话诗，有相当浓厚的除旧布新的气息。这使他不只在本国,就是在日本,也有了大名。七七事变,日军侵占北京,像他这样的人,三尺童子也会知道,是三十六着,走为上计。可是他没有走。中计是学顾亭林,闭门却扫,宁可死也不出山。起初他可能也有这种想法,因为曾经到燕京大学去任课。可是过些时候,传言出现了,他要出来担任什么。日本人会利用他,这是任何人闭目都会想到的;他受不受利用,则是仁者见仁,智者见智。也许为了防万一,有些顾念旧交谊的人婉言表示了劝阻之意,我知道的有钱玄同先生和马幼渔先生。也有旧学生,多半用书札。后来知道,这些劝告都没有起作用,据说他还表示过,是因为劝说的理由还不能使他心服。我想,这说的未必合乎事实,事实是一定有什么力量超过劝告的力量。这大力量是什么呢?日本夫人?多年来对留日生活的眷恋?被元旦的一枪(一九三九年元旦有刺客登门行刺,中一枪,因衣厚未受伤)吓坏了?生活无着?或者还有其他?总之,结果是明确的,终于还是开了门,先则文学院院长,一直到教育总署督办。北大旧人寒心的是,可以抬出来让国内外看看的人物竟然倒了。日本人呢,是可以借他来说明,可以抬出来让国内外看看的人物也站在他们一边,可见他们是正义的。对立的看法在一点上是相同的,表态的是"一"个人,蕴涵的意义却不只一个人。这就关系重大,所谓大事糊涂。

  关于小事不糊涂,也可以举出不少例证。不过先要解说一下,所谓"小",是对国家、民族的"大"而言,意义并不等于微不足道。这首先是他"文"的方面的成就。他精通日语,前面已经说过。他还通希腊文和英文。中文的造诣更不用说。这使他有了大量吸收的条件。吸收多了要放出,他同鲁迅先生一样,笔下功力深,一生写了大量的文章,以文集形式出版的有几十种。早年和晚年还译了不少著作,其中有些是日本和希腊的古典作品。这些都有文献可证,用不着多说。

可以说说的是不见或少见于文献的。他多次说他不懂"道",这大概是就熊十力先生的"唯识"和废名的"悟"之类说的。其实他也谈儒家的恕和躬行,并根据英国性心理学家蔼理斯的理论而谈妇女解放。他多次说他不懂诗,对于散文略有所知。他讲六朝散文,推崇《颜氏家训》,由此可以推知他的"所知"是,文章要有合乎人情物理的内容,而用朴实清淡的笔墨写出来。关于诗,我还记得三十年代初,一次在北京大学开诗的讨论会,参加的人不多,只记得周以外,还有郑振铎和谢冰心。别人都讲了不少话,到周,只说他不懂诗,所以不能说什么。我想,这大概是因为,对于诗的看法,他同流行的意见有区别;流行的意见是诗要写某种柔情或豪情,他不写。他先是写白话诗,后来写旧诗,确是没有某种柔情和豪情,可是有他自己的意境。晚年写怀旧诗《往昔三十首》,用五古体,语淡而意厚,就不写某种柔情和豪情说,可算是跳出古人的藩篱之外了。

这文的方面的成就,与他的勤和认真有密切关系。从幼年起,他念了大量的书,可以说是古今中外。比如他喜欢浏览中国笔记之类的书,我曾听他说,这方面的著作,他几乎都看过。有一次,巧遇,我从地摊上买到日本废性外骨的《私刑类纂》,内容丰富,插图幽默,很有趣,后来闲话中同他谈起,他立即举出其中的几幅插图,像是刚刚看过。还有一次,谈起我买到蔼理斯的自传,他说他还没见过,希望借给他看看。我送去,只几天就还我,说看完了。到他家串门的朋友和学生都知道,他永远是坐在靠窗的桌子旁,桌子上放着一本书。写也是这样,几乎天天要动笔,说是没有别的事可做,不读不写闷得慌。

谈起认真,也许受鲁迅先生的感染,甚至琐屑小事他也一丝不苟。书籍总是整整齐齐的。给人写信，八行信笺用毛笔写，总是最后一行署名，恰好写满，结束。用纸包书付邮，一定棱棱角角，整整齐齐。甚至友人送个图章，他也要糊个方方正正的纸盒，把图章装在里边。大一些的事就更是这样，治学，著述，总是严格要求，不满足于差不多。记得有个人由市面上买一本《日语百日通》，写信问他是不是能够这样，他劝那个人还是干点别的，以免白白耗费一百天，可惜。三十年代前后北京有一位王君，大概是个教师吧，学齐白石，也画也刻，粗制滥造，装腔弄势，有人拿他的作品请周评论，周说："我看他还是先念点书吧。"还有一次，我同他谈起日本著作的翻译，他说很不容易，并举上海一位既画又写的有大名的某君为例，说很平常的也常常译错了。不知什么机缘，我忽然想到日本俳句，说希望他能够编一本日本俳句选译。我心里想，如果他不做，这介绍东方诗的小明珠到中国的工作就难于找到更合适的人。他听了，毫不迟疑，很郑重地说："没有那个本事，办不了。"

学问文章谈了不少，还应该谈点家常。他的家常生活，有他的打油诗为证，第一首尾联云："旁人若问其中意，且到寒斋吃苦茶。"住北京几十年，他过的都是坐在书斋吃茶的悠闲生活。这使他由"五四"时期的激昂慢慢化为平和，甚至消沉，以致到关键时刻不能选上计，真是一言难尽。——话题有放大的趋势，还是转回来谈家常。悠闲，向唯物方面说是求舒适，这就不能不多花钱。买书多也不能不多花钱。幸而薪金高，有稿费。但据说也是到手就光。所以一旦事变，北大南迁，立刻就无柴无米，连钱玄同先生都感到很意外。

柴米油盐之上是为人处世。在北京大学，他以态度温和著名，访者不拒，客气接待，对坐在椅子上，不忙不迫，细声微笑地谈闲话，是苦雨斋的惯例。几乎没有人见过他横眉竖目，也没有人听过他高声呵斥。在这方面，事例很多，只讲一个。听赵荫棠先生说，是周有了大官位时期，一个北大旧学生穷得没办法，找他谋个职业。也许是第三次去问吧，正赶上屋里有客，门房挡了驾。这位学生疑惑是推托，怒气难平，于是站在门口大骂，声音高到内院也听得清清楚楚。谁也没想到，过了三五天，通知那位学生上任了。有人问周，他这样大骂，反而用他是怎么回事。周说，到别人门口骂人，这是多么难的事，太值得同情了。

也是听赵荫棠先生说，周曾同他讲，自己知道本性中有不少坏东西，因而如果做了皇帝，也许同样会杀人。我想，这样的反省是真实的，譬如见诸文字，在早期，他曾同鲁迅先生翻了脸。内情如何，据说局外人只有张凤举和徐耀辰知道，可是有人问这两位，他们总是以不了了之；现在呢，连这两位也下世了。另一次翻脸是在晚期，也是不知为什么，他用明信片印"破门声明"，寄给熟人，说是不再承认沈启无（四弟子之一）是他的弟子。我当时接到这个明信片，心里想，不管沈启无怎么样，自己表示大动干戈总是与一贯温和的面貌不相称。

日本侵略军投降之后，他住了南京老虎桥监狱。我想，他应该悔恨没有开门出走，或闭门学顾亭林。解放以后，听说他表示悔恨，还愿意以余生做些有意义的事。过而能改总是好的，所以他又有了翻译和写作的机会。但人不是当年的了，坐落在北京西北部公用库八道湾的苦雨斋也一变而为凄清冷落。住房只剩内院北房的西半部；东半部，爱罗先珂住过的，中门外南房，鲁迅先生住过的，都住了其他市民。所住北房三间，靠西一间是卧室，日本式布置，靠东一间是书房兼待客。客人来，奉茶的是自己或羽太夫人。幸而有老本，能够在文墨的世界里徜徉，不至过于寂寞。这样的日子共计十六七年，中间经过文化大革命的动荡，到一九六七年五月，又为读者留下十几种书，下世了。

这样的一生,要怎样评价才合适呢?偶然翻阅新编的《辞海》,看见有"周作人"一条,像是本诸过而知改,既往不咎的态度写的。我引吕端的故事,说是大事糊涂,或者太苛了吗?我想了想,因为我是他的学生,珍视他文的方面的成就,难免求全责备,说是出于善意也罢,说是有违恕道也罢,既然这样想了,也只好这样说了。

两位美学家

两位美学家，指朱光潜先生和宗白华先生。谈这两位，而且合在一起谈，是因为近些年，我住在北京大学的燕园之内，与这两位成为邻居，有时出来散步或买食物，就间或在路上遇见，这点点因缘引起一些感想，想说说。说因缘和感想，意思是躲开学问，那不好谈，因为太多，又难免玄远，难免枯燥。

由结邻说起。我一九六九年夏秋之际到明太祖龙兴之地的干校去接受改造，两年之后结业，妇唱夫随，也舍了城内三十余年的住所，到燕园的东北隅寄食。朱光潜先生住燕南园的西北隅，花神庙遗址之西，与我成为远邻。宗白华先生也住燕园的东北隅，从我们的南窗可以看见他的北窗，与我成为近邻。朱先生是我的老师，他的夫人奚今吾女士是我的同事，很熟，依常情，我可以常去串门，可是朱先生忙，不便去打扰，所以我与朱先生相见，经常是在西门内的外文楼附近。宗先生呢，因为是近邻，几乎朝朝夕夕都见到，也是在路上。

转而说远的因缘。知道宗白华先生，时间也许更靠前一些，记得中学国文课教材里选过他的《读书与自动的研究》等文章，我当然读过。知道朱光潜先生，是从读他的《给青年的十二封信》《文艺心理学》《谈美》开始。其后，宗先生在我的知见中消失了。朱先生却一直清晰，因为上大学时期，记得还听过他讲课，大概是文学概论吧；毕业以后，杂览，有时也喜欢钻钻形而上，看看桑塔亚那等谈美的著作，自然就又想到朱先生和他的克罗齐。朱先生不是狭窄的美学家，他通晓多方面，并谈多方面，文笔也好，清明流利，我喜欢读。

我和朱先生都是北大旧人，大革命风刮起之后，依照什么什么规律，身忙心不安，自扫门前雪，我几乎把他忘了。没有忘干净，是因为他的夫人和我同在一地，有时，至少为了合礼，要询问一下他的情况。答复常是"还好"，"还"，意思是没有坏到不能活。干校结业，奚女士借了朱先生名高年老而且未被逐出北大的光，没费多少周折就回了北京，其后不久我到燕园寄食，因而就有了接近朱先生的机会。可是事实是没有接近，原因有二，都属于时宜性质。以一九七六年的大地震为界，其前，朱先生先是住牛棚，扫厕所，放还之后，宜于闭门思过，如果门前常有客人来往，北京土语所谓显鼻子显眼，会给他增加麻烦，我不便去。其后，听奚女士说，大革命一开始，朱先生自知问题严重，其中之一当然是学术权威性质的反动，于是接受应该低头认罪的今训，把与文字有关的，文稿等等，都交了。其时风暴刚起，没有如何处理这类反动的规定，于是由当其事者依己见处理，而这位当其事者是，接收，打开外文楼某一间的门，都放入。风平浪静之后，当然是发还，据说是没失落什么。可以想到，朱先生，与一般书呆子一样，就继续钻进去，整理旧的，写新的，总而言之，是加倍忙起来。我懒散，但对于这类的勤却既钦佩又有些体会，所以还是不便去。

但究竟是同住在一个大墙圈之内，有时还是能够见到。有个时期，朱先生经常到外文楼去工作，累了，就到楼东门外的通路上，叼着烟斗散步。我遇见他几次，总是问安之后，谈几句闲话就作别。他因为年高，身体显得更矮了，头发全白，步履很慢，配上由烟斗不断上升的烟缕，总像是沉思的样子。衣服不破，但和人以及他的学问一样，古旧，一看就知道是多年前的。这楼门外的通道，北端是副食店和粮店，来买食物的人不少，把朱先生放在这样的人群里，沉思而不买米油盐，显得有些怪，幸而燕园之内，这样的怪物不罕见，所以追着细看并进而研究的好事者并不多。

以后，大概是因为行动越来越费力了吧，朱先生很少出门了。有一次，我见到奚今吾女士，问过朱先生情况之后，有预见之明，说请她转求朱先生给我写点什么。不久就写来，是丰子恺的一首五绝。字苍劲，颓唐中有些拙气，与《谈美》的轻灵婉约不是一路。我感到惭愧，竟不知道朱先生的书法也有相当深的造诣。

最后一次见到朱先生是一九八四年秋冬之际（?），祝叶圣陶先生九十大寿，在北京西四同和居的宴会上，奚今吾女士随着照看他。看来他是很衰弱了，活动，尤其走路，很吃力。酒饭当中，可能由于小便失禁，朱先生要往厕所。厕所照例是男女授受不亲，奚女士不便进入，正在为难，一眼看见我，本着"有事，弟子服其劳"的古训，让我陪同前往。我搀着他，觉得出来，他是一点自主的力量也没有了。我想到他的著作，他的心愿，以及生生灭灭的自然规律，不禁泛起一缕逝者如斯的怅惘。其后有一年多，我没见到奚女士，也就断了朱先生的消息。终于传来不幸的消息，他于一九八六年早春作古了。我赶往燕南园他的住所去吊唁，接待的人说，奚女士心脏病复发，遵医嘱，静养，不能见客。就这样，我在一张纸上写了几句话，算是把朱先生送走了。

宗白华先生比朱光潜先生高寿，我朝夕见到他的时候已经是八十年代，他年岁超过八十。我本来不认识他，常见我住处西侧的大路上有个衰朽老人，中等身材，略丰满，黑面白发，穿得很旧，有时很破，腋下夹着一根手杖而永远不用，走路有特点，是鞋底不离地，发出连续的嚓嚓声，面目和善，总是带着笑容看对面走来的人，问别人，知道是宗白华先生。后来才知道，我老伴同他相当熟，因为到东门外买食品常常遇见。我老伴不知道他是老牌的作家和美学家，所以向来以平等的态度对之。宗先生当然也是这样，并且喜欢关照别人，例如有一次，我老伴买来较多的糕点，解释原由，是宗先生劝她多买，说："我尝过了，确是软，多买些吧！"宗先生也有老伴，大概身体很坏，春秋佳日，有时看见她在阳台上立一会儿，没见她走出过阳台。也许就是因此，采购的任务要由宗先生独自完成。采购，也许还有锻炼的用意，据我老伴说，宗先生买物，常常是到更远的海淀。我想，这样的步法，往海淀买物，需要很长时间且不说，一定难于应付裕如吧？有一次，可以证实我的推断并不错，是夏天，见他嚓嚓走回来，不知买了什么菜，大概是忘了带装的工具，急中生智，用伞代替，撑开，头向下，大面积小用，惹得不少路上人暗笑。我推想，他这样像是心不在焉，大概是在想他的美学问题。果然，其后，他的最后一本文章选集《美学与意境》也出版了。我大致翻了翻，很佩服，觉得不愧是美学家，或再放大，哲学家，因为能够学与用沟通，于一粒芥子中看到须弥，摘取生命树上的花使之变成小诗。

也是一九八六年，但挨到年底，宗先生也作古了。不幸中之幸，与朱先生一样，也留下他的思想和心愿。我有时想到他们两位，顺流而下，不免想到美丑问题，以及另外两个，同样玄远但又切身，善恶问题和实虚问题。善恶问题和美丑问题，是人类，或扩大，说生命，独有的。实虚问题不是，没有生命照样会有此疑问，只是生命不知道罢了。我这样说，明眼人会看出，对于善恶和美丑，我是人本位的实利主义者，就是说，在这类看似神秘的事物中也没有什么神秘，拿起算盘，三七二十一，一退六二五，最后结账，所谓善，所谓美，不过是有利生之力的什么而已。但这里的问题很复杂，专说美丑，以利生为辨析的原则，理论即使可通，付诸实行也大难。生有多种，"不如饮美酒，被服纨与素"是，"采菊东篱下，悠然见南山"也是；利就更难定，就一己说，有远近，有久暂，因而不免有正反，范围扩大到己以外就更是千头万绪，真是一言难尽。

只好避难就易，只说内外。朱先生和宗先生是美学家，毕生跟美打交道，应该说，知道什么是美，以及美之所以为美，可是看外表，尤其宗先生，像是离美很远，这是只顾内而忘了外。这样是否可取？又是很难说。只好且不评论，看看实际。据我所知，实际是有不少人，走的是相反的路，只顾外而忘了内。外是什么？多得很，时装，系列化妆品，然后是杂色灯光闪闪之下，诉诸目的跳，诉诸耳的唱；再然后就扩大到身外，只说门内，是组合家具，家用电器，等等。当然，发展科技，有了成果，增加些六根享受也是意中事。但杞人忧天，我只怕在这个领域内，也是内外不能兼顾，甚至互为消长，比如时装太时，系列化妆品太系列，因而看到芥子就不能想到须弥，有生命树上的花就不能使之变成小诗，那就所得太小，所失太多了。本于这样的杞忧，我总是希望，尤其迷恋时装和系列化妆品的人，无妨于装妆之余，也想想朱光潜先生和宗白华先生，如果有所会或有所悟，那就可以减少一点外而增加一点内，也就是可以接近比较实在的美了吧？

胡博士

胡博士是个有大名的人物。在手持玉帛的人们的眼里是这样,在手持干戈的人们的眼里似乎尤其是这样,因为如果无名,就犯不上大动干戈了。可是以他为话题却很不合适。一是他的事迹,几乎尽人皆知,"五四"时期的文学革命不用说了,其后呢,有他自己写的《四十自述》,再其后,作了最高学府北京大学的校长,渡海峡东行,作院长、大使等等,所谓事实俱在,用不着述说。二是关于学术成就,他是经史子集无所不问,无所不写,大兼早直到老庄和孔孟,小(当然是按旧传统说)兼晚直到《红楼梦》和《老残游记》,所谓文献足征,也用不着述说。三是不管谈哪方面,都会碰到评价问题,这很不好办,向这一方偏,站在那一方的人们不能容忍,向那一方偏,站在这一方的人们不能容忍,居中,两方都会斥为骑墙派或模棱派,也不能容忍,总之将是费力不讨好。可是我这琐话有不少是涉及北京大学的,胡博士是北京大学的重要人物,漏掉他,有人会怀疑这是有什么避忌。不得已,只好借用孔北海让梨的办法,拿小的,谈一些琐屑。

胡博士一九一七年来北大,到我上学时期,论资历,已经是老人物了。可是年岁并不很大,不过是"四十而不惑"。看外貌更年轻,像是三十岁多一些。中等以上身材,清秀,白净。永远是"学士头",就是头发留前不留后,中间高一些。永远穿长袍,好像博士学位不是来自美国。总之,以貌取人,大家共有的印象,是个风流潇洒的本土人物。

形貌本土,心里,以及口中,有不少来自异国的东西。这有思想,或说具体一些,是对社会、人生以及与生活有关的种种事物(包括语言文学)的看法。——这方面问题太大,还是谈小一些的,那是科学方法。我们本土的,有时候谈阴阳,说太极,玄想而不顾事实。科学方法则不然,要详考因果,遵循逻辑,要在事实的基础上建立知识系统。这对本土说是比较新鲜的。可是也比较切实,所以有力量。初露锋芒是破蔡元培校长的《石头记索隐》。蔡先生那里是猜谜,甚至作白日梦,经不住科学方法的事实一撞,碎了。在红学的历史上,胡博士那篇《〈红楼梦〉考证》很重要,它写于一九二一年,刚刚"五四"之后,此后,大家对索隐派的猜谜没有兴趣了,改为集中力量考曹府,以及与之有关联的脂砚、敦敏等。也是用这种方法,胡博士还写了几种书和大量的文章,得失如何可以从略。

"五四"前后,胡博士成为文化界的风云人物,主要原因自然是笔勤,并触及当时文化方面的尖锐问题,这就是大家都熟知的文学革命。还有个原因,其实也不次要,是他喜爱社交,长于社交。在当时的北京大学,交游之广,朋友之多,他是第一位。是天性使然还是有所为而然,这要留给历史学家兼心理学家去研究;专从现象方面说,大家都觉得,他最和易近人。即使是学生,去找他,他也是口称某先生,满面堆笑;如果是到他的私宅,坐在客厅里高谈阔论,过时不走,他也绝不会下逐客令。这种和易的态度还不只是对校内人,对校外的不相识,据说也是这样,凡是登门必接待,凡是写信必答复。这样,因为他有名,并且好客,所以同他有交往就成为文士必备的资历之一,带有讽刺意味的说法是:"我的朋友胡适之。"

要上课,要待客,要复信,要参加多种社会活动,还要治学,写文章,其忙碌可想而知。可是看见他,总是从容不迫的样子。当时同学们都有个共同的感觉,胡博士聪明过人,所以精力过人。三十年代初,他讲大一普修的中国哲学史,在第二院大讲堂(原公主府正殿)上课,每周两小时,我总是去听。现在回想,同学们所以爱听,主要还不是内容新颖深刻,而是话讲得漂亮,不只不催眠,而且使发困的人不想睡。还记得,那已是一九四六年,西南联大三校各回老家之后,清华大学校庆,我参加了。其中有胡博士讲话,谈他同清华大学的关系,是某年,请他当校长,他回个电报说:"干不了,谢谢!"以下他加个解释,说:"我提倡白话文,有人反对,理由之一是打电报费字。诸位看,这用白话,五个字不是也成了吗?"在场的人都笑了,这口才就是来自聪明。

以上谈的偏于"外面儿"的一面。外面儿难免近于虚浮,一个常会引起的联想是风流人物容易风流。胡博士像是不这样,而是应该谨严的时候并不风流。根据道听途说,他留学美国的时候,也曾遇见主动同他接近的某有名有才的女士,内情如何,外人自然难于确知,但结果是明确的,他还是回到老家,安徽绩溪,同父母之命的江夫人结了婚。来北京,卜居于地安门内米粮库,做主妇的一直是这位完全旧式的江夫人,不能跳舞,更不能说 yes, no。这期间还流传一个小故事,某女士精通英、法、德文,从美国回来,北大聘她教外语,因为家长与胡博士有世交之谊,住在胡博士家。我听过这位女士的课,一口流利的好莱坞。她说惯了,不三思,下课回寓所,见着胡博士还是一口好莱坞,胡博士顺口搭音,也就一连串 yes, no。这不怪江夫人,她不懂，自然不知道说的是什么，也自然会生疑。胡博士立即察觉，并立即请那位女士迁了居。

闲谈到此，本来可以结束了。继而一想，不妥，谈老师行辈，用夫人和女士事件结尾，未免不郑重。那就再说一件，十足的郑重其事，是他对朋友能够爱人以德。那是一九三八年，中国东、北半边已经沦陷，北大旧人还有住在北京的，其中一位是周作人。盛传他要出来做什么，消息也许飞到西方，其时胡博士在伦敦，就给周寄来一首白话诗，诗句是："臧晖（案为胡博士化名）先生昨夜作一个梦，梦见苦雨庵（案为周的书斋名）中吃茶的老僧，忽然放下茶盅出门去，飘然一杖天南行。天南万里岂不太辛苦？只为智者识得重与轻。梦醒我自披衣开窗坐，谁知我此时一点相思情。"用诗的形式劝勉，"谁知我此时一点相思情"，情很深，"智者识得重与轻"，意很重，我忝为北大旧人，今天看了还感到做得很对。可惜收诗的人没有识得重与轻，辜负了胡博士的雅意。

说起北大旧事，胡博士的所为，也有不能令人首肯的，或至少是使人生疑的。那是他任文学院院长，并进一步兼任中国语言文学系主任，立意整顿的时候，系的多年教授林公铎（损）解聘了。林先生傲慢，上课喜欢东拉西扯，骂人，确是有懈可击。但他发牢骚，多半是反对白话，反对新式标点，这都是胡博士提倡的。自己有了权，整顿，开刀祭旗的人是反对自己最厉害的，这不免使人联想到公报私仇。如果真是这样，林先生的所失是鸡肋（林先生不服，曾发表公开信，其中有"教授鸡肋"的话），胡博士的所失就太多了。

梁漱溟

写下这样一个题目，先要说几句请读者不要误会的话。梁先生也属于歪打正着，因受压而名气反而增长的人，近几年西风渐猛，介绍梁先生事迹也成为热门，又他的著作，书店或图书馆的架子上俱在，所以，照史书列传那样介绍已经意义不大；我还要写，主要是想说说我对梁先生的狂妄想法，其间提到梁先生的星星点点，殆等于挂角一将。自知狂妄而还有胆量说，是考虑到梁先生和我都是出入红楼的北大旧人（他讲六年，我学四年），受北大学风的"污染"，惯于自己乱说乱道，也容忍别人乱说乱道，所以估计，如果梁先生仍健在，看到，一定是"相视而笑，莫逆于心"。可惜我错了，不该晚动笔；或者是他错了，不该急着去见上帝。

就由名气增长说起。受压，不只他一个人，自然就说不上希奇。希奇的是他不像有些有大名之士，识时务者为俊杰，每次新的运动或新的学习到来，就大作其检讨八股，说过去糊涂，现在受到教育，恍然大悟或又明白一些云云。这里插说一点意思，检讨中说又明白一些的其实是已经彻悟，因为能够鉴往知来，给下次的检讨留有余地；说恍然大悟表示除了根，下次检讨就难于着笔了。言归正传，梁先生就不同，是不只不检讨，反而敢于在大力压之下声言要讲理，纵使不了了之之后也曾闭门思过。这显然失之过于迂阔。但迂阔，其外含有硬，其内含有正，所以可敬；尤其在山呼万岁和"滚下来"之声震天的时候，能够不放弃硬和正，就更加可敬。

就算是挂角一将，既然以梁先生为题，也要说说我和他的一点点因缘。他早年的重要著作，《东西文化及其哲学》，以及近年的一些著作，我粗粗地看了，印象留到下面说。我和他只通过一次信，是四十年代后期，我主编一个佛学月刊，当然要约请北大讲佛学的前辈写文章，于是给他写信。记得那时他在重庆，回信说，他不写，也许我的信提到张东荪吧，他说张东荪聪明，可以写。我是受了《红楼梦》第五回"聪明累"曲词"机关算尽太聪明"的影响，觉得他的话含有不敬的意思，所以感到奇怪，或者说，感到这样写的人有些奇怪。最近看报，才知道还有更甚者，是他复某先生信，表明自己不愿意参加什么纪念宴会，理由是某先生曾谄媚某女霸云云。我进一步明白，梁先生于迂阔之外，还太直，心口如一到"出人意表之外"。解放后他来北京，恍惚记得在什么会上见过，正襟危坐，不是寡言笑，而是无言笑，十足的宋明理学家的风度。他住在德胜门内积水潭西的小铜井一号，积水潭西岸是他父亲梁巨川（济）于民国七年"殉（清）国"投水自杀的地方，卜居于此，不知道是否有悼念的意思。这次住北京，他不再讲佛学，改为"从"政，讲治平，接着就成为顽固不化的代表人物，我当然不便登门。一九七六龙年诸大变之后，无妨登门了，又因为无可谈（理由见后），所以就始终没有去看他。直到一九八八年，母校北大建校九十周年，承纪念文集《精神的魅力》的编者不弃，我写了一篇纪念文章。书出版后送来，一看，文章次序是依齿德排的，居然有梁先生一篇，他生于公元一八九三年，高龄九十五，荣居榜首。我名列第四，一则以喜，一则以惧。惧的原因是"冯唐易老"，可不在话下。喜呢，是仅仅隔着冰心、冯至两位，可说是间接与梁先生联床了。梁先生这篇《值得感念的岁月》是口述别人记录的，翻腾了北大的一部分老家底，我看了感到亲切；其中多提到蔡元培校长，他心情恭顺，态度谦和，我才知道梁先生原来是也会点头的。

对我的狂妄想法而言，以上是楔子，以下才是正文。梁先生直，追本溯源，近是来于其尊人梁巨川，远是来于天命之谓性。直，必自信，因为直之力要由信来。这自信也表现在学业方面。在这方面，就我深知的许多前辈说，他与熊十力先生和废名先生是一个类型的，都坚信自己的所见是确定不移的真理，因而凡是与自己的所见不同的所见都是错的。这好不好？一言难尽。难，因为显然不能反其道而行，不相信自己之所见。由这种坚往宽松方面移动，近可以移到承认人各有见，远可以移到推想自己的所见也可能错。近是客观所有，但这三位，我推想，是不会用民主的态度看待各有所见的别人的，因为他们坚信自己的所见，并由此推论，别人的不同所见必错。这样，他们的宽松刚移到承认人各有见就搁了浅，自然就永远不会再移动，到推想自己的所见也可能错的地方。而其实，正如常识所常见，所见，不管自信为如何高明，错的可能终归是有的。还是总说这三位，因为惯于多信少疑，至少是我觉得，学业兼表现为品格就长短互见：长是诚，短是不够虚心。但这是大醇小疵，我们理应取大而舍小。

深追一步，正面说梁先生的所见。当然主要还是说我的所见，不能翻腾梁先生的学业家底。这里借用王阳明知行合一的说法，推想梁先生一定相信，他是"行"家，"知"是为他的行服务的。我不这样看。比如与北大的另一位，也是多年受大力之压的马寅初先生，相比，就一眼可以看出有大差别。马先生的眼睛多看"人"，所以虽也悲天，但着重的是悯人。他不停于论，而是以论为根据，想办法。可惜被"人多力量大"的有权威的高论一扫，连人也束之高阁了。梁先生呢，似乎更多的是看"天"，即多想萦回于心中的"理"，虽然不至如宋儒那样，由无极、太极起的一贯形而上，但理终归是理，无论怎样像是明察秋毫，头头是道，却不免于坐而可言，起而难行。我有时甚至想，在眼向外看的时候，至少就气质说，梁先生，与其说近于写《乌托邦》的摩尔，不如说近于写对话集的柏拉图，或者再加一点点堂吉诃德，因为他理想的种种，放在概念世界里似乎更为合适。这是迂阔的另一种表现，由感情方面衡量，可敬，由理智方面衡量，可商。有的，说重一些，至少由效果方面看，还近于可笑。可是很对不起梁先生，我没有去商。责任的一半在我，因为自顾不暇。另一半，我大胆推给梁先生，因为我深知，对于不同的所见，尤其出于后学的，他是不会采纳的。

还可以再往深处追。梁先生以治佛学入北大，出入红楼，所讲仍是佛学。与熊十力先生相似，梁先生也是由释而儒。但改变程度有深浅之别。熊先生张口闭口大《易》，却没有丢掉唯识。梁先生年轻时候信佛，曾想出家，"从"政以后，虽然仍旧茹素，却像是不再想常乐我净方面的妙境，而成为纯粹的儒。与法家相比，儒家是理想主义者，相信人性本善，人皆可以为善。而世间确是有不善，怎么办？办法还是理想主义，比如希望君主都成为尧、舜，臣子都成为诸葛亮、魏征。希望多半落空，怎么办？理想主义者一贯是坚信，暂时可以落空，最终必不落空。理想主义者总是彻头彻尾的理想主义者。我呢，也许中了老庄和《资治通鉴》两类书的毒，虽然不敢轻视理想主义，却又不能放弃怀疑主义，甚至悲观主义。也渴望治平，而对于如何如何便可以鸡犬超升的妙论，则始终至多是半信半疑。这里，显然，我和梁先生就有了不小的距离。恕我狂妄，在梁先生作古之后还吹毛求疵。我总是认为,梁先生的眼镜是从 Good 公司买的,于是看孔孟,好,看人心不古的今人,还是好,直到看所有的人心,都是好。可是就是这样的他眼镜中的好人,集会批判他了,因为他是不隐蔽的孔子的门徒;孔早死了,抓不着,只好批其徒。他不愧为梁先生,恭聆种种殊途而同归的高论之后,照规定说所受教益,还是老一套,就是大家熟知的:"三军可夺帅也,匹夫不可夺志。"事过境迁,现在有不少人赞叹了,我则认为梁先生明志,引《论语》还引得不够。应该加什么?显然应该加上另外两句:一句是"道之不行,已知之矣";另一句是"不可与言而与之言,失言"。这也就可证,梁先生是地道的理想主义者,甚至空想主义者,我则加上不少的怀疑主义甚至悲观主义了。梁先生的地道,可敬,也可怜;我的杂七杂八,大概只是可怜了。

还是专说梁先生。说可怜,是来于同情。因为梁先生是北大的前辈,我的同情心就更盛,有时闭户凝思,甚至还会落一滴两滴同情之泪。落泪,主要不是为他受了屈,是为他迂阔,以至于"滞"的可怜。至于开了门,面前有了别人,那就应该专说可敬。可敬之处不少。有悲天悯人之怀,一也。忠于理想,碰钉子不退,二也。直,有一句说一句,心口如一,三也。受大而众之力压,不低头,为士林保存一点点元气,四也。不作歌颂八股,阿谀奉承,以换取絜驾的享受,五也。五项归一,我觉得,今日,无论是讲尊崇个性还是讲继承北大精神,我们都不应该忘记梁先生,因为他是这方面的拔尖儿人物。

刘半农

刘半农先生是我的老师，三十年代初我在北京大学上学，一九三三年九月到一九三四年六月听了他一年"古声律学"的课。他名复，号半农，江苏江阴人。生于清光绪辛卯（十七年，1891），是北京大学卯字号人物之一。说起卯字号，那是北京大学老宅（原为乾隆四公主府，在景山之东马神庙，后改名景山东街，又改为沙滩后街）偏西靠南的一组平房，因为住在那里的教师有两位是光绪己卯年（五年，1879）生，有三位是辛卯年生。卯就属相说是兔，于是己卯年生者成为老兔，辛卯年生者成为小兔，其住所的雅称为卯字号，义为兔子窝。卯字号的小兔，名气最大的是胡适之，其次才是刘半农和刘叔雅。半农先生来北大任教是民国六年（1917年），民国九年往法国留学，六年后得博士学位回国，仍在北京大学任教。

半农先生的学术研究是语音学，最出名的著作是《四声实验录》。这部书从音理方面讲清楚汉语不同声调的所以然，使南朝沈约以来的所有模棱解释一扫而空。但他是个杂家，有多方面的兴趣。据说早年在上海写"礼拜六"派文章,署名"伴侬",半农的大号就是削去两个人旁来的。他还治文法,所著《中国文法通论》在中国语法学史上也占一席地。专攻语音学以后,他仍然写小品文,写打油诗(用他自己的称谓)。写这类文章,常用别号"双凤凰砖斋"和"桐花芝豆堂",前者取义为所藏之砖比苦雨斋(周作人)所藏多一凤凰,后者取义为四种植物皆可出油,也可见他为人的喜幽默,多风趣。他还谈论音乐,这或者是受他老弟名音乐家刘天华的影响;而且写过歌词,名"教我如何不想他"。他的业余癖好是照相,据说在非职业摄影家里,他的造诣名列第一。在这方面他还有著作,名《半农谈影》。他的照相作品,我只见过一次,是给章太炎先生照的,悬在北京大学研究所国学门。太炎先生半身,右手捏着多半支香烟,缭绕的烟在褶皱的面旁盘旋,由严肃的表情中射出深沉的目光,给我留下很深的印象。当时的学者都有聚书的嗜好,半农先生也不例外。我没有看过他的书斋,但知道贯华堂原刻七十一回本《水浒传》在他手里,这是他先下手为强,跑在傅斯年前面,以数百元高价得到的(中华书局曾据此缩小影印出版)。还有一件,是喜欢传奇志异,作古之前不久,他为赛金花写传,未成,由弟子商鸿逵继续写完,名《赛金花本事》出版。

  以上是半农先生超脱的一面。专看这一面,好像他是象牙之塔里的人物,专力治学,以余力玩一玩。其实不然,他对世事很关心,甚至有路见不平,拔刀相助的肝胆。写文章,说话,都爱憎分明,对于他所厌恶的腐朽势力,常常语中带刺。"五四"时期,他以笔为武器,刺旧拥新,是大家都知道的。还有一次,大概是一九三二年或一九三三年吧,办《世界日报》的成舍我跟他说:"怎么老不给我们写文章?"他说:"我写文章就是骂人,你敢登吗?"成说:"你敢写我就敢登。"半农先生就真写了一篇,题目是"阿弥陀佛戴传贤",是讽刺考试院长戴传贤只念佛不干事的，《世界日报》收到，就在第一版正中间发表了。为此，《世界日报》受到封门三天（？）的报应，半农先生借北京大学刺多扎手的光，平安地过来了。

一九三三年暑后，我当时正对乐府诗有兴趣，看见课表上有半农先生"古声律学"的选修课，就选了。上第一堂，才面对面地看清他的外貌。个子不高，身体结实，方头，两眼亮而有神，一见即知是个精明刚毅的人物。听课的有十几个人。没想到，半农先生上课，第一句问的是大家的数学程度如何，说讲声律要用比较深的数学。大家面面相觑，都说不过是中学学的一点点。他皱皱眉，表示为难的样子。以后讲课，似乎在想尽量深入浅出，但我们仍然莫明其妙。比如有一个怪五位数，说是什么常数，讲声律常要用到，我们终于不知道是怎么求出来的。但也明白一件事，是对于声音的美恶和作用，其他讲文学批评的教授是只说如此如彼的当然，如五微韵使人感到惆怅之类；半农先生则是用科学数字，讲明某声音的性质的所以然。这是根本解决，彻底解决，所以我们虽然听不懂，还是深为信服。就这样学了一年，到考试，才知道正式选课的只我一个人，其余都是旁听。考试提前，在半农先生的休息室。题尽量容易，但仍要他指点我才勉强完了卷。半农先生笑了笑，表示谅解，给了七十分。我辞出，就这样结束了最后一面。提前考试，是因为他要到西北考察语音（？），想不到这一去就传染上回归热，很快回来，不久（七月十四日）就死在协和医院，享年才四十三岁。

暑后开学，延迟到十月中旬（十四日）才开追悼会。地点是第二院（即上面说的老宅）大讲堂，原公主府的正殿。学术界的名人，尤其北京大学的，来得不少。四面墙上挂满挽联。校长蒋梦麟致悼词之后，登上西头讲台讲话的很有几个人，如胡适之、周作人、钱玄同等。讲话表示推崇惋惜不奇怪，奇怪的是对于"杂"的看法不一致，有人认为白璧微瑕，有人反驳，说这正是优点。公说公的理，婆说婆的理，在北京大学是司空见惯，所以并没有脸红脖子粗就安然过去。到会的有个校外名人，赛金花。她体形苗条，穿一身黑色绸服，梳头缠脚，走路轻盈，后面跟着女仆顾妈，虽然已是"老大嫁作商人妇"的时期，可是一见便知是个不同凡响的风尘人物。她没有上台讲话，可是送了挽联，署名是魏赵灵飞。挽联措辞很妙，可惜只记得上半，是"君是帝旁星宿，侬惭江上琵琶"。用白香山《琵琶行》故事，恰合身份，当时不知系何人手笔。不久前遇见商鸿逵，谈及此事，他说是他代作，问他下半的措辞，他也不记得了。没想到，过了几个月，商先生也下世，这副挽联恐怕不能凑全了吧。还有一副挽联，是编幽默月刊《论语》的林语堂和陶亢德所送，措辞也妙，可惜只记得下半，是"此后谁念阿弥陀佛，而今你逃狄克推多"。

追悼会之后，日往月来，半农先生离我越来越远了。大概是五十年代，阅市，遇见旧货中有他写的两个大字"中和"，觉得意义不大，未收。仅有的一本他的著作《半农谈影》，有个朋友喜欢照相，奉送了。于是关于半农先生，我之所有就只是上面这一点点记忆了。

【附记】　书出版后，承陈子善先生见告，据《论语》期刊，赛金花挽联之下半为：下扫浊世粃糠又腾身骑龙云汉，还惹后人涕泪谨拜手司马文章；林语堂挽联上半为：半世功名活着真太那个，等身著作死了倒也无啥。

朱自清

朱自清先生的大名和成就，连年轻人也算在内，几乎无人不知，无人不晓，因为差不多都念过他的散文名作，《背影》和《荷塘月色》。我念他的《背影》，还是在中学阶段，印象是文富于感情，这表示人纯厚，只是感伤气似乎重一些。一九二五年他到清华大学以后，学与文都由今而古，写了不少值得反复诵读的书，如《诗言志辨》《经典常谈》等。一九三七年以后，半壁江山沦陷，他随着清华大学到昆明，以及一九四六年回到北京以后，在立身处世方面，许多行事都表现了正派读书人的明是非、重气节。不幸是天不与以寿，回北京刚刚两年，于一九四八年十月去世，仅仅活了五十岁。

我没有听过朱先生讲课，可是同他有一段因缘，因而对他的印象很深。这说起来难免很琐碎，反正是"琐话"，所以还是决定说一说。

我的印象，总的说，朱先生的特点是，有关他的，什么都协调。有些历史人物不是这样，如霍去病，看名字，应该长寿，却不到三十岁就死了；王安石，看名字，应该稳重，可是常常失之躁急。朱先生名自清，一生自我检束，确是能够始终维持一个"清"字。他字佩弦，意思是本性偏于缓，应该用人力的"急"补救，以求中和。做没做到，我所知很少，但由同他的一些交往中可以推断，不管他自己怎样想，他终归是本性难移，多情而宽厚，"厚"总是近于缓而远于急的。他早年写新诗，晚年写旧诗，古人说："温柔敦厚，诗教也。"（《礼记·经解》）这由学以致用的角度看，又是水乳交融。文章的风格也是这样，清秀而细致，总是真挚而富于情思。甚至可以扯得更远一些，他是北京大学一九二〇年毕业生，查历年毕业生名单，他却不是学文学的，而是学哲学的。这表面看起来像是不协调，其实不然，他的诗文多寓有沉思，也多值得读者沉思，这正是由哲学方面来的。这里加说几句有趣的插话，作为朱先生经历的陪衬。与朱先生同班毕业的还有三位名人，也是毕业后改行的：一位是顾颉刚，改为搞历史；一位是康白情，改为搞新诗；还有一位反面人物是陈公博，改搞政治，以身败名裂告终。最后说说外貌，朱先生个子不高，额头大，双目明亮而凝重，谁一见都能看出，是个少有的温厚而认真的人物。我第一次见他是一九四七年，谈一会儿话，分别以后，不知怎么忽然想到三国虞翻的话："生无可与语，死以青蝇为吊客，使天下一人知己者，足以不恨。"我想，像朱先生这样的人，不正是可以使虞翻足以不恨的人物吗？

泛泛的谈了不少，应该转到个人的因缘了。是一九四七年，我主编一个佛学月刊名《世间解》，几乎是唱独角戏，集稿很难，不得已，只好用书札向许多饱学的前辈求援，其中之一就是朱先生。久做报刊编辑工作的人都知道，在稿源方面有个大矛盾，不合用的总是不求而得，合用的常是求之不得。想消灭求之不得，像是直到今天还没有好办法，于是只好碰碰试试，用北京的俗语说是"有枣没枣打一竿子"，希望万一会掉下一两个。我也是怀着有枣没枣打一竿子的心情这样做的,万没有想到,朱先生真就写了一篇内容很切实的文章,并很快寄来,这就是刊在第七期的《禅家的语言》(后收入《朱自清古典文学论文集》上册)。当时为了表示感激,我曾在"编辑室杂记"里写:"朱自清教授在百忙中赐予一篇有大重量的文章,我们谨为本刊庆幸。禅是言语道断的事,朱先生却以言语之道道之,所以有意思,也所以更值得重视。"这一期出版在一九四八年一月,更万没有想到,仅仅九个月之后,朱先生就作古了。

大概是这一年的二月,有一天下午,住西院的邻居霍家的人来,问我在家不在家,说他家的一位亲戚要来看我。接来了,原来是朱先生。这使我非常感激,用古人的话说,这是蓬户外有了长者车辙。他说,霍家老先生是他的表叔,长辈,他应该来问安。其时他显得清瘦,说是胃总是不好。谈一会儿闲话,他辞去。依旧礼,我应该回拜,可是想到他太忙,不好意思打搅,终于没有去。又是万没有想到,这最初的一面竟成了最后一面。

死者不能复生,何况仅仅一面。但我常常想到他,而所取,大概与通常的评价不尽同。朱先生学问好,古今中外,几乎样样通。而且缜密,所写都是自己确信的,深刻而稳妥。文笔尤其好,清丽,绵密,细而不碎,柔而不弱。他代表"五四"之后散文风格的一派,由现在看,说是广陵散也不为过。可是我推重他,摆在首位的却不是学和文,而是他的行。《论语》有"行有余力,则以学文"的话,这里无妨断章取义,说:与他的行相比,文可以算作余事。行的可贵,具体说是,律己严、待人厚都超过常格。这二者之中,尤其超过常格的待人厚,更是罕见。这方面,可举的证据不少,我感到最亲切的当然是同自己的一段交往。我人海浮沉,认识人不算少,其中一些,名声渐渐增大,地位渐渐增高,空闲渐渐减少,因而就"旧雨来,今雨不来"。这是人之常情,不必作杜老《秋述》之叹。朱先生却相反,是照常情可以不来而来,这是决定行止的时候,只想到别人而没有想到自己。如果说学问文章是广陵散,这行的方面就更是广陵散了。

说来也巧,与朱先生告别,一晃过了二十年,一次在天津访一位老友,谈及他的小女儿结了婚,问男方是何如人,原来是朱先生的公子,学理科的。而不久就看见他,个子比朱先生高一些,风神却也是谦恭而恳挚。其时我老伴也在座,事后说她的印象是:"一看就是个书呆子。"我说:"能够看到朱先生的流风余韵,我很高兴。"

叶圣陶

一再沉吟之后才写下这样一个题目。沉吟，是因为几个月之前已经写了一篇，题目是"叶圣陶先生二三事"，为完成纪念文集编者交下的任务而拿笔的。名二三事，那篇文章开头曾有解说："一是他业绩多，成就大，写不胜写；二是遗体告别仪式印了《叶圣陶同志生平》的文本，一生事业已经简明扼要地说了；三是著作等身，为人，以及文学、教育、语文等方面，足以沾溉后人的，都明摆着，用不着再费辞。"这样说，所谓二三事，是想写史传大事之外的一点零碎，与我个人有关，并且我认为值得说说的。那么，这里又有什么必要再拿一次笔呢？原因有外向的，是对于某某生平那样的送行文（或颂行文），依时代框框，千篇一律，取（所谓）重舍（所谓）轻，我，推测也会有别人，兴趣不大。还有内向的，是以前那一篇，虽然非高文典册，也总是板着面孔写的，喜欢听听闲话的诸君未必愿意看，为了照顾另一方面的读者，就不能不把笔由书斋移到篱下，再闲扯一些。

叶圣陶先生是我敬重的师辈，交往近四十年，可说的事很多。所以更宜于闲扯，因为只有闲扯才可以把取轻舍重、挂一漏万的挑剔顶回去。推想叶老有知也会谅解，因为他不只宽厚博大，而且幽默自谦，听到别人讲自己，不管怎样不得体，也总会含笑接受的。但就是这样一个人，上天却不睁眼，——也许是睁眼，那是一九八八年二月十六日，正是旧历丁卯年的除夕，神州大地到处响着鞭炮声，所有的人送旧年，一部分人兼送神，也把他送走了。

　　我第一次见到叶老是五十年代初。知道他这样一位知名之士却早得多，大概要提前二十多年。那是上中学时期，读新文学作品，散文、小说都看，接触的作者不少，其中当然有他。那时候他还不是以字行，所以五十年代之前，我只知道他的大名是叶绍钧。印象呢，大概是觉得如周氏弟兄，一位长枪短剑，一位细雨和风，各有各的风格，好；如郁达夫，有才子气，也确是有才；叶灵凤，以至徐枕亚之流，有时难免如影片中人的哭，眼泪是借什么药之力挤出来的。叶老的风格，以及推想其为人，是平实，用力写，求好，规矩多于自然。现在回想，当时是无知的牛犊不怕虎，傲而近于妄；幸而只是想了想，还不至于贻笑大方。

　　且说我能与叶老相识，也是时势使然。其先我是在某中学教书，本来，据旁观者清的旁观，我还是站在前列的，而忽然，形势有变，大家（包括教师和学生）快步往前赶，我则原地踏步，落后了。落后的结果当然是被遗弃，幸而有校长陈君的厚意，让我换个地方，于是到叶老的属下去做编辑工作。往谒见是第一次见面，印象与读作品时有不小的差异：彼时只是平实，这次升了级，是厚重恳切，有正统的儒者风。其后交往增多，是共同修润书稿。起初是当面商酌式。这费时间，他忙，其后就改为由我闭门造车，他复阅。不久又刮来推广普通话的风。叶老是既非常重视语文，又非常拥护推广普通话的，可是他的话，跟家乡人说还是吴侬软语，跟一般人说也只能南腔北调。他虽然未必是王阳明的信徒，却一贯知行合一，严格律己。他还常写文章，希望印成铅字，句句是普通话的味儿。这自然不是毫无困难，至少是没有百分之百的把握。他希望我这生在北国的人能够协助。长者所命，义不容辞，但附带个条件，是提出修改意见，请他考虑。他说这样反而费事，不如直接动笔，如果他不同意，就再改回来，也附带个条件，是不限于语言方面，看内容方面有不妥，也动笔，不要客气。我遵命。可是他却很客气，比如有一两处他认为可以不动，一定亲自拿来，请我看，问我同意不同意。我为他的谦虚很不安，请下次不要再这样。他答应，可是下次还是拿来商量。文章发表了，让他的秘书送来一部分稿费。我遵"弟子服其劳"的古训，不敢收，附信奉还。又送来，也附信，说他劳动得了酬，我也劳动，得酬是天经地义。我坚守古训，还是不收。再来信，动了真刀真枪，说再不收，他将理解为我不愿帮忙，那就只好不求了。我无可奈何，只好说收，但附带一个小条件，是不得超过十分之一。他又来信，说核算了，是七分之一，以下说："恕我说句狂妄的话，尊敬不如从命。并且希望，这是为此事的最后一封信。"我看后很感动，也就只好从命，不再为此事写信。稍后，根据这个君子国的协定，还有个后来居上的大举，是为他整理一本《叶圣陶童话选》，仍是我起草，他复阅，定稿。书于一九五六年出版，我又看一遍，发现第十八页《稻草人》那一篇，写牛"扬着头看天"，觉得迁就语音（yáng）不顾字面（仰），错了，是受人之托未能忠人之事。幸而不久之后翻阅《红楼梦》，第二十八回写宝玉说完"女儿悲"的酒令，众人都说有理，只有那位呆霸王"薛蟠独扬着脸"，知道这位曹公早已先于我自我作古，心里才安然了。这时候，叶老的普通话本领已经满可以过关，因而共同修润文章的工作就心照不宣地结束。

以上是说他的为人，认真，有德。关于德，以前那一篇也曾提到，大致说了以下这些意思。《左传》说不朽有三种，居第一位的是立德。在这方面，就我熟悉的一些前辈说，叶老总当排在最前列。何以这样说？有大道理为证。中国读书人的（指导行为的）思想，汉魏以后不出三个大圈圈，儒道释。掺和的情况很复杂，有的人儒而兼道，或阳儒阴道；有的人儒而兼释，或半儒半释；有的人达则为儒，穷则修道（或道或释的道）；等等。叶老则不掺和，是单一的讲修齐治平的儒；或者更具体一些说，是名副其实的"躬行君子，则吾未之有得"的躬行君子。这也很容易举证。先说常人像是也能做到的，是以多礼待人。只说我亲身经历的，有事，或无事，到东四北八条他的寓所去看他，告辞，拦阻他远送，无论怎样说，他一定还是走过三道门，四道台阶，送到大门外。告别，他鞠躬，连说谢谢，看着我上路才转身回去。晚年，记得两次是他在病中。一次在家里，不能起床了，我们同去三个人，告辞，他伸出两手打拱，并连说谢谢。一次在北京医院，病相当重了，也是同去三个人，告辞，他还是举手道谢。我走到门口，回望一下，他的眼角像是浮着泪。还有常人难于做到的，是五十年代前期，一次开人数不很多的什么会，谈到批评和自我批评的问题，他说，这，他只能做到一半，是自我批评；至于批评，别人的是非长短，他不是看不出来，可是当面指责人的短处，他总是说不出来。这是儒家的"躬自厚而薄责于人"，从某种观点看也许太过时了，但我总是觉得，与一些时代猛士的背后告密、当面揭发相比，力量会大得多，因为能够促使人自重，努力争取不愧于屋漏。

与叶老的交往，中间断了一些年。那是文革的大风暴时期，我自顾不暇，还见了一次给他贴的大字报。我很惊讶，像叶老这样的完人，举过，居然也能贴满一堵长席墙。幸而这有如日月之蚀，一会儿就过去。其后，推测是借《庄子》"佚我以老"的常情的光，没听到他也到干校去接受改造的消息。我呢，到干校，改造结业，却因为妻室在都市只是家庭妇女，不得回城，两肩扛着一口，奉命到早已没有一个亲属的故乡去领那一份口粮。大概是七十年代中期某年的春天，风暴的力量渐减，我以临时户口的身份在妻女家作客，住西郊，进城去看他。他家里人说，很少出门，这一天有朋友来约，一同到天坛看月季去了。我要一张纸，留了几句话，其中说到乡居，说到来京，末尾写了住址，是西郊某大学的什么公寓。第二天就接到他的信。他说他非常悔恨，真不该到天坛去看花。他看我的地址是公寓，以为是旅店之类，想到我在京城工作这么多年，最后沦为住旅店，感到很悲伤。我看了信，不由得想起《孟子·离娄》篇的话："禹思天下有溺者，由（犹）己溺之也；稷思天下有饥者，由己饥之也。"心里也很悲伤。悲伤，是因为这使我想到水火、圣贤、遇合等等问题。

叶老的宽厚和躬行，据我所知，也表现在家门之内。只说说他的夫人胡墨林女士，她，我也很熟。人于宽厚之外，还加上苏州妇女特有的精干。通文，如对我这样健忘的人有大用的《十三经索引》，就是以她为主力编成的。可惜天不与以寿，于五十年代后期因不治之症逝世。叶老很悲痛，写了一些悼亡诗。我分得一份刻印本，觉得风格挚而无华，与潘岳、元稹、纳兰成德等人的气味不一样。我想，这才真是所谓"行有余"，然后"文"。记得叶老说过他们的结合经历，是没有现在年轻人那些花样，但一生感情很好。这话确是实事求是，果然，胡女士逝世之后，叶老就独身度日，依旧平静勤恳，比胡女士晚走了约三十年。

以上说的几乎都是身教方面的，这像是模棱，其实分量很重，如我这心有余而力不足的人就常常感到扛不动。不得已，只是转为说言教。这"言"是借用，实际是指范围大大缩小的语言或语文。这方面的言教，共两类，我听到不只一次。一类是关于行文应该用什么样的语言的，这，很多人都知道，叶老是主张"写话"。他说："写成文章，在这间房里念，要让那间房里的人听着，是说话，不是念稿，才算及了格。"行文用语的问题是个大问题，这里不宜于岔出去多说。只说叶老这个主张会碰到二难。一种难是认识方面的，尤其近些年，有不少以写作为事甚至以作家自居的，是或有意或无意，以为既然成文，就应该不像话。另一种难是实行方面的，有大量的印成品为证，是写得像话不是算不了什么，而是非常之难。我基本上是叶老的信徒。说基本上，是因为写话之"话"究应何所指，其中还有不少需要进一步研究的问题。这太复杂，与闲话的情调不合，只得从略。另一类是关于行文应该求简的，他说："你写成文章，给人家看，人家给你删去一两个字，意思没变，就证明你不行。"这与用什么语言相比，像是小节，只是求干净利落，不拖泥带水。但是做到也大不易，因为时下的文风是乐于拖泥带水。比如你写"我们应该注意"，也许多数人会认为你错了，因为流行的说法是"我们应该引起注意"。同类的情况无限之多，从略。这情况表明，时下的文里有不少废话废字，而有不少人偏偏欣赏，因而就成为文病。对于文病，叶老是深恶痛绝的。这，有的人也许会说是小题大作。大也罢，小也罢，我觉得，这种恨铁不成钢的苦心总是值得偏爱"引起"的诸君深思的。

闲话说了不少，应该总括一下，是与叶老交往近四十年，受到的教益太多了。惭愧的是感激而未能躬行，甚至望道而未之见。勉强可以自慰的也许只是，还知道感激，还知道望；并且写了纪念文章，不是一篇，而是两篇。

汪大娘

我既冠之年来北京，认识旗下人不算少。印象呢，也是说来话长。扬州十日，嘉定三屠，我知道。但这也不好就以之为证来个一边倒的论断，因为据李圭《思痛记》一类书所记，创点天灯之法、以杀妇孺为乐的并不是旗下人，而是炎黄子孙。根据法律前人人平等的原则，至多也只能判各打五十大板。在这类事情上，我们最好还是，或说不得不，依圣人之道，既往不咎。那就说"来"。高高在上的，雍正皇帝，乾隆皇帝，都够厉害，但无论如何，与朱元璋及其公子朱棣相比，总是小巫见大巫。这样，也就可以轻轻放过。还是往下看，男如纳兰成德，女如顾太清，说句不怕人耻笑的话，我都很喜欢。再往下，就碰到余及见之的一些人，取其大略而言，生活态度，举止风度，都偏于细致，雅驯；也不能不柴米油盐，但大多有超过柴米油盐的所好；待人温和有礼，却像是出于本然；总而言之，是有王谢气。

有王谢气，也许就值得写入《世说新语》。我前几年写《负暄琐话》，东施效颦，笔下也曾出现一些旗下人。但那都是有或略有社会之名的。清一色，就可能引来希图文以人传甚至势利眼之讥。所以要补救，写一些无社会之名的，哪怕一位也好。搜罗，由近而远，第一个在记忆中出现的就是这位汪大娘。但写她也有困难，是超过日常生活的事迹太少。怎么办？还是决定写。理由有二：一来于兵家，曰出奇制胜，很多大手笔写大人大事，我偏写小人小事；二来于小说家，曰有话即长，无话即短。

言归正传，且说这位汪大娘是我城内故居主人李家的用人，只管做饭的用人。汪后加大娘，推想姓是男家的。我三十年代末由西城一友人家借住迁入北城李家，开始认识汪大娘，那时她四十多岁。人中等身材，偏于瘦；朴实，没有一点聪明精干气；很少嘻笑，但持重中隐藏着不少的温和。目力不好，听说曾经把抹布煮在粥锅里。像有些妇女一样，过日子有舍身精神，永远不闲着。不记得她有请假回家的事，大概男人早已作古了吧。后来知道有个女儿，住在永定门外，像是也很少来往。李家人不少，夫妇之外，子二女三，逐渐都成婚传代，三顿饭，活儿不轻。活儿轻重是小事，还有大的。李家是汉族，夫妇都是进士之后，门第不低。不过不管门第如何高，这出身总是旗下人的皇帝所赐。而今，旗下人成为用人，并且依世俗之例，呼家主人夫妇为老爷、太太，子为少爷，女为小姐，子妇为少奶奶，真是翻了天，覆了地，使人不禁想到杜老《哀王孙》的诗，"但道困苦乞为奴"，不能不感慨系之了。

以下更归正传，说汪大娘的行事。勤勉，不希奇，可不在话下。希奇的是身份为外人却丝毫不见外。她主一家衣食住行的食政，食要怎样安排，仿佛指导原则不是主人夫妇的意愿，而是她心中的常理。她觉得她同样是家中的一员，食，她管，别人可以发表意见，可以共同商讨，但最后要由她作主。具体说，是离开常规不成，浪费不成，她刚来的时候，推想家里人可能感到不习惯，但汪大娘是只注意常理不管别人习惯的，日久天长，杂七杂八的习惯终于被她的正气憨气压服，只好都依她。两三年前，我们夫妇往天津，见到李家的长媳张玉婷，汪大娘呼为大少奶奶的，闲谈，说到汪大娘，她说："我们都怕她，到厨房去拿个碗，不问她也不敢拿。孩子们更不成，如果淘气，她看不过，还打呢。所以孩子们都不敢到厨房去闹。她人真好，一辈子没见过比她更直的。"

李家房子多，自己住正院，其余前院、后院、东西跨院的房子，大部分出租。门户多，住时间长的，跟汪大娘熟了，家里有什么事，她也管。当然都是善意的。比如有个时期，我不知道肠胃出了什么毛病，不喜欢吃饺子。情况传到汪大娘那里，她有意见，说："还有比煮饽饽（旗下人称水饺）更好吃的，不爱吃，真怪！"我，至少口头上，习惯也被她的正气和憨气压服，让家里人告诉她，是一时有点胃病，过些日子会好的。

汪大娘也有使人费心的时候。是一年夏天，卫生的要求紧起来，街道主事的人挨门挨户传达，要防四种病。如何防，第一，也许是惟一的要求，是记牢那四种病名，而且过两三天一定来查问。李家上上下下着了慌，是惟恐汪大娘记不住。解救之道同于应付高考，是抓紧时间温习。小姐，少奶奶，以及上了学的孩子们，车轮战法，帮助汪大娘背。费了很大力量，都认为可以了。不想查问的人晚来一两天，偏偏先到厨房去问她。她以为这必是关系重大，一急，忘了。由严重的病入手想，好容易想起一种，说："大头瘟。"查问的人化严厉为大笑，一个难关总算渡过去。

还有更大的难关，是她因年高辞谢到女儿家养老、文革的暴风刮起来的时候。李家是匹夫无罪，怀璧其罪，当然要深入调查罪状。汪大娘曾经是用人，依常情，会有仇恨，知道得多，自然是最理想的询问对象。听街道的人说，去了不只一次。不幸这位汪大娘没学过阶级斗争的理论,又不识时务,所以总是所答非所求,比如人家带有启发性地问:"你伺候他们,总吃了不少苦吧?"她答:"一点不苦。我们老爷太太待我很好。他们都是好人。连孩子们也不坏,他们不敢到厨房淘气。"不但启发没有收效,连早已教她不要再称呼的"老爷太太"也冒出来了。煞费苦心启发的人哭笑不得,最终确认她竟不像留侯那样"孺子可教",只好不再来,又一个难关平安地渡过去。

最后说说年高辞谢,严格说是被动的,她舍不得走,全院的人也都舍不得她走。但人的年寿和精力是有限的,到必须休息的时候就不能不休息。为了表示欢送,李家除了给她一些钱之外,还让孩子们带她到附近的名胜逛逛。一问,才知道她年及古稀,还没到过故宫。我吃了比她多读几本书的亏,听到这件事,反而有些轻微的黍离、麦秀之思,秀才人情,心里叨念一句:"汪大娘不识字,有福了!"那几天,汪大娘将要离去成为全院的大事,太太们和老太太们都找她去闲谈,问她女儿的住址,说有机会一定去看她。

我们也抄来住址。但不凑巧,还没鼓起勇气前往的时候,文革的大风暴来了。其后是自顾不暇,几乎连去看看的念头也消灭了。一晃十几年过去,风停雨霁,人人有了明天还可以喝清茶看明月的安全感,我们不由得又想到这位可敬的汪大娘,她还健在吗?还住在她女儿那里吗?因为已经有了几次叩门"人面不知何处去"的伤痛经验,我们没有敢去。但她的正直、质朴、宽厚,只顾别人、不顾自己的少见的形象,总在我们心中徘徊;还常常使我想到一个问题,是:常说的所谓读书明理,它的可信程度究竟有多大呢?

王门汲碎

一九三八年初，以连续的机缘，我迁到北京鼓楼以西、后海以北的一条胡同住。房的东邻是颇为有名的广化寺，民国初年，北京图书馆曾经短期在这里，因而文化界的大名人，如缪荃孙、鲁迅等，经常到这里来。我租的房，据说清末民初还是个穷王府，因落魄而售与我的房东李姓。李四十岁上下，在某车厂任厂长。人严肃，有些近于板滞，同院住户称之为李先生。他的夫人王氏，身体粗壮，表情严肃认真，院里人都叫她李太太。这认真的背后好像藏有热心的力量，所以给人的印象是宽厚而迂阔。

住了一个时期，才知道李太太原来是王铁珊的二女儿，名用骙。王铁珊，名瑚，定州人，推想或是刻《畿辅丛书》的定州王氏的后代。他是清光绪二十年甲午恩科进士，与张謇（状元）同榜，李先生的父亲也是进士，想是由于这种关系两家才结了亲。

王铁珊在民初是相当有名的人物，原因的少一半是官不算小，作到京兆尹，多一半是言行远于世俗，清廉至于迂腐的程度，常常引人发笑。据说任京兆尹时期,春天出外干什么去了,碰巧这时候夫人从原籍来要钱,趁农忙之前修理住房。衙门管财务的人问明来意,由公款里暂支与三百元,打发走了。过几天,王铁珊回来,管财务的人报告此事,意在表功,不想长官大怒,要惩治,连夫人也算犯罪,罪名是携款潜逃,一时传为笑谈。他的这类故事多得很,再举一件。他是冯玉祥的老师,因为操行严正,冯将军非常尊重他。二十年代,冯将军一度占领北京,想请老师出任故宫博物院院长,他坚辞。据说措辞是这样:"我自信一生清廉,不爱财,不贪财。故宫宝物很多,我当然不会偷。可是故宫好书也多,我爱书,当然也不会偷。不过只要一动心,我就完了(意思是不再是完人),所以决定不干。"历史上记载的清廉,有些是假的,至少是夸大。王铁珊不然,就我们所知的一点点看,是货真价实。他晚年很穷苦,为了糊口,到辅仁大学教书,据听过他课的蔡君说,冬天上课,总是穿那件灰布破皮袍,像是不能保暖,讲几句就掏出手帕擦鼻涕。就这样不久作古了。夫人在原籍,后来不能活,来北京依靠二女儿,住在西院南房。有一年秋天,我的妻去看她,说了几句安慰她的话。她说:"我比老头子活着的时候好多了,你看,我现在能腌满缸咸菜,老头子活着的时候可不成,他说那得多少钱,所以只能腌半缸。我现在倒自由了。"妻回来说与我听,我想起《韩非子·五蠹》里的话:"今之县令,一日身死,子孙累世絜驾。"一时觉得"今之古人"的话并不都对,可是"古之今人"的话又说不通,可谓一笔糊涂账,不禁失笑。

且说房东李太太虽系女流,身心却都有乃父的风度:身,体格魁梧;心,正直而和善。李家经济情况比较好,工资高,有房产,可以收租。在社会交往方面,夫妇态度差别很大,李先生是杨朱派,愿意尽量少惹事;李太太是墨翟派,兼爱,愿意普度众生。李先生要上班,白天不在家,于是李太太就有了英雄用武之地。院里住户不少,或这家或那家，总会出现这种病或那种病。李太太稍通医道，于是听到谁家有了病人，她就登门去探视，谈治法，开药方，推测无力医治就送钱。临走总是嘱咐一句："千万不要让李先生知道，他不让我管闲事。"院里一家姓于的，收入少，孩子多，不是穷就是病，李太太开的药方最多，送的钱也最多。对于我家，大概知道我们对中药兴趣不大吧，开药方次数不多。但我们都敬重她，因为知道她的诚厚为世间所罕见。譬如有一次，我的妻同她谈闲话，说她的二儿媳为人不坏，她说："你不要信她。那次她儿子拆公用厕所的砖，你拦阻，她一直恨你。"还有一次，我的一个同学来吃午饭，用他习惯的大嗓门说天说地。李太太听见，以为是吵架，执意要来劝。儿女拦阻，李先生反对，才勉强作罢。事后，她的女儿当作笑话告诉我们，我们才知道。

想不到，她的诚厚也曾引来麻烦。文化大革命来了，风气是批判，除了极个别的以外，任何人都被怀疑为坏人。李太太是"匹夫无罪，怀璧其罪"，自然要批判。挖掘材料，于是找到于家。于家女的不识字，自有应时义士代写大字报，"揭发"不少开药方送钱的事实，最后"上纲"，判定为"收买贫下中农"。幸而这个罪名连"被收买"的于家也不信，于是低头而继以忍，日久天长也就过去了。另一个风波是在"小组讨论"中清算三代，她父亲是官僚，当然是坏人，照规程应该"自动"批判。可是她说她父亲是好人。自动不能完成，自然要"他动"批。发言的不少，绝大多数是用颠扑不破的理论证明，"作官的都骑在百姓头上，没一个好人。"少数略知情况的由另一个方面立论，是凡清廉都是伪装，实际必是贪污。批到言无不尽的时候，问李太太有什么感受，她仍坚持她父亲是好人，一生清廉，没贪过一文钱。到一天的末尾，只好散会。第二天继续，第三天继续，情况还是这样。难得结束，有个聪明人想个办法，委托李先生开导她，意思是只要说一句，那时候我年轻，不清楚，也许不好，就算完。下一天，大家怀着胜利结束的希望来开会，静听李太太的发言，是："昨晚上李先生劝我，让我说几句假话，过去就得了。我不答应，气得他拧我。拧我我也不能说假话，反正我爸爸是好人，一辈子清廉，没贪过一文钱。"会就这样以全场暗笑告终。

王门还有一个人，是李太太的胞弟，也值得提一下。这位先生文化不低，不知受了什么刺激，精神出了毛病。五十年代，生活没有着落，来投奔姐姐，住在外院一间小西房里。孩子们叫他王疯子，没有人理他。他也粗壮，面部沉郁，总像是思索哲学问题的样子。走路步法很特别，总是左足迈大步，曳着右足随着向前移。他既不打人，又不骂人，有时自言自语，像是背什么诗句。他虽然有病，可是言谈举止仍不乏严肃认真的风度，所以我总是客气地对待他。他有时到我屋里来，常是紧走到桌子跟前，用力拍一下桌子。我问他这是做什么，他说："拍案惊奇嘛。"我请他坐下，同他闲谈。有时谈到他父亲的为人，他总是立刻站起来，略躬身，两手下垂，像侍立的样子，直到话题转了才坐下。有时候，刚坐下，又谈及，于是又站起来。碰巧这样反复，帘后看着的孩子就哈哈大笑。他却郑重其事，认为理所当然。他体质好，饭量大，没想到五十年代末，困难时期来了，人人缺粮，只得各自吃自己能得的那一份。别人差得少，他差得多，终于没有耐过去，死了。

六十年代末，我终于不得不迁到西郊，与住了三十多年的院落，以及可尊敬的李太太，离别了。此后，由于种种情况而自顾不暇，连再去看看旧居的余裕也不再有。大概是七十年代末吧，一个旧邻居来看我们，说李太太得了一点小病，大家都不以为意，可是竟越来越恶化，死了。得病初期，她曾让家里人给我们写信，说很想我们，可是家里人说，大家都忙，没事，不必麻烦人，所以没写。我们听了，心里很不好过,死之前没有再见她一面,辜负她怀念的盛意,真对不起她。现在,又几年过去了,有时想到她的为人,觉得应该纪念她,所以写了这篇"秀才人情纸半张"的小文。

银闸人物

　　银闸是北京邻近紫禁城东北角的一条小巷，北口外是大家熟知的"沙滩"，即北京大学所在地；曲折向东南，东口外是北河沿，推想原来一定有水闸在某处，早已没有遗迹了。那是三十年代初，我住在巷内路南一个小院落里。宅舍是北京下层居民的规格，方形的小庭院，北房三间，西端有门道，东西房各两间，自然都是平房。我住在西房，大概有两年吧，柴米油盐，喜怒恩怨，大部分化为云烟，只有邻居的两个人，多年来影子一直在记忆中晃动。

　　一个是湖南人，男性，二十多岁，姓邓，因为同院人都叫他老邓，所以连名字也不记得了。他比我来这院较晚，住在北房东头一间。大概是来北京找点出路，所以并未上学。生活费用由老家供应，不多，而且时间不准，所以常常贫乏。他的特点是十足的憨气，脸上总是很严肃，即使别人同他开玩笑甚至耍戏他的时候也是这样。他还没结婚，有人问他想娶个什么样的，他说一要美丽，二要长发梳头，三要缠脚，四要会诗词歌赋。听的人立刻想到，他心目中的如意佳人是崔莺莺、杜丽娘之流，不禁在背后暗笑。可是他很认真，说不是这样的就终身不娶。

北房西头住着一对夫妇。男的姓王，资本家的子弟，还在大学上学。女的姓吴，江南人，青楼出身，明媚俏丽，颇有河东君的风度，只是天足而不缠脚，更不会诗词歌赋。王为人马马虎虎，一切无所谓。吴有些孩气，开朗，喜欢开开玩笑取乐。于是不知出于有意还是无意，吴向老邓表示，她不想再同王混下去，如果老邓愿意，她可以扔开王，同老邓白头到老。老邓立刻信以为真，于是作娶吴的准备，还常常同邻居谈他的香甜计划。有一次，同邻居的某人谈这件事，某人说，吴长得不坏，人也爽快，只是有缺点。他问什么缺点，某人说，发太短，脚太大，而且不会诗词歌赋。他直着眼痴呆了一会儿，没说什么，可是进取之心并没减少，常常问吴什么时候可以舍旧奔新。有一次，是当着我的面催促吴，吴说："老王还有半袋面，等吃完了办理，咱们可以省一点。"我回到自己屋，同妻谈起这些话，两个人都大笑。可是老邓似乎完全相信，仍在痴心地等着。后来，半袋面吃完了，吴终于告诉他，是"前言戏之耳"，这个玩笑才以悲剧告终。

推想老邓受的打击不小。有一天，他吃醉酒回来，将近半夜，全院听见他在屋里高声自语："现在什么时候？现在十八点。再来一杯。"这样反复说，足有个把钟头吧，才沉寂了。我同妻说，老邓准是醉后昏迷了。第二天早晨，大家忙着去看他，他不改常态，仍然那么严肃，深思的样子，问他，才知道喝的是水。

此后不久，他就迁走了，听别人说是住在东城某胡同。又过了不久，接到他某日在某饭庄结婚的请帖。到那天，我恰巧有事，不能去祝贺。老王去了，我问老王新娘怎么样。老王说，相当难看，而且短发大脚，没有什么文化。又不久，也许因为事与愿违，心灰意冷吧，听说他回湖南老家了。他没有来辞行，我们就这样分别了。又过了几年，听一个由湖南来的谁说，老邓作古了。死前生活怎么样，何因致死，都不知道；可以推知的是仍然怀有永远不会成为现实的幻想。"百岁应多未了缘"（清徐大椿诗），人生不过如此，也只好这样安息了。

再说另一个，女性，也是二十多岁，在我的记忆里是昙花一现的人物，姓什么不知道，从哪里来到哪里去也不知道。只记得中等身材，消瘦，衣服样式有些特别，性情冷漠，很少出屋，几乎没有同邻人说过话，她有男人，三十多岁的样子，有些土气，像是塞外什么地方来的，也不同邻人说话。他们租住东房，不过一两个月就迁走了。用北京人好客好闲谈的标准衡量，这家人"死硬"，外地气重，简直是格格不入。这样过了些日子，有一天，我回来，妻急着告诉我，说同东房那个女的谈了话，真把人笑死。我问是什么话，妻说："她家男人出去了，看我一个人在院里，就叫我进她屋，请我坐下。然后她坐在我面前，恭恭敬敬地说：'请问这位娘子尊姓大名，仙乡何处。'我几乎笑出来，胡乱应酬几句赶紧跑出来。"我听了，也觉得有些可笑，但更多的是感到惊疑，她是个什么样的人呢？显然，她自以为还是住在章回小说和杂剧传奇的世界里，自己是小说戏剧里的，街头巷尾的所遇也应该是小说戏剧里的。可是，我们惭愧，是世俗人，离小说戏剧太远，因而就不敢再去交谈。不久，他们离开这院落，正如暗夜的流星，一闪，无影无踪了。

寄寓京华超过半个世纪，我接触的人不少，像这两位银闸人物还是希有的。他们是住在离尘世较远的诗化的或说幻想的世界里，虽然生涯近于捕风捉影，但是经常望影而想捕，也是不无可取的吧？这有时使我想到塞万提斯笔下的堂吉诃德和桑丘·潘沙，堂吉诃德持长枪，骑瘦马，时时在向"理想"世界冲，桑丘·潘沙则处处告诫主人，这个世界是"现实"的，并没有什么神奇，究竟是主人对呢还是仆人对呢？可惜这两位银闸人物往矣，听听他们高论的机会不再有了。

东谢西谢

东谢西谢是北京两个小旧书画铺的主人,东谢是谢锡三,西谢是谢子陶。推想都是以字行;至于名,一般顾客就无缘知道了。分东西,是就铺子的地点说的:东谢的名永光阁,在东四牌楼北不远路西;西谢的名悦雅堂,在西四牌楼北相当远(靠近太平仓)路西。都是一间门面,自东自掌,没有伙计。总之,都是简陋的小铺。可是因为经营的是旧书画,在文人墨客的队伍里名气却大,甚至可以说地位却高,因为少则三天五天,多则十天半个月,总不能不到他们那里坐坐,问问新的情况。

东谢是山东人,粗率,喜欢开玩笑,登门坐坐的人常常引西谢来嘲弄他:或者说"东谢不如西谢",或者说"一蟹不如一蟹"。对此,东谢总是摇头否认,理由大概是:西谢不过是商贩,而他,则风雅,地位应在商贾以上。他这样想,也不无道理。据说,他原是开饭馆的,画家溥心畬有时到他那里吃饭,他客气招待,尽量接近,终于拉上关系,成了溥的门外弟子,学画,学写。他的画,我没见过;却知

101

道他颇以能写大字自负，离他铺子不远的北邻，忘记是什么商店，匾额就是他写的。字如其人，也是粗率有余而润泽不足。

不知道由于什么机缘，他舍肠胃食粮而经营心目食粮了，于是就成为永光阁的主人，他的粗率、爽直、不拘形迹给他带来许多方便和一团热闹。那时候，北京的各处不乏遗老遗少，他们有闲，多数喜欢书画，少数还略有收藏，于是饱食之余，就惯于到他的铺子里安坐，看壁上挂的书画，品头论足，评定真假，有时言不及义，传些街巷琐闻，或以铺主人为话题说说笑话。对于这类的近于恶作剧，东谢一贯是处之泰然，甚至随波逐流，也加油加醋。我有时想，专就这一点说，东谢简直是六朝人物，可以写入《世说新语》的"雅量"门了。

也许就是由于人缘好，遇事无可无不可，他的营业形式扩大了，不只买了卖，还寄售。比如有人送来一张画，说希望得十元，他就可以定十二三元，何时卖出何时付款，卖不出去画由原主取回。据我所知，他的眼力很不高明。但他虚心、爽直，经常是接受闲谈客的意见，认定某件是真是假，并把他的心里话告诉顾客。也许就是因为他眼力有限，他的进货办法就成为信天翁式，坐等而不到各处去搜罗。这结果是货源不充足，获得佳品的可能性比较少。记得只有一次，我在他那里见到一幅王蓬心（宸）画的山水横披，题材是朋友的别墅，用枯墨皴染，笔画老辣而意境幽远，堪称妙品。索价十五元，说原主必须得十三元，所以不能再降。其时我正在为妻子的衣食挣扎，所以爱而不能不放弃。现在回想，出入永光阁，时间也不算短，所得却很少，不过是翁方纲书斗方一件和端砚一方等数种而已。值得纪念的是阁主的为人，商人而没有商气。到五十年代前期，永光阁歇业，这位奇人就不再看见了。

悦雅堂，就地址说与永光阁东西相背。就主人的为人说也是相背：东谢可以入《世说新语》，西谢不能，因为他是商人而富于商气。

他是北京人，出身于旧书画铺的学徒，本领都是由掌柜那里学来的。他勤勉，每天起早跑小市，到旧货摊上去搜罗。应酬顾客，是机警而不爽直。其一是看人下菜碟，上等货只给上等顾客看；一般顾客就等而下之。其二是可以说门面话的时候尽量少说心里话，以求次货也可以卖出去。其三是面上总是和和气气而心里却利害分明。关于这些，常去的顾客自然都清楚，但他手里常常有新货，"有羡鱼情"的人们就欲裹足不前而不得，这用俗话说是店大欺客。自然，客也有大的，比如有一次他同我说，他开了眼，是某有高位的人来，让他看个手卷，打开一看，原来是李白《上阳台》真迹。其实，据我所知，他因为文化程度不高，眼力也并不很高。这有两方面的事例可以为证。一方面，有时把假的看成真的，如给我看的刘石庵和莫友芝的两件，他相信是真的，索价相当高，却有皮肉而无筋骨，显然是假的。更严重的是另一方面，把真的看成假的。有一次，我到一位喜欢书画的朋友李君家里去，看见壁上镜框里装着一个横幅，是赵孟頫、文徵明、王穉登三位大名家写的关于苏书的题跋，字很精，尤其文的小楷，在文的字里也是至精品。我很惊讶，问是哪里来的。他说是由悦雅堂买的，谢子陶当假的，只两块钱。我说，像老谢这样学徒出身的就容易这样，心里总是横着师傅的教条：凡是赵子昂款的都是假的，因为名头太大，年代太远，不可能是真的。这就是信耳朵而不信眼睛。不久果然证明了，是徐邦达先生去串门，也看见，疑惑是《治平帖》的跋，借到故宫一对，一点不错。推测是清末民初太监偷出去的，不知怎么辗转流离，竟到谢子陶手里。于是李君只好敬献，使之破镜重圆。

不过无论如何，西谢的机遇加机警成为他生存腾达的本钱。五十年代前期，东谢销声匿迹的时候，他也曾风雨飘摇，铺子撤消，人移到京北某地学习，改造思想。李君告诉我，是也常到悦雅堂看看的某有高位的人听说此事，用电话责问处理此事的人，说："你说不需要，人民需要。五六十岁的老头子，有什么可改造的！"于是情况突变，不久铺子恢复，并且变小邦为大国，在原址以北，护国寺西口略北对面，一处辉煌的水泥大铺面，门口挂上新写的悦雅堂大匾。人员增多，因而老谢可以后面安坐，不起早跑小市了。这样一来，可以想见，店大欺客的情势就更加显著。我有时路过那里，进去看看，就再也见不到当年那样的笑脸，由后面抱出几件，请坐在桌旁慢慢相看的事就更不再有。几年之后，老谢退休了。一次我在新街口遇见他，臃肿，迟钝，昔年的精明像是完全消失。他颇有怀旧之意，请我到他家坐坐，说就住在北边不远。我婉言辞谢，于是作别，以后就没有再看见他。不久，文化大革命来了，新的悦雅堂也闭了门。

一晃二十年过去，有时想到当年的逛小铺生涯，东谢西谢的形影就涌上心头；有时整理杂物，遇到一些破旧但值得欣赏的书画之类，就更禁不住想到他们。永光阁和悦雅堂往矣；如果阁主东谢和堂主西谢还健在，大概都近于九十了吧？

家乡三李

通常说"三李"是指唐朝的三位诗人：李白、李贺和李商隐。那用西方的说法，都是头顶桂冠的人物。我这里说的"三李"与那三位地位正好相反，不是处于高的一端，而是处于低的一端。他们是住在我们小村庄里的外来人，属于旧时代乞丐群里的人物，连名也不为人所知，大家都只称姓，曰大李、醉李和二李。

我们的小村庄在京津间运河以东，从西往东再往北折，曲尺形的一条街，不过四五十户人家。可是其东不过一里就是镇，有商店，可以容易地买到米面、肉食，直到美孚煤油和太古白糖。是我很年幼的时期，村里出了个由乡人看来很腾达的人物，先是上日本士官学校，以后从戎，一直做到杂牌军的师长。做了官，有势，有钱，在那时候，除了盖房、买地、娶小老婆之外，还要修祠堂，慎终追远，光宗耀祖。于是在村西头坐北向南修了四合院式的祠堂。祠堂之东是关帝老爷的庙，只有一间，关帝与周仓、关平合住，看来鬼较之神是后来居上了。祠堂每年不过热闹两次，清明节和年节，平时则无用，冷冷清清。不知是想废物利用还是别有机缘，在我上小学时期，里面住了外来的一伙人，当时通称为"化（读花）子"。总数五六个，当然都是男性，其中给人印象深的是三个人，都姓李。

旧时代，靠乞讨维持生活的人，数量不少，种类也不少。最高的是所谓出家人，包括和尚、尼姑和道士。据说他们可以使活人得福，死人免罪，因而不能不受到特殊的尊敬：要称为师傅，送钱送米名为供养。总之，论"名"而不问"实"，他们不属于乞丐的一群。当然，这是唯心主义的分类法，这且不管。且说算作乞丐的，明显地可以分为两类。一类是单干户，沿街挨门乞讨，办法是站在门口，面对内院，用较响的声音说："老爷太太，行点好吧，给点吃的吧！"另一类是有组织的，共同住在一起，并不挨门乞讨，因而也不喊老爷太太。他们奔走附近各村，帮助办理红白喜事等杂务，有的还能说书唱曲，做富翁的帮闲，甚至经营流动的商业，逢年过节，各户要主动准备食品，由他们上门来收。这两类有高下之分。呼人为老爷太太的是甘居下流，乡人习惯称为"要饭的"，给人的印象是已经没落到毫无办法。另一类是很有办法，地位当然高多了，乡人习惯称为"化子"。自然，这分别是由来已久的，《今古奇观·金玉奴棒打薄情郎》，金玉奴的爸爸金老大位为"团头"，干的就是这种行业。这个职位还是依法传递的，所以有职位的凭证，就是京剧《拜杆》之"杆"。三李这个团体有没有杆，我没听说过，反正他们地位高，是化子，不是要饭的。

他们住在祠堂的西房，每天做些什么，不能详知。只知道他们相当忙，上午分别外出，回来或早或晚，食品不缺，日子过得相当热闹。像是还有些钱，记得每年夏天都买卖西瓜，由瓜地统购，在祠堂零销。

首领是大李，四十多岁，中等身材，略胖。只记得他颇有政客的风度，喜怒不形于色，与乡人交往是不亢不卑。这大概就是他所以能够充当首领的原因之一，除稳健以外，性情像是没有特点，没有特点正是他的特点。

醉李正好相反，是不只有特点，而且特点非常突出。他年岁、身材、胖瘦，都同大李差不多，只是面色总是红红的，因为无时不在醉中。他像是不大出门，也不惯于同乡人应酬，惟一的活动是留守，喝酒。这样多的酒，难道都是乞讨来的？共同过乞讨生活，容许他这样独享其乐，这是怎么回事？关于这些，我都说不清楚。但他如此这般地独享其乐则是乡人都知道的，所以称他为醉李。他们在祠堂连续住了几年，中间忽然发生一件奇事，使乡人大吃一惊。是忽然来一辆双套（辕前再加一匹骡）轿车（富人用的载人车），说是从（运）河西什么村来的，接醉李回家参加他侄子的婚礼。至此，乡人才知道醉李原来如此不凡，家里竟是大阔特阔。有人想，他也许因为什么事赌气出来，这回当然可以回去过富家翁生活了。可是万没想到，醉李谢绝了，还是住在祠堂里，每天喝他的酒。现在想，北京陶然亭有醉郭墓，据说这郭某是清末人，特点就是长醉不醒，于是死后成为北京一景。醉李就正是这样的人物，可惜他不住在京城，又没有在一地全始全终，于是就丧失了修墓成为一景的资格。

二李年轻，那时候不过二十多岁，来自何方不记得了，大概也不会很远。外貌与那两位大不同，清俊而秀雅，用《史记》的现成话形容，是"翩翩浊世之佳公子也"。人很聪明，能说能唱，常常从我家借长衫，到附近村庄去表演。村里人都喜欢他，对于他有才而屈居下层总感到迷惑不解。他在村里住了几年，随着集体离开，渐渐，乡人就也把他忘了。

二十年过去了，到四十年代后期，村里有人到北京来，见到我，说西单商场有个说相声的，艺名"大面包"，就是当年住我们村那个二李，问我知道不知道，我说我在西单商场见过此人，胖得头如大圆球，两眼眯成一条缝，那会是二李吗？他说没问题，吃得好了，发福了。过些时候，我到西单商场去逛书店，特意到东部空场，想看看大面包是否还有当年二李的遗韵。很不巧，那个场子冷冷清清，周围板凳上只有几位听客，场中间站着一个人，想是大面包的伙伴，正在开始说单口相声。开场白提到大面包，说："我们说相声的，不管有人听没人听，到时候也得说。比如大面包，连着三天不露，人家就要说，准是痰火了。"周围游荡的人随着一笑，有的人内坐下。我是想比较一下大面包和二李，知道他没有真痰火，也就心安而去。但此后就没有再看见他，名演员而销声匿迹，也许真就病废了吗？

辑三　不合时宜

怀疑与信仰

北京大学校刊编辑部的人来，说今年是建校九十周年，想印个纪念文集，希望我写点什么。我有些胆怯，因为没有什么值得听听的话好说。但又义不容辞，这有如为亲长开个纪念会，不管我怎么可有可无，也非参加不可。问内容有没有什么限制，说要围绕"我与北大"写。写什么呢？大事，没有；琐细，敝帚享之千金，读者会厌烦。困难中想出一条路，几年以前，感到衰迟之来，常常更加怀念昔年的有些人，有些事，有些境，于是把一时的记忆和观感写下来，零零碎碎，集到一起出版，名为《负暄琐话》。其中不很小的一部分是谈我上学时期的北大。"我与北大"，命题作文，我算是已经写了后一半。还有前一半，"我"，没写，这次就无妨以此为内容，算作补阙或拾遗。

写"我"，选与北大有关系的，也太多了。多，无妨，篇幅可以拉长。有妨的是性质太细小的，如饥餐渴饮，太偏僻的，如个人恩怨，都不值得说，因为，用时下的话说，是没有教育意义。想了又想，想出上面那个题目，自己认为，分量超过饥餐渴饮，可以说说。

由己身出发考虑,也应该说说,因为它,作为问题,已经伴我或说缠我几十年,而且看来还要缠下去,直到无力再想它。是什么问题呢?记得是当年读英国培根的书,大概是《新工具》吧,问题的性质才明朗化的。培根说:"伟大的哲学始于怀疑,终于信仰。"我以很偶然的机会,走进北京大学的门。在母校的培育中生长,学会了怀疑;不幸半途而废,虽然也希望,却没有能够"终于信仰"。这不知道应该不应该算作辜负了培育之恩;但思前想后,心里却是有些感慨的。以下就围绕着这点意思,说说有关的情况。

想扯得稍远些,由迈入校门的偶然说起。那是一九三一年夏,我通县师范学校毕业,理应去教小学而没有地方要,只好换个学校,升学。北大考期靠前,于是交了一元报名费,进了考场。记得第一场考国文(后来称为语文),作文题是八股文的老路,出于《论语·季氏》,曰"不患寡而患不均,不患贫而患不安,试申其义"。那时候还没念过俞樾的《古书疑义举例》,不知道原文有错简(应作"不患贫而患不均,不患寡而患不安"),于是含糊其辞,在"寡""贫"方面大作其经义式的文章。其间并引《孟子》为证,说"河内凶,则移其民于河东,移其粟于河内"云云。这里要插说几句话。我小学的启蒙老师姓刘,名瑞墀,字阶明,是清朝秀才。以会作破题、承题、起讲的大材而教"人手足刀尺,山水田,狗牛羊",心里当然有些不释然。于是锥处囊中,或由于爱人以德,就自告奋勇,晚上给我们一些也还愿意听听的孩子们讲《孟子》。他的教法革新了,是先讲解,后背诵。"河内凶"这一章靠前,记得牢实些,所以能够抄在考卷上。其时北大正是被考古风刮得晕头转向的时候,推想评卷者看到纸上有《孟子》大文,必是相视而笑,莫逆于心,于是给了高分。其他数学、外语等都考得不怎么样,可是借了孟老夫子的光,居然录取了。

录取为文学院学生,选系,听了师范同学也考入北大的陈世骧

（后到美国教书，已故）的劝告，入了中国语言文学系。那时候，文史哲几乎不分家，于是听课、杂览，就三方面都有。主干是温故，也想考古。考古要大胆怀疑，如顾颉刚先生那样，说夏禹王可能是个虫子。又要小心求证，于是就不能不多翻书。现在回想，其时的生活是在两条线上往前走，一条可见，一条不可见。可见的是上课，钻图书馆，心情有如乡下人进城，大街小巷，玉钏朱轮，都想见识见识。具体说，也听了熊十力先生的《新唯识论》课；图书馆呢，由板着面孔的正经正史等一直到《回文类聚》和《楹联丛话》之类，都翻翻，这，吹嘘一点说是走向博，其实是"漫羡而无所归心"，关系并不很大。关系大的是那条不可见的，默默中受北大精神的熏陶。这精神是两种看来难于协调的作风的协调。那是一，乱说乱道；另一，追根问柢。或者合在一起说，是既怀疑又求真。说这关系大，是因为它指引的方向不只是浮在水面的博，而是走向水底的深。表现于外是口说笔写，要确有所见，不甘于人云亦云。

这当然是说学校，不是说我也这样有所得。但是俗话说，近朱者赤，近墨者黑，我想出淤泥而不染也做不到。这说来话长，只好大题小作。大概是学程四年的后期，追根问柢和怀疑互为因果，使我的兴趣或说思想有了较大的波动。原想写的《九鼎考》扔下了，认为即使考清楚了，与现在又有什么关系？重要而迫切的是要弄明白，"朝闻道，夕死可矣"的"道"究竟是怎么回事。说通俗点是怎样活才不是白白过了一生。这使我相当惶惑。只是惶惑，还不知道这个问题太大。有眼不识泰山，于是问人，以为轻易可以解决。只有两次，印象深，还记得。先一次，大概是问比较活动的什么人吧，答复是要读政治经济学。读了一点点，觉得不对，因为那只是讲怎样求得温饱，并不讲为什么要温饱。后一次，是问在生物系上学的牛满江同学（现在美国），生物的生有没有目的，他想了想，答，传种之外像是没有目的。我当然不满足，因为这还不是值得夕死的道。是母校的追根问柢精神使我怀疑，又不甘于停止于怀疑，于是我不能不摸索着往前走。

近水楼台，先注意本土的所谓道。这也多得很，其显赫者是儒道释（外来而本土化）。儒接近常情，有所谓三不朽：立德，立功，立言。如果不追根问柢，这种道颇有可取，因为即使学周孔、秦皇汉武很难，努力，写点什么，总不至于可望而不可即。问题是这种道并不是人人都同意，如老庄就是主张好事无所谓的；佛家更趋极端，认为这都是此岸的事，不只空幻，而且不免于苦。更大的问题来自理论方面，是，为什么不朽就可取？追到最后，恐怕只能乞援于《中庸》，说"天命之谓性，率性之谓道"。这说得雅驯，其实性质与倒霉，死于车祸，只好认命，正是一路。上天让我们乐生，求饱暖，我们除了顺从，还有什么办法？

母校的追根问柢精神使我不能停止于顺天，于是冥思，也找书看。书的范围，一言难尽，总之是这条弯路相当远，日久天长，甚至发现日暮途远，想倒行逆施也难于做到。而所得呢，又是一言难尽。情况可能与宋朝的吕端相反，是大事糊涂，小事不糊涂。所谓大事，是道的理的一面，还是找不到可以贯通一切并为一切之根据的什么，换句话说，是还不能树立起信仰。所谓小事，头绪纷繁，这里只说两类值得一提的。一类是道的行的方面，我不得已，思想上只好走写《逻辑系统》的英国小穆勒的路，他中年也烦闷，找不到可以为之夕死的道，后来左思右想，接受了边沁主义。儒家的顺天命，加上"己欲立而立人，己欲达而达人"，也是边沁主义一路，我同意，理由不是认为这样最合理，而是为多数人着想，只能这样。这态度，由理论上衡量，是不怎么积极的，因而就给持不同意见者，如佛家，留下余地，他们不高兴在此岸，那就到彼岸也可以，只要说得到做得到就好。小事的另一类是熟悉了大问题之下的诸多小问题。举有实用价值的为例，我不再怕鬼，因为确知现实世界没有《聊斋志异》写的那样有情，人死如灯灭，就是想鬼也没有。绝大多数也许是没有实用价值的，总的说，是常用较冷的眼看一切。这样看，事物就常常不像说的那样单纯，接受整体之前，要分析。就是说，还是怀疑的精神占了上风。其间一件小事更可以说明这种心情。那是读英国罗素的《怀疑论集》，现在还记得有一处说，历史课本讲打败拿破仑，英国的说功都是英国的，德国的说功都是德国的，他主张课堂上让学生兼念两种，有人担心学生将不知所措，他说，能够教得学生不信，就成功了。我欣赏他这个意见，因为是摇鼓助了怀疑之兴。

这样说，心里长期盘据着母校的怀疑精神，我就毫无遗憾吗？也不然。值得说说的是两种情况。

一种偏于世俗，是应付社会的捉襟见肘。世间有些事物，有些人看着完全好，或完全坏。我却常常不这样看。问我，窥测对方的意旨说，不好；顺着自己的思路说，也不好。怎么办？因为难办，也就难说，这里只好不说。

一种偏于微妙，是知心安理得之为绝顶重要而不能心安理得。记得这种心理状态不只一次跟深知的人说过。我外祖母是个乡下老太太，信一种所谓道门，精义不过是善心善行得善报。有一次，我站在现代科学的立场，说并无来世，惹来几句咒骂。现在想来，这是怀疑和信仰的交战，哪方胜了呢？外祖母有信仰，当然相信得全胜。我呢，仔细想想，是胜败难说，因为来世虽然靠不住，但那是信仰，有大用，用佛家的话说，是可以了生死大事。死生亦大矣，无妨缩小一些，说心安理得。而我，因为没有外祖母那样的信仰，一直是连缩小的心安理得也不知道如何才能取得。细想起来，这心情是有些苦的，记得前几年曾写几首观我生的诗，其中第二首的尾联是："屎溺乾元参欲透，玄功尚阙祖师禅。"这可以最简要地说明我与北大的关系：

是母校的怀疑精神引导我去思索道在屎溺，思索乾元亨利贞；可是自己琢而不成器，始终不能禅悟，见到如能朝闻则夕死而无憾的道。

善心善行得善报，报要由至上的外方来，待报，不问至上的有无，何形何质，何自来，是信仰。更典型的信仰是上帝全知全能全善，给我们福，要感谢，给我们祸，也要感谢。相信某种说法永远是真理也属于这一类。树立这样的信仰并不容易，因为与追根问柢的精神不能水乳交融。一种美妙的想法是使怀疑和信仰共存共荣。这做得到吗？我不知道。也许培根有办法，可惜不能寻其灵而问之了。另一种，不是美妙的，只是实际的想法，是分而治之。分是照古人的说法分，形而上者谓之道，形而下者谓之器；然后是上不能知，存疑，专顾下。以《中庸》的话为例，"天命"是形而上，可以不问理由，只是接受；然后是用全力钻研"率性"，以解决夫唱妇随、柴米油盐等问题。其实，古今中外无数的贤哲，更加无数的常人，都是这样做的。名堂可以叫得冠冕些，如以仁义王天下，边沁主义，等等，用庄子的话一言以蔽之，都是"知其不可奈何而安之若命"。在这类既复杂又朦胧的问题上，我因为死抱着母校的怀疑精神不放，虽然也知道，分而治之之后，应该尽量少问形而上的道，以求在形而下的范围内徜徉，取得微笑；可是总认为，这低一层的"知其不可奈何而安之若命"的想法和做法还是无根之草，或根不深之草，是长得并不稳固的。

越说离实际越远，应该就此打住，回到本题。意思很简单，是，如果人可以切为身心各半，我的心的一半，已经超过半个世纪，是在母校怀疑精神的笼罩下，摸索着走过来的。这使我有所得。但没有大得，因为未能"终于信仰"。这样说，对于母校，我的心情也就不能不分而治之：有时感到惭愧，因为没有成材；有时也感到安慰，因为没有忘本。

彗　星

我喜欢读英国哲学家罗素（1872—1970）的著作，因为就是讲哲理范围内的事物，也总是深入浅出，既有见识，又有风趣，只是板起面孔讲数理逻辑的两种（其中一种三卷本的与白头博士合著）例外。这位先生兴趣广泛，除了坐在屋里冥想"道可道""境由心造"一类问题之外，还喜欢走出家门闲看看，看到他认为其中藏有什么问题，就写。这就难免惹是生非。举例说，一次大的，是因为反对第一次世界大战之战，英政府让步，说思想自由，难得勉强，只要不吵嚷就可以各行其是，他说想法不同就要吵嚷，于是捉进监狱，住了整整半年。就我所知，还有一次小的，是租了一所房子，很合心意，就要往里搬了，房主提出补充条件，是住他的房，不要在那里宣扬某种政治主张，于是以互不迁就而决裂。这是迁，说通俗些是有那么点别扭劲儿。别扭，缺点是有违"无可无不可"的圣人之道；优点是这样的人可交，不人前一面，人后一面。话扯远了，还是言归正传，说彗星。是一九三五年，罗素又出版了一本书，简名是《赞闲》（商务印书馆曾出版译本），繁名是《赞闲及其他》，因为除第一篇《赞闲》之外，还收《无用的知识》等十四篇文章，其中倒数第二篇是《论彗星》。这里应该插说两句，是《赞闲》和《无用的知识》两个题目会引起误解，其实作者的本意是，应该少一些急功近利，使闲暇多一些，去想想，做做，比金钱虚荣而远却有真正价值至少是更高价值的事。

以下可以专说彗星了。且说罗素这篇怪文，开篇第一句是："如果我是个彗星，我要说现代的人是退化了。"（意译，下同）现代的人比古人退化，这是怎么想的？他的理由是，由天人关系方面看，古人近，现代人远了。证据有泛泛的，是：住在城市，已经看不见充满星辰的夜空；就是行于村野，也因为车灯太亮，把天空隔在视野之外了。证据还有专属于彗星的，是：古人相信彗星出现是世间大灾难或大变异的预兆，如战争、瘟疫、水火等，以及大人物如恺撒大将、罗马皇帝的死亡；可是十七世纪英国天文学家哈雷发现哈雷彗星的周期，其后又为牛顿的引力定律所证明，彗星的神秘性完全垮了。他慨叹说："与过去任何时代相比，我们日常生活的世界都太人工化了。这有所得也有所失。人呢，以为这就可以稳坐宝座，而其实这是平庸，是狂妄自大，是有点精神失常。"

罗素自己也是科学家，大概是干什么嫌什么，所以在这里借彗星发点牢骚，其意若曰：连天都不怕了，还可救药吗！可惜他没有机缘读《论语》，否则发现"畏天命"的话，一定要引为知己吧？但也可能不是这样，因为让他扔掉科学，必是比扔掉神秘性更难。所以折中之道只能是走老新党或新老党的路，在定律和方程式中游荡累了，改为看看《聊斋志异》一类书，短时间与青凤、黄英为伴，作个神游之梦，以求生活不全是柴米加算盘，或升一级，相信沙漠中还有绿洲，既安慰又得意，如此而已。罗素往矣，青凤和黄英也只能想想，所以还是转回来说彗星。罗素在这篇文章里说，多数人没见过彗星；他见过两个，都没有预想的那样引人入胜。见彗星而不动心，显然正是因为他心里装的不是古人的惊奇，而是牛顿的定律，可怜亦复可叹。且说他见的两个，其中一个当是一九一〇年出现的哈雷彗星，这使我想到与这个彗星的一点可怜的因缘。

我生于一九〇九年初，光绪皇帝死，慈禧皇太后死，宣统皇帝即位，三件所谓大事之后不久，哈雷彗星又一次从地球旁边溜过之前一年多。就看哈雷彗星说，这样的生辰是求而难得的，因为如果高寿，就有可能看到两次（哈雷彗星七十六年绕日一周）。即如罗素，寿很高，将近一百，可是生不逢时，就难得看到两次，除非能够活到超过一百一十五岁。不久前才知道，彗星的可见度，与相对的位置有关。北京天文馆的湛女士告诉我，一九一〇年那一次位置合适，彗星在天空所占度数是140，天半圆的度数是180，减去40，也总可以说是"自西徂东"了。这样的奇观，推想家里人不会不指给我这已经能够挣扎走路的孩子看看，只是可惜，头脑还没有记忆的功能，等于视而不见了。

不知是得懒的天命之助还是勤的磨练之助，到一九八七年哈雷彗星又一次光临的时候，我竟还能够出门挤公交车，闭户看《卧游录》。于是准备迎接这位稀客，以补上一次视而不见的遗憾。后来看报上的介绍，才知道这一次位置不合适，想看，要借助天文望远镜的一臂之力。有一天遇见湛女士，谈起看而不能单靠肉眼的事，她有助人为乐的善意，说可以安排哪一天到天文馆去看。我既想看，又怕奔波，最后还是禅家的"好事不如无"思想占了上风，一拖再拖，彗星过时不候，终于有看的机会而没有看，又一次交臂失之。

幸而在这一点上我超过罗素，竟还有另一次看的机会。那是一九七〇年春夏之际，我远离京城，在明太祖的龙兴之地，干校中接受改造的时候，有一天，入夜，在茅茨不剪的屋中，早已入梦，听到院里有人吵嚷"看彗星"。许多人起来，出去看。吾从众，也出去看。一个白亮的大家伙，有人身那样粗，两丈左右长，横在东南方的夜空中。因为是见所未见，虽然心里也存有牛顿定律，却觉得很引人入胜。还不只心情的入胜，不知怎么，一时还想到外界自然的必然和自己生命的偶然，以及辽远的将来和临近的明日，真说不清是什么滋味。这个彗星像是走得并不快，记得连续几夜，我怀着无缘再见的心情，入睡前都出去看看。想知道它的身世，看报纸，竟没有找到介绍的文章。直到十几年之后，承湛女士相告，才知道它的大名是白纳特。

万没有想到，这与天空稀客的几面会引来小小的麻烦。这也难怪，其时正是四面八方寻找"阶级斗争新动向"的时候，像我这样的不得不快走而还跟不上的人，当然是时时刻刻如临深渊，如履薄冰，想在身上发现"新"不容易；而这位稀客来了，轻而易举就送来"新"。上面说"吾从众"，这"众"里推想必有所谓积极人物，那就照例要客观主义地向暂依军队编制的排长报告：某某曾不只一次看彗星，动机为何，需要研究。排长姜君一贯嫉恶如仇，于是研究，立即判定这是阶级斗争新动向。其后当然是坚决扑而灭之。办法是惯用的批判，或批斗。是一天早晨，上工之前，在茅茨不剪的屋里开会，由排长主持。我奉命立在中间，任务是听发言。其他同排的战友围坐在四方，任务是发言，还外加个要求，击中要害。所有的发言都击中要害，这要害是"想变天"。我的任务轻，因而就难免尾随着发言而胡思乱想。现在回想，那时的胡思乱想，有不少是可以作为茶余酒后的谈资的，如反复听到"变天"，一次的胡思乱想严重，是，如果真有不少人想变天，那就也应该想一想，为什么竟会这样；一次的胡思乱想轻松，是，如果我真相信彗星出现是变天的预兆，依照罗素的想法，那就是你们诸君都退化了，只有我还没有退化。这种诗意的想法倏忽过去，恰巧就听到一位战友的最为深入的发言，是想变天还有深的思想根源，那是思想陈腐，还相信天人感应。直到现在我还不明白那时候是怎么想的，也许有哈雷、牛顿、罗素直到爱因斯坦在心里煽动吧？一时忍不住，竟不卑不亢地驳了一句，"我还不至于这样无知！"天下事真有出人意料的，照常例，反应应该是高呼"低头！""抗拒从严！"等等，可是这回却奇怪，都一愣，继以时间不太短的沉寂。排长看看全场，大概认为新动向已经扑灭了吧，宣布散会。

住干校两年，结业，有的人作诗，有"洪炉回首话深恩"之句。我也想过，关于洪炉云云，所得似乎只有客观主义的一句，改造思想并不像说的和希望的那样容易。但我也不是没有获得，那是思想之外的，就是平生只有这一次，真的用自己的肉眼看到货真价实的彗星。——如果嫌这一点点获得太孤单，那就还可以加上一项，是过麦秋，早起先割麦，然后吃早点，有一天有算账的兴趣，一两一两数着吃，共吃了九两。这是我个人的饮食大欲的世界纪录；现在呢，是一整天也吃不下这些了，回首当年，不能不慨叹过去的就真不复返了。

直 言

不久以前，乡友凌公约我到他家里吃晚饭。凌公带着一个刚成年的女儿，在北京过准《打渔杀家》的生活，父女都上班，照例是饱腹之后才回家，而要请人在家里吃饭，我当然感到奇怪。问原由，知道是老伴从家乡来了，想做点家乡口味，让我发发思故土的幽情。我既感激又高兴，遵嘱于晚饭时到达。凌夫人年过花甲，可是身体还健壮，仍是家乡旧时代那一派，低头比抬头的时候多，不问不说话。我要表示客气，于是用家乡惯用的礼节，寒暄道谢之外，问娘家是哪个村。答"乔个（轻声）掌"（这是语音，写成文字是"乔各庄"）。这使我忽然想起一个多年不忘的歇后语："乔个掌的秧歌，难说好。"

多年不忘，是因为这歇后语的来由，一位佚名的乡先辈的轶事，使我大感兴趣，或说深受教育。据说是这样：若干年前，各村也是有中幡、高跷、小车、旱船等会，每到送走旧年，上元节及其前，要排定日期，邻近各村的会交换，某日聚在一村表演。目的，用旧说是利用农闲庆丰年，行"一日之弛"，用新说是，虽然是农民，也应该有艺术享受。可是会,不只一个,虽然那时候还没有各种花样的大奖赛,但人总是人,性相近也,你不给他奖,他也要赛。评分是非阿拉伯数字的,一要看的人多,里三层,外三层;二要喊好的声音多而响。且说有那么一次,"乔个掌"的秧歌(指高跷会)表演得很起劲,看的人却不多,喊好的声音大概也不多或没有吧,正在为缺少钟子期而扫兴,听见有人说一句:"难说好!"会内的少壮派正在愤懑无处发泄的时候,听见这句话,当然要火冒三丈。于是找,原来出于一个瘦弱的老者之口。接着是围着质问。老者没有赔礼道歉之意,于是决定拉到场外去打。人间不乏和事佬,为了大事化小,小事化无,特为就要挨打的老者修建个台阶,是:"大概是刚来,还没看清。让他再细看看。"少壮派同意,于是把老者推到场内,请他细看。表演者尽全力跳闹,可不在话下。时间够长了,少壮派和和事佬都在等待转机,没想到老者淡淡地说了一句:"还是拉出去打吧,难说好!"

　　结果是打了还是另有转机,没有下文。也可以不再问,我关心的是这故事使我想到很多与"言"有关的问题,其中心是直言的难易问题。言,人嘴两扇皮,很容易,可是其中有得体不得体的分别,反应好不好的分别。因为要照顾反应,就不能从心所欲。这或者正如孟老夫子所说,"难言也"吧?

　　难言,这里也未尝不可以反其道而行,由"易"说起。从道理上讲,言为心声,言应该都是直言。这样说,直言如顺水推舟,不是难,而是很容易。但这是道理,或说架空的道理。道理还可以说得头头是道,如一种是由"自然"方面说,见于《毛诗序》,是"情动于中而形于言";一种是由"应然"方面说,见于某道学家的文本,是"事无不可对人言"。表现为活动,都是心有所想,嘴里就说。总而言之,是容易得很。

　　但人世间很复杂,言不能不受时、地、内容、听者种种条件的限制。就说事无不可对人言吧，日记中写"与老妻敦伦"可以，因为清官难断家务事；但如旧笔记中所记，一阵发疯，头顶水桶，喊"我要做皇上"就不可，因为象征统治权的宝座是决不能容忍自己以外的人坐的，即使只是想想也不成。这类的轻与重可以使我们领悟，世路并不像理想主义者想象的那样平坦；如果缩小到政场，那就更加厉害，一定是遍地荆棘。也就因此，皇清某两位大人才有了关于言的重大发明：一位造诣浅些，是少说话，多磕头；另一位登峰造极，是不说话，净磕头。但这不说话的秘诀也不能不受时地等条件的限制，因为时移事异，还会有要求以歌颂表示驯服的时候，那就闭口不言也会引来危险。总而言之，是直言并不容易。

直言，在道理领域内容易，在现实领域内不容易，怎么办？当然要让道理跟现实协商，以求化不协调为协调。但现实是最顽固的，所以结果必是，名为协商，实际是道理不得不向现实让步。具体说是要用"世故"的机床把直言改造一下，使不合用变为合用或勉强合用。这种改造的努力也是由来远矣，如关于直言，常见的说法总要加点零碎，如说"直言不讳"，"恕我直言"，言外之意是本不该这样说的。不该说而说，影响大小，要看听者为何如人。可举近远两类为例：近者如掌家政的夫人，充其量不过饭时不给酒喝，可一时忍过去；远者如恰好是已经稳坐宝座的，那就不得了，会由疑由怒而恨，也就会有杀身甚至灭族的危险。

为了避免杀身或灭族，要精研以世故改造直言的办法。古人在这方面用了不少力，成就自然不会小。依照造诣的低与高，常用的办法可分为四种。一种程度最低，是换为委婉的说法，如连中学生都熟悉的触詟（新说是触龙），劝娇惯孩子的赵国掌权老太太允许儿子出国当人质，里边提到"一旦山陵崩"，这比说"有一天你死了"委婉得多，就不会有惹老太太生气的危险。附带说一句，还是古人人心古，要是皇清末尾那位那拉氏老太太，大概说"崩"也不成。再说第二种程度略高的，是讽喻或影射，所谓声东击西，指桑骂槐。也是连中学生都熟悉的白居易《长恨歌》，开头一句，"汉皇重色思倾国"便是。第三种程度更高，是说假的。这非绝顶聪明办不到，所以举例，只能请荣宁府中最拔尖儿的凤丫头出马，那是老色鬼贾赦想吃鸳鸯的天鹅肉，糊涂虫邢夫人大卖力气系红丝，找她求援，她先说真话，失败，改为说假话的那些。因为话太精彩，碍难节录，全引如下：

  太太这话说的极是。我能活了多大，知道什么轻重？想来父母跟前，别说一个丫头，就是那么大的一个活宝贝，不给老爷给谁？背地里的话，那里信的？——我竟是个傻子！拿着二爷说起，或有日得了不是，老爷太太恨的那样，恨不得立刻拿来一下子打死；及至见了面，也罢了，依旧拿着老爷太太心爱的东西赏他。如今老太太待老爷，自然也是这么着。依我说，老太太今儿喜欢，要讨，今儿就讨去。我先过去哄着老太太，等太太过去了，我搭赸着走开，把屋子里的人我也带开，太太好和老太太说，给了更好，不给也没妨碍，众人也不能知道。（《红楼梦》第四十六回）

  到底是太太有智谋；这是千妥万妥。别说是鸳鸯，凭他是谁，那一个不想巴高望上、不想出头的？放着半个主子不做，倒愿意做丫头，将来配个小子，就完了呢！（同上）

把两段的画龙点睛之笔挑出来，是"我竟是个傻子"，"到底是太太有智谋"，对比着欣赏，就更值得一唱三叹。再向上还有程度绝高的，是第四种，上面已经表过，是不说话，净磕头，不重述。

  闲话到此，好像世故获全胜，直言被斩草除根了。其实不然，如我的乡先辈"难说好"先生就是突出的例外。还有，如果世风日下的原理不错，到所谓古那里搜求一定会更有收获。为篇幅所限，只举一位我最感兴趣的。那是南唐"酷喜老庄之言"的潘佑,对李后主的不干正事、跟大小周后混日子,江北有赵宋的强敌而看不见,他十分着急,连上七疏,却换来免官,只修国史,于是着急化为愤激,上最后一疏。幸而有陆放翁作《南唐书》。这篇妙文保存下来,只引应加圈的部分:

> 陛下力蔽奸邪,曲容谄伪,遂使家国惛惛,如日将暮。古有桀、纣、孙皓者,破国亡家,自己而作,尚为千古所笑,今陛下取则奸回,败乱国家,不及桀、纣、孙皓远矣。臣终不能与奸臣杂处,事亡国之主。(卷十三本传)

说李后主是亡国之主,百分之百的直言,也百分之百的正确,可是换来的是被收和自刭。这是死心眼儿,或说迂或愚一类。其实杀他的李后主,在这方面也不比他聪明多少,如到汴京成为阶下囚,对答昔为属下、今为宋太宗特使的徐铉探问的时候,竟一阵发神经,由口里迸出一句:"当时悔杀了潘佑、李平。"与刘阿斗的乐不思蜀相比,这话说得太直了,咎由自取,所以换来牵机药,从潘佑、李平于地下了。

纵观历史,因直言而从潘佑、李平于地下的人究竟有多少呢?显然,这是数学家也毫无办法的事。不能办的事且不管它。还是想想直言与世故间的纠葛,就我自己说,其中是充满酸甜苦辣的。直言向世故让步,成年以前是大难,俗话说,小孩说实话,委婉,以至于假,他们不会,也不想学。成年以后,人心之不同,各如其面,如有所谓造各种假的专家(包括一些广告家),当然说假的比说真的更为生动逼真。至于我们一般人,放弃直言而迁就世故,就要学,或说磨练。这很难,也很难堪,尤其明知听者也不信的时候。但生而为人,义务总是难于推卸的,于是,有时回顾,总流水之账,就会发现,某日曾学皇清某大人,不说话或少说话,某日曾学凤丫头,说假的。言不为心声,或说重些口是心非,虽然出于不得已,也总是哑巴吃黄连,苦在心里。苦会换来情有可原。但这是由旁观者方面看；至于自己，古人要求"躬自厚"，因而每搜罗出一次口是心非，我就禁不住想到我的乡先辈"难说好"先生，东望云天，不能不暗说几声"惭愧"。

旧迹发微

搬家，雅语曰迁居，甚至乔迁，已经是四五个月前的事。乔者，由幽谷迁于乔木之谓也，这是说，依常情，必大有所得。我怕搬家，但也只好从众，有所失，装作不见，想，说，都凝聚于所得。也确是有所得，唯物而不唯心是，曾以之为话题，诌了两篇文章，不久就换来"从重"的稿酬，称为重，是因为用它换烤白薯，竟几次装满肚皮，仍有剩余。真理不怕重复，好事也不怕重复，于是我想，能不能从这迁身上再找点什么，凑个第三篇，以期能够多吃几次烤白薯？且说书生摘掉臭老九帽子之后，时来运转，除了"发"和意中人点头之外，真是想什么有什么。过于乐观吗？以己身为证，这次刚想到换烤白薯钱，开个冷书柜看看，一个长方形立体旧报纸包就飞入眼内。早忘记里面是什么，立即打开看，原来是十几本旧日记。往事，忘掉也罢，正想包上，发现其中有个十六开报纸的钉本，拿出来看，封面几个大字是"交心续"。内容也许无可看，但换个角度，也许更值得看看。于是耐心看，字是复写纸印出来的，可见正本已经上交，这是留底。第一本为什么没留底？自然只有天知道。看内容，是整风时期写的，主旨当然是挖空心思，说自己如何糊涂，不争气。但也居然凑了一百零五条之多，可证俗语所说"惟有读书高"不错，如"刘项原来不读书"，是无论如何也写不出来吧？——好抬杠的人会反驳，刘项未必不能写，是因为手里有兵（兼指武器），用不着写，并可以强迫无兵的人写。老了，以不好勇斗狠为是，还是说称心如意的。是几年以前，我写了一篇《降表之类》，惋惜俞平伯先生等的检讨文未能传世，其中敝帚自珍，还悔恨自己的《请罪辞》没有留底，这回是失之东隅，收之桑榆，拾得交心文，而且竟多到百条以上，就大可以回味一番了。回味，要说说有什么味道，虽说"口之于味，有同耆（嗜）也"，但说清楚，尤其说得无余义，却不容易。这就需要"发微"。以下试着发微，以由浅入深为序。

其一，由"一则以喜"说起，是有此一百零五条，就足可以证明，我的编造能力，比有些受赏识的所谓作家，真是差不了多少；勉强找差距，不过是，我之所写，重点是自讼，他或她之所写，重点是他颂而已。这喜还可以加深说，是自讼的技能，乃由代圣贤立言的制义而来，想当年，我念过《钦定四书文》和《制义丛话》之类，非独好之也，是当作文化史的一种现象，想见识见识，语云，开卷有益，没想到就学来迨文的闪转腾挪、缩小夸大甚至将无作有、以假充真之法，如这像是煞有介事的一百零五条，即此诸多法临盆所产生，我为通法之人，岂可不飘飘然哉。

其二，交心，这说法像是过去没有，乃整风时期所创造。出自何人之心？真天地间第一天才或战略家也，盖旧有"授首"之说，首真授了，这个人就不再可用，除非代化肥，至于授心或交心，则不只人可用，而是必有大用。但其中也隐藏着问题，来自心有歧义，这里指英语的 mind，不是 heart，而 mind 是眼不能见、手不能触的，如何交、如何收？不得已，只好求仓颉、许慎之流帮忙。语言文字出场了，带来新的问题，是单就形和音说，为了反映客观情况，也造了"真"和"伪"两个。当然希望是真的，但是，如何证明是真的？不知道这位天地间第一天才是怎么处理的，也只能洛诵之后，姑且信以为真吧？如果竟是这样，他或她就太天真了。这样说，授首也有优越性，是货真价实。交心就不成，如果所交是假的，那真的就离得更远了。最后剩下的问题仍是如何分辨真伪，推想那位天才也未必有办法，那就不管也罢。

其三，谈论结果，此路不通，只好退回来，单看动机，即这样做是想怎么样。当然是想用修整之法，除去（用大话说）不合某种教义的，（用小话说）不合己意的，保留兼培养那些合教义、合己意的。而如果这种愿望能实现，则所得为"心"的大一统；在这种大一统之内，除了高坐宝座的一个人以外，人人成为使徒，或用今语说，驯服工具。这不好吗？难说，因为问好不好，解答之前，先要知道教义或己意是好还是不好。"先要知道"，既是逻辑的要求，又是宋儒所谓天理的要求，皆"心"也，显然是应该尽先"交"的，于是好不好的问题也就化为空无。但这是就当时说，至于白驹过几次隙之后，即如现在又看见那个报纸钉本的时候，情况就有了变化。变化来于，彼时是身在其中，此时是身在其外。身在外，容许远看，就见到一时一地以外的，也就难免想比较一下。忽然飞来一句，见于《旧约·传道书》，我诌文时不只一次引用的，是"日光之下并无新事"，交心也可以这样说吗？想了想，答话是：就"类"说是这样，就"个体"说不是这样。所谓就类说，是由盘古氏（假定有）起，到爱新觉罗·溥仪止，都要求率土之滨奉正朔，心仪《公羊传》的"大一统也"。但那要求是偏于"身"的，或说消极的，即只要你不想也坐宝座，就无妨如严子陵，去钓鱼，或如柳三变，去写"忍把浮名，换了浅斟低唱"。交心就不同了,要写:在这伟大的时代,我有时还想隐居,到富春江边去钓鱼,或带个情人,喝二锅头,唱小调,可见我旧的思想意识是如何浓厚,应该加紧学习,早日脱胎换骨云云。显然,这所交之心,前半可能真,后半可能是交代或检讨八股。八股而仍须写,就是因为形势要求的是"心"的大一统。这与旧时代相比,是"踵其事而增华,变其本而加厉"。

其四,还要说说交心之人,比如也乐得心能大一统,这容易吗?我的经验是不容易。这要怨上帝,如果人真是他造的,我们就会感到奇怪,为什么不千篇一律,而偏偏成为人心之不同,各如其面;不同,也罢,又偏偏不多给一些"变"心的能力,或者说心之上再来个心,具有使处理日常事务的那个心想什么、信什么的能力。话说得有点缠夹,改为用实例说。如有的人怕鬼,读了些科学常识书,也想改怕为不怕,可是暗夜经过坟地,还是毛骨悚然。又如哥白尼研究天象,变旧说日绕地为地绕日,受迫害,为平安,不如变所信,可是他做不到,因为理性作了主,他纵使想改变信念,也找不到能够左右理性的力量。惟一的躲闪之道是说假的,心里信煤是黑的,嘴里说煤是白的。现在复看交心材料,真坦而白之,就都是煤是白的一路。当作闹剧看,也好玩吗?其实不然,因为除了浪费精力、时间、纸张等之外,还会带来苦。小苦是不愿说假话而不得不说假话。还有大苦,是钻入这个存储假话的报纸小本本,就感到不再有自己。"吾丧我"是道家的理想境界,可惜我是常人,修养差,经过多次学习、运动,还愿意保留个"自己"。

其五,说到常人,干脆就为常人再说两句。推想常人是都愿意保留个自己的,语云,前事不忘,后事之师,那就让他们把心放在肚皮里,不交出来吧。但这样还不够,因为要有个前提来保证,这前提是:张三希望李四交心,李四不交,张三无可奈何;李四希望张三交心,张三不交,李四也无可奈何。

可以结束了,神经过敏,忽然想到,以上这些发微的话,惯于"吉甫作诵"的人如果看到,一定很不高兴吧?因为,至少在我未交的心中,过去有些新猷是并不值得歌颂的。皆往矣,争论这些干什么!不如放下笔,到长街看看,烤白薯是否又涨了价。

周婆制礼

偶然想起一个故事,记得见于《妒记》,手头没有这书,只好不引原文,单说故事。东晋谢安,虽然有宰相的高位,淝水之战转危为安的大功,却怕太太刘夫人,想再收个年轻漂亮的,风流风流,自己不敢说,托子侄辈去试探。子侄辈引古礼,说妇女以不妒为尚。刘夫人问古礼为何人所制,子侄辈答周公。刘夫人说,如果是周婆,就不这样说了。这高论,推想广大的女士诸君必是坚决拥护的。

我也拥护,是根据另外的理由,这理由是:凡有所论,或扩而大之,凡有所行,都要既适用于己,又适用于人;不可如俗话所说,"你的是我的,我的也是我的。"

这理,说容易,难在行。如果王阳明知行合一的想法不错,还要加上难在信。"人生来都是平等的","不要以为自己什么都对,什么都行","要舍己为人"等等,大家都听惯了,甚至听腻了,这证明说确是容易。行呢,谢安想风流,幸而他在内惧内,不然,刘夫人就只能去作《秋扇赋》了。外就诸如此类更多,如清末戊戌变法,六君子身首异处，不是那拉氏占了理，是因为她有势，不许讲理。这理是周婆制礼之理，其精义是人己不异，"凡事要换个地位想想"；可惜信此理者经常是六君子一流人，而不是那拉氏一流人。这也有原因，是有些人需要此理保护，有些人不需要。

人己不异，其难也是由来远矣。孔老夫子着重说，应该"己所不欲，勿施于人"（消极的），"己欲立而立人，己欲达而达人"（积极的）。他的高才弟子子贡说："我不欲人之加诸我也，吾亦欲无加诸人。"他说："赐也非尔所及也。"这是理想求而实际难于做到。

可悲的是，如我们眼所见耳所闻，有不少人，无此理想，自然也就不求。不是一切不求，是求自己经常处于把己之所不欲强加诸人的地位；而一旦真有这样的机会，那就为所欲为。二十多年前，红卫英雄的豪侠行动是个好例，以他人的苦难为乐，于是许多人就轻易地去见上帝。记得一个已作古的老友说，人也可以用个特殊的标准分类，即路旁放置一个人，言明可以任意过去打，过去打的是一类，火速躲开的是另一类。我们的同胞，也许有不少会过去打吧？任何明眼的人都会看到，这种过去打的思想和行为是最大的历史悲剧和民族悲剧。如何能避免？良药不少，周婆制礼精神可能是其中重要的一种。

关于美人

若干年来我率尔操觚，也曾惹来一些麻烦，其中的一类是命远离高文典册之题，如"最大的遗憾""永久的悔"之类，像是让我敞开胸怀，以便伸出探测的钩子，从中勾出一些隐私来。可惜我不是小说家，如果是，而且有编造之瘾，就可以铺纸伸笔，写：想当年，遇见个如花似玉的，我一见倾心，发了狂，用各种方法表示，求她点头，她终于没有点头，所以成为最大的遗憾；是更远的当年，也是遇见个如花似玉的，我当然爱，可是胆不够大，想表示而总是吞吞吐吐，机会错过之后才知道，是佳人由有意而变为怨，才功败垂成的，所以就成为永久的悔。如此写，命题诸公，也许还可以加上读者，就可以皆大欢喜了吧？但是又可惜，我虽是在家人，也要守佛门妄语之戒，心里未藏有这样的如意佳人，说为有，清夜自思是会脸红的。可是命题诸公穷追不舍，怎么办？幸而我读过《制义丛话》，笔下还有点躲躲闪闪、吹吹拍拍的技巧，总之，虽然难，也终于交了卷。还了债，一身轻，万没想到又来个更难下笔的，是要以"美人"为题，大作其文章。说难下笔,原因有客观的,是身价过高,牵涉过多,必是万言难尽。原因还有主观的,是美人,昔日在玉楼中或金屋中,今日在哪里不知道,白发老翁欲见之且难于上青天,怎么敢动笔品头论足呢。但不拿笔,命题之人必又是穷追不舍。不得已,只好知难而进;也好,破天荒一次,以笔为介,动动美人吧。身价高,因而门面大,不得不缩小范围,想只谈四点:一是辨认,二是评议,三是男本位,四是己本位。

先说辨认,即所谓美人,究竟指什么样的。想触及三点,可惜都说不清楚,或者说,只能安于郑板桥的"难得糊涂"。美人限于女性长得上好的,没有法律条文可据,只好信任常情,虽然有"翩翩浊世之佳公子",我们仍不得称之为美人。其次,要长到什么样才可以说她是美人?可惜电子一条街还没有卖这种测量仪器的,也就只能凭多数人之眼。这是信任主观,其下会随来唯心论吗?又不尽然,因为常常是小异之上有大同。大同在两端表现得最明显,如西施,都说美,东施,都说不美。专就高的一端说,下移一些,还能算美人吗?可能仁者见仁,智者见智,也就不能不容许情人眼里出西施。但这是就事说;就理说呢?就不得不限于真西施。真西施是什么样子?面貌如何?体态如何?难得说清楚,只得仍诉之于目。总之,问怎么样才能算美人,作答,只能用一句废话,说长得美,我爱看;或"看"也省去,只说我爱。再其次,还有个名称,佳人,与美人是一是二?汉李延年歌"绝代有佳人",苏东坡词"燕子楼空,佳人何在",显然佳人就是美人。可是我们也常听说,某某带着他的佳人逛西湖去了,这佳人就未必是美人。大致说,至少是有时候,佳人的名下可以鱼龙混杂,美人就不成,有如官窑瓷器,不得有一点点缺欠,所谓天生丽质是也。归诸天,可见是难能的。

其次是评议,即说说与美人有关的一些问题。顺着难能往下说。

难能不排除可能,所以各时各地都出了一些名传后世的美人(不传名的必为数更多),如卓文君、王昭君、赵飞燕、杨贵妃之流。美人带来一些问题。有的轻微,是要有比较好的生活条件,以求美能够维持较长的时间。有的严重,是给一些既有缘又无缘的男性带来苦恼,有缘是有缘看见,无缘是无缘亲近。美人自己也会惹来苦恼。其小者是没有分身术,难得"众生无边誓愿度"。其大者是依旧说,一,佳人多薄命,甚至"美人自古如名将,不许人间见白头"。二,另一面,如果竟至见了白头,那就成为"美人迟暮",不要说别人,就是自己,"对镜帖花黄",也会感到凄然吧?凄然之后还要活下去,何所恃而活下去呢?记得西方某哲学家曾说,美是上帝给予女性的最有力的武器,因而有了美,就不再需要别的。我的意见,哲学家都是不通世故的,最好还是不要听他,即来了迟暮,靠美不成了,自然以会点别的为是。历史上有些美人就兼会别的,如晚明,叶小鸾会作诗,顾横波会画画,上推到西汉,卓文君会当垆(卖酒),总比除了美之外,一无所能好。

再其次是由泛泛而具体,先具体到男本位。美人,女也,男见之,会动心,此乃上帝所定,或用本土话说,"天命之谓性",男子汉虽堂堂,也抗不了,不能抗的事,容忍也罢。还可以想得积极些,是西方某高人所说,是:"遇国色而不看不爱,就辜负了上帝的苦心。"这想法是由感觉来,不是由算盘来;手触及算盘,就不能不顾及后果。盖看、爱,即动心之后,只是戏的开场,以下怎么演下去呢?《楚辞》上有"目成"之说,事实经常是,你"目"而美人未必"成"。这之后,显然,佛家说的"情障"和"烦恼"就接踵而来。所以上策还是儒家孟老夫子的,曰"不动心",或者说,有自知之明,不想(应说不敢想)吃天鹅肉。但自知之明并不能动摇天命之谓性,怎么办?也许只能乞援于李笠翁,用退一步法,即视目而成者为美人,既看之又爱之。又是唯心论！还有唯物在，也就遇美人，仍不能不看，不能不爱。之后当然又会陷入情障，引来烦恼。思路至此，关于美人，我们会有所领悟吧？她给我们的是两种。一种渺茫，是使我们有所愿，也就还想活下去。一种质实，是使我们动心，接着就送来烦恼。恨吗？因为我们是"银样镴枪头"的弱男，曰不敢。

最后引火烧身，移到己本位。我见过的人不少，其中，也许将近一半吧，是女性；女性之中，少数，或极少数，是（我眼中的）美人。到此，已无退路，有的人必问："你是否动心？"翻了翻记忆之账，感到真是"难言也"。盖动心有程度之差，轻是喜欢，重是难舍，如果轻的也算，见美人，或进一步，与美人交往，我是一反孟老夫子之道，动过心的，用西方某高人的眼看，是并未辜负上帝。重要的是动心之后，我还有衡量的余裕，衡量"人心惟危"的人心，衡量硬邦邦的社会环境。结果常是连心都退入蜗居，发烧，就念"河汉清且浅，相去复几许"；退了烧，就念"泥上偶然留指爪，鸿飞那（哪）复计东西"。这样说，我是看开了吗？也不尽然。我还有梦，或梦想，是有那么一天，由美人陪伴，到"而无车马喧"的地方，白日在林间散步，或看古城遗址，夜晚挑灯对坐，话开天旧事。梦，总是难得变为现实的吧？但也并非没有可能成为现实，那就成为现实的梦。这样的梦，其中不能缺少美人，也就是诗意的人生中必须有个美人。美人的重要在此，美人的价值在此。遗憾的是，她常常可望而不可即。如何补救呢？说来可怜，也只能念念"望美人兮天一方"，至多再伴以几滴泪水而已。

今之视昔

想起一件旧事，月日记得清清楚楚，年份为一九三九抑一九四〇，拿不准。人生，有些活动简直无理可讲，可是不如此就呆不住，此亦一谜也。于是我开书柜，找日记。幸而写《流年碎影》时用过，未费力就找到。比考证孔子生年容易多了，只是十几分钟吧，就定案，确知为一九四〇年。用新语，是胜利完成了任务，可以飘飘然了。然而不然，所感反而是，原来自己比海淀成府街的某公并不高明，也是在暴力下为保小命，什么糊涂事都做得出来。

先说海淀成府街的某公。称为"某"，是因为谁也不知道这一位的尊姓大名，甚至为"某婆"也说不定。不能知，转为说能知的，是成府街路南有个家庭理发馆，主人姓萨，苗族，七十年代中期可年六十，为人风雅，与不少前去理发的老朽谈得来。一次我去理发，他拿出一个瓷茶杯让我鉴定年代。我说不古，至早也不过是民国的。问他是什么时候买的，他说不是买的，是文化大革命初起时由胡同口垃圾堆上捡的，同样的四个。这是被暴力吓破了胆，竟至以为连喝茶也成为犯罪，我当时想，胆小一至于此，也太糊涂了。

同样的心情还有一次，是一九六七年吧，红色恐怖刚过去，老同事黄润坡来看我，问我的情况。我说幸而未抄家，损失一些，是自己烧的，自己砸的。他说他的一点点书，他儿妇胆小，都搬到院里，烧了，他背着他儿妇，把两三部旧小说扔到床底下，现在只剩下这一点。黄君非知识分子，是城市贫民，依其时的革风应该坦坦然，可是他儿妇说，万一惹了祸呢，不如都烧了，放心。就这样，一部《红楼梦》险些葬身火海，这不是胆小而至于糊涂了吗？

说别人糊涂有言外意，是自己不糊涂。且夫自信为不糊涂，乃糊涂人的一种高级享受，我得此享受，已经过多长时候说不清楚，总之必不只十年八年，可是不幸或幸，这一次翻检日记，竟片刻间化为空无。正面说是如禅和子之闻驴鸣而得顿悟，洞明自己的糊涂，其程度决不在海淀成府街某公或某婆以及黄君儿妇之下。何所据而云然？是找出日记，看到靠前的十几本都撕去封面。查某事年份是无事找事，索性一不做，二不休，连带想想撕去封面的原因。谢天，未费大力竟想出来，大致是文化大革命山雨欲来之时，想到旧物堆里还有日记，旧习惯，难免写自己的情意，也许有不合时宜的吧，不得了，为保身家，要处理。上策当然是周公瑾的火攻之法，于是找出来，准备动手。可是面对，想到自己记忆力很坏，若干年的生活痕迹存于其中，一根火柴，化为灰烬，实在舍不得。可是不毁，万一抄去，一两句话上纲，关系身家性命，真就成为不得了。左右为难，愁得简直不敢正视这一摞本本。总得有个了结，决定暂且不火攻，可是封面上都写明是日记，怎么办？"撕去！"就这样，早期的若干本日记就成为没有包装的。现在是山雨过了，回想自己的撕封面妙计，就不能不脸红，试想，内容都是记某日做了什么，没有封面，看到的人就不知道是日记吗？如此愚蠢，如果也值得评价，那就要请七品芝麻官郑板桥大笔一挥，是"难得糊涂"。

人生一世，都会有些近人，近人有多种表现，其中之一是灶王老爷上天，好话多说。依照此常理，某近人说了："撕日记封面确是糊涂事，但可以归入智者千虑一类，此外必都是明智的。"是这样吗？纵使我的个人迷信不少于大人先生，也要斩钉截铁地说"不然"，因为，如果有人愿意听，我自述糊涂，可以说个没完没了。或曰，都少闲情，还是点到为止吧。那就只说两件，都是山雨刚来时候我干的。第一件，是一九六六年八月，红色风暴来了，也是为保身家，我要自己查存书。清除的原则是一，作者的人有问题，二，内容有问题。清出不少，其中有几十本是英文的。如何使之化为空无？火攻，点不着；卖废品，无人收。孩子急中生智，用自行车驮出去，四面八方看看，无人，扔在路旁。又是一次胜利！可是时间流过若干年，身未死，家未破，有时想到多年，省吃俭用，逛书店、书摊，一本一本淘来，竟弃之路旁，也不免懊丧。是一次"情动于中而形于言"，孩子听见，用评论的口气说："我看也是吓糊涂了，红卫兵有几个认识英文的？"我听了，想想，心服口服。再说第二件，是同年的同月吧，作红卫兵光临的准备，在院里烧估计有违碍的，把个莫友芝为他的友人题宦游图的手卷烧了。认为有违碍，是因为文中两处提及"粤匪"。事过境迁，是自己评论，这些红卫英雄恐怕连"粤"字也不认识，况粤匪指太平天国乎？

如此糊涂糊涂再糊涂，应该愧对好话多说的近人了吧？曰又不然，是因为我自己觉得，糊涂是失，但也不是无所得，这所得是换来多种"明白"。为了与糊涂对称，也说三种。其一，孟子推崇舍生取义，也许竟是大话吧？多种糊涂证明，人总是为了保命而不惜一切。应该改造为"二不怕死"吗？我是宁信《中庸》的"率性之谓道"，认为限于修齐也好，扩大为治平也好，都应该想尽办法，让人能活，而不是滥用暴力，使人求生不能，求死不得。其二，人世间，有理想，有实际；有口说的或笔写的，有实事。前者冠冕，后者常常不冠冕。我们处世，评价，选取，我以为应该重视后者，甚至不信前者。比如口说或笔写，依某种教义而行，人间地狱可以顷刻变为天堂，可是看实际或实事，而是有人在扔茶杯，有人想烧日记，理想又有何用！我们的饭碗里装的要是米饭或馒头，不当是口号。其三，记得前些年过旧新年，我用打油诗的形式说吉祥话，有"残年何所欲，不复见焚书"之句。现在是因见裸身日记本而有了新的所欲，是建造一个宽容的天地，在其中，日记可以毫无顾虑地写自己的情意，然后是成为本本，服装整齐，大模大样地坐在或躺在什么地方，不必担心有人来检查。所欲太寒伧了吗？海淀成府街的某公或某婆是不会这样看的。

明白的一些事说完了，末尾的所欲会带来一个大问题，是希望中的宽容的天地如何能够成为有保障的现实？问题大，说就难免走到题外，谢作文教程，行文不得走到题外，也就不说了。

不合时宜
——对镜看到的自我

我碌碌一生，自知之明不多而他知之明不少。表现多端，举其煌煌者，如在伟大的时代，有所谓阳谋，我硬是不上当，三缄其口，万不得已就学凤丫头之应付邢夫人，说假的。其后就取得善果，虽无资格上升为左却未"派曾右"。而时间未变慢，一晃就到了七十年代溜过，说点不三不四的真话不再有家破人亡的危险，于是"汝辈书生总是会说"的旧病复发，就拿笔，写些不登大雅之堂的。赖有权印书的和有钱买书的人宽厚，这样的不能升堂之文居然钻入本本，爬上书架。又是来于宽厚，古之"文人相轻"竟变为今之文人相重，心化为物，就成为常爬上报屁股的评介之文。而这类大作，有不少是灶王老爷"上天言好事"派，说罢文有可取之余，有时还老尺加一，说人也有可取。我看到，沿个人迷信的路，飘飘然一霎时之后，接着就忐忑不安，因为，至少是在此时，自知之明还有些力量，也就能够在耳边提个小警告：不要信这个；还是借老伴的小镜子，自己照照为是。

143

而就真来了被动照照的机会，先是上海的一位女士间接下令，接着北京的一位女士直接下令，让写写自己。我不隐瞒"优点"，对于女士的命令，我一向是遵照办理，何况是双料的。于是挖空心思，想如何完卷。青灯之下想，灵机不动；梦见周公之时仍然想，灵机还是不动；一直到"女曰鸡鸣"，忽然灵机大动，想到苏长公的"不合入时宜"，像是可以借用为纲，统一些目，敷衍成篇。饮水思源，举出处。手头没有近年印的《东坡志林》，只好抄绿君亭本《苏米志林》，苏子瞻部分卷上《是中何物》条如是说：

> 东坡一日退朝，食罢，扪腹徐行，顾谓侍儿曰："汝辈且道是中何物？"一婢遽曰："都是文章。"坡不以为然。又一人曰："满腹都是机械。"坡亦未以为当。至朝云，乃曰："学士一肚皮不合入时宜。"坡捧腹大笑。

苏东坡，名太高，不免有借光之嫌，所以要郑重说一下，这所借只是一点点意思，以表现自己的一生，实况总是与所想望距离很远，甚至南辕北辙而已。为了眉目清楚，大致以时间先后为序，分作六个方面。

一、宜于富厚而贫困。佛门的救苦弘愿表现为"我不入地狱谁入地狱"，我，至少是在这个小题之下，想暂不顾己身以外，只为自己打打小算盘。算盘小，却长鞭及远，远到禅师的机锋所常说，父母未生时如何如何。换为直说，是愿意生在这样一个家，既有金银财宝，又不少经史子集。有这些，早年，易得温饱事小，大事是可以多读些书，救成年后的浅陋，又借家世的余荫，书"外"也会走来颜如玉吧？如我的业师化为先师的俞平伯先生就是这样，曾祖曲园先生是晚清的大学者，父亲阶青先生是清末的探花，不用说幼年就有了读万卷书的方便，成年之时呢，用不着出入公园、电影院，拼死拼活，就迎来仁和许氏才貌双全的小姐莹环女士陪唱"良辰美景奈何天，赏心乐事谁家院"。对比之下，我就如由乔木而堕入幽谷，且不说衣食，幼年是吸收能力最强的时候，家里却没有书，语云，良机不可失，却失了，人间没有卖后悔药的，想到，也只能叹口气而已。气叹完又能如何？不幸是还有后话，是因为贫困出身，就不能如有些人，旧家是"百足之虫，死而不僵"，纵使世不清平，也小，可以不愁温饱，大，可以安坐在室中读《高士传》。我则无此条件，以致小就不能温饱，大就不能退隐。正如不久前写观我生性质的《流年碎影》时所安排，借先贤子路在《礼记·檀弓》中说的"伤哉贫也"为题，竟出现了三次。再而三，是因为困苦确是深重。主要表现在两个方面：一是八口之家不能无饥；二是所从事，或所谓职业，几乎没有一种是兴趣所在并可以看作事业的。是直到近年，老一辈需要仰事的已经往生净土（假定有），小一辈需要俯畜的已经自力更生，我可以不再慨叹"伤哉贫也"，善哉，可是又来了烛之武所慨叹："今老矣，无能为也已。"

二、宜于专精而芜杂。想不到与"伤哉贫也"相伴的还会有意想不到，是偶然加偶然加偶然，我竟按部就班上了学，由小而中，由中而大。小的偶然是恰好在读完初小之时添了高小班；中的偶然是投考官费的师范学校竟能录取；大的偶然是双料的，一是师范学校毕业之后找不到教小学的职业，二是考大学，国文科出了《孟子》题，用启蒙老师教念《孟子》的存货，骗得高分，又侥幸录取。其时北京大学有一顶最高学府的帽子，拥有专精的学术界名人不少，我呢，与一切年轻人一样，羽毛并不丰满而想"抟扶摇而上者九万里"，或者说，也能专精，出大名。语云，有志者事竟成，可是我却相反，而是有志事竟不成。是不肯读书吗？非也，而是见异思迁，不能专，也就不能精。情况很像乡下佬进城，什么都想看看，我是进图书馆，什么都想翻翻。翻看的书不少，却未能停在某一方面，往里深钻。深的对面是浅，即在浮面上滑。可以由不同的方面说明这种情况。一个方面重，是昔人所谓"受用",因为未能深入,我就几乎是毫无所得。怎见得?以中土的儒道释三家为例,我都尊重,可是儒,我就未能远希"内圣",也就未能于"孔颜乐处"安身立命;道呢,我推重庄的任运,视得失为无所谓,可是检视己身之行,就总是失之执着过多;至于释,志在"度一切苦厄",不能不高山仰止,可是直到现在还是没有勇气走入禅堂,自度尚且谈不到,况度诸有情乎?另一个方面轻,是表现,不少写小文,也写书,题材面不窄,由广泛的人生直到墙角的蟋蟀,像是碰到什么能谈什么。惯于以貌取人兼耳食的人就甚至以为我真是无所不通,而实际则如老伴所评论,是样样通,样样稀松。样样通,杂也;样样稀松,不能专精也。现在是确知老之已至,也就确知昔年梦想的专精成为泡影。可是与泡影同在的还有一些浮名,偶尔听到,心中有何感受?除了惭愧以外,只能取法戏迷,高唱一声"一事无成两鬓斑"而已。

三、宜于信而疑。信是听到什么便以为是真的。我幼年无知,情况曾是这样。典型的例是看《聊斋志异》,书生夜读,闻墙外吟"元夜凄风却倒吹"的诗,就相信,并幻想有朝一日也可能有此奇遇,则闻之后还会如此这般云云。其后是入了洋(名)学堂,更其后是读了些洋(实)书,心之官有变,灯下连锁入室的美梦断了,且有说焉,是不科学。科学与不科学对比,前者是而后者非,推想除迷禅、迷气功的以外,不会有人反对吧?这是就此小范围内的"理"说,至于走到范围以外,触及人生的多方面,这理的影响就未必都是可意的。其中最重大的一项,我以为就是难于树立信仰。盖信仰,大如上帝全知全能全善,小如什么庙供桌前求得的签辞,都是躲开科学精神讲的理才能生存的。换句话说,有所闻,总是问"你说可信,根据是什么",取得信的善果就难了。称为善果,是我,与未能信的同时,却一直认为,人生的福报要由有信仰(指重大而牵涉价值问题的,如怎么活才好之类）来。这方面的情况，近些年来，在《怀疑与信仰》《我与读书》《难得糊涂》等拙作里曾一再谈到。表现的心情是凄苦的，因为确知，如培根所说，"伟大的哲学应该始于怀疑，终于信仰"，我却始于怀疑，未能终于信仰。"吾斯之未能信"有什么不好？恶果可以分为两类。一类是不信奉天承运，依某种口号而行乃天经地义，显然，其结果就必是世路艰险，求立足也成为大难。另一类是不信由"大块载我以形"到"息我以死"有什么意义，也就不能求得安身立命之道。而又不能不活，这就等于口吃烤鸭而心里想吃烤鸭无味，成为既可怜又可叹了。或曰，"你不是也写过《顺生论》，说可以接受《中庸》所说'天命之谓性，率性之谓道'吗？"答曰，这是不得已而降一级，虽然也有所取，乃第二义，与净土宗老太太宣"南无阿弥陀佛"佛号相比，那是第一义，地地道道的信仰，所得就有天渊之别了。

四、宜于从风而寡合。一地之中，一时之内，人的绝大多数以什么什么为荣，其反面为不光彩，而很少追问理由，这样的指引兼推动的力量，风也，或称为风气。风，举例不限于一时，与白薯不异，块头有大的，如忠君，能够使臣下甘心死，有小的，如鞋底后部加个木柱，能够使佳人立而难稳，行而难快。可是不这样，重则会遗臭，轻也会美中不足。所以识时务的俊杰就总是顺着走，甚至迎头赶上。我呢，没有逆风的瘾，或说没有逆风的魄力，可是患有少信的病，面对风有时也想问问所以然，而一问，取得满意的答复总是不容易，因而迈步就慢了，或由心情方面说，就苦于跟不上。至于具体情况，那就说不胜说。只好先归类，然后挑个头较大的，摆在案头看看。这是一，在很多人已经升温到热狂的时候，我还是未能积极。未能，是因为，对于依什么口号而行就可以救民于水火的理想；虽然我也同样希望能够这样，却总是担心未必能够这样。这担心不能算作杞人忧天吧，因为至少是为数不少的人，依口号而行之后，仍是未能免于水深火热。当然，有些升温就不再降温的人就不是这样看，所以在这样的慧目之中，我就成为落后，应该望然去之。去了，夫复何言？大道多歧，各走各的路可也。接着说二，有不少冠冕的群体名堂，走入其中就可以取得一顶光彩的帽子，而这种帽子，既可以飞上头顶，又可以飞上名片，最后还可以飞入悼词，我则欲热心而一直热不起来。是"举世皆浊我独清"吗？完全不是这么回事，而是身和心，整饬与懒散间，更愿意懒散而已。再说三，是率尔操觚，时风要高攀以自重，办法是多引今代的子曰诗云，其意若曰，"如是我闻"，所以必正确可信，我则未能起而效尤。原因仍是少信在作祟，以近于咒语的唯物、辩证等为例，我是一向不敢用，因为一，我不学，未能知其确义；二，比如一个喜欢较真儿的人来问，孔老夫子"知其不可而为"，这种立身处世的态度是唯物的吗？辩证的吗？我只能说不知道。所以执笔为文，也就不能从时风之后，多来几次"某某某教导说"。最后再说个四，是很多人为"发"为"华"而拼命的时候，我却兴趣不高，并写《临渊而不羡鱼》《消费的我行我素》之类的小文，向热中于发于华的人头上泼冷水。显然，这泼冷水是费力不讨好的事，因为一，求发求华的火热必更难降温；二，还可能惹来反驳的评论，是：你的旧思想感情已经僵化，既然不能适应新潮，那就赶快见鬼去吧。

五、宜于自强而自馁。新世训，人要力争上游。此意还可以说得既深邃又生动，曰"一不怕苦，二不怕死"。可是我却多次坦白，是既怕苦，更怕死；坦白之后还有辩解的话，是大人先生喜欢说这样的话，意在别人听了会信，其后就真去苦、去死，他自己是并不这样的。那么，我之不能"天行健，君子以自强不息"，是受大人先生的影响吗？君子还应该不诿过于人，那就继续坦白，承认乃来于"天命之谓性"，虽然也知道自强之可贵而强不起来。此种不冠冕的心情有时还不停留于迷离恍惚,那是幸或不幸碰到时代和环境的双重伟大,活下去难了,苦思怎么办。理论上,或青史上,有进退两条路,进是陈涉、吴广,退是伯夷、叔齐,可是这就不得不一不怕苦,二不怕死。我是未再思三思,就由"天命之谓性"顺流而下,走了不自强的一条路,心不能变方为圆,求言和行都是圆的。这是否即孔老夫子说的"无可无不可"呢?曰,完全是两回事,无可无不可是中道,我则为资质和习染所限,"不得不"甘居下游。命也夫,也就只好"知其不可奈何而安之"了。

六、宜于菩提而烦恼。菩提和烦恼都是佛家语:菩提是觉悟,悟后则无苦;烦恼正好相反,是迷,指有贪嗔痴等心境,感受为苦。佛家各宗派也说"烦恼即是菩提",这是另一路的思辨方式,我们常人最好是装作听而不闻。且说这烦恼之苦,佛家用所谓般(bō)若的慧目看,是来于爱染,所以灭苦要用釜底抽薪之法,是求情欲的淡而至于无。这想法,就理说,我认为可以成一家之言;看作一种人生之道,我们更应该刮目相看。可是很遗憾,我的这类看法也是就理说,至于由理而走入实际,就总是"苟未免有情"。这未免有情还有深的根源,是《庄子》说的"其耆(嗜)欲深者其天机浅"。天机浅,在庄学的眼里,得天独薄之谓也,这是"畏天命"的天命,人力又能如何?勉强想个可怜的办法,是向往觉悟的时候写《蒲团礼赞》。不幸是写之后,甚至写之时,迷的根芽仍在心房萌动,眼看就要弃甲曳兵而走,如何补救?我惯用的办法是由阿Q大师那里学来的,曰虽败犹荣。称为荣,有何依据?依据可以来于儒,是"率性之谓道";也可以来于佛,如上面所引,"烦恼即是菩提"是也。

也迷《易经》,所举已经满六爻之数,应该就此打住。六个方面,分而有合,合为结论性的一言以蔽之,是不成气候。不成气候而有胆量常拿笔,亦有说乎?曰,搜索枯肠,竟抓来两宗。其一,所说都是实情，并未用子曰诗云一类大话骗人。其二，自己不成气候已成定局，但跛者不忘履，凡有所想、所说，总含有别人能够成气候的愿望。希望别人如何如何，也应该算作大话吧？若然，那就对镜还是帖了花黄，惭愧惭愧。

辑四　案头清供

常翻看的《骨董琐记》

是几年以前了,一位住武汉大学的老友来信,借严几道的《英文汉诂》。大概以为我会感到奇怪吧,引西方某大家的话为理由,说:"如果你想得点新意,就去看旧书;如果你想听听老生常谈,就去看新书。"这说法自然难免片面,因为旧书也有不供给新意的,新书也有不老生常谈的。但既然承认是片面,就无妨实利主义,取可信的一面,或打个折扣,说"有些"旧书确是能供给新意,就最好是常翻开看看。这是泛论。至于我个人,最好常翻看还有另外的理由,是我健忘,因而旧书就变成准新书,隔个较长时期翻看,就会有久闻大名,今始得识荆之感。而说起这样的旧书,为数也颇不少。以时间先后为序,天字第一号是《庄子》(《论语》朴厚,少波澜),每次翻看,都必有《西厢记》"惊艳"意味的获得。《庄子》以下,每翻看必得新意的书,以国产的四部九流为限,也总不少于百八十种吧。取庄生鹪鹩栖林,不过一枝之义,还得加上这里地盘有限,自然只能说一种。这就是常在案头的《骨董琐记》。

最初看这部书,恍惚记得是在上大学时期,那就是半个世纪以前了。由这部书开始知道邓之诚先生,觉得人博雅,有见识,有情趣,其时他在燕京大学任教。邓先生著作不少,如《中华二千年史》《桑园读书记》《清诗纪事初编》,我都看过,而最感兴趣的则是《骨董琐记》。大概作者也是这样看吧,所以琐记八卷于一九二六年出版之后,他又写了《骨董续记》四卷,《骨董三记》六卷。感谢三联书店,于一九五五年印了三部的汇集本,名《骨董琐记全编》。又感谢天与良缘,我只费人民币一元(定价2.70元)就买到新华印刷厂的处理样本。全编扉页后有《出版者说明》,讲书的内容及价值是:"本书从前人别集及笔记中搜罗若干材料,对于考释古物、纪述史事,有一定用处⋯⋯"这说得不能算错,只是由我看,未免失之方面太窄,分量太轻。就算是仁者见仁、智者见智吧,我总觉得,于考史之外,它还有以雨露滋润生活的大用。此话怎讲?以下说说我的私见。

这部著作是读旧杂书的笔记,其中有抄,有自己的观感。抄,信笔之所之加点油醋,看似容易,其实不然。须勤读多读是一难。还有其二是大海捞针,要能捞有用的。其三是要看准价值的所在,有助后学。而说起助,有大小,至少是我觉得,这部书的助是大的。可以举出两项理由。其一可以比作蜂蜜,是采千万朵花酿出来的,读者可以费几个小钱买到珠宝。其二可以拉来赵翼《廿二史札记》做个比较,那也是抄旧书加观感,读者的所得则有别:它谈的人和事物多偏于大,所谓有关国计民生,读后的所得呢,不过是"知晓";读琐记就不同,其中不少人和事物是微末的,常常无关于国计民生,可是读后的所得却是"思念"。为了不架空谈,举个小小的例。又为了维持公道,举一苏一杭,一男一女。一苏之男是作《浮生六记》的沈复,看琐记卷二"沈三白"条,知道沈复与其妻陈(芸)住扬州,曾靠卖画为生,邓先生曾以银元二元买到他的画。一杭之女是陈坤维,看琐记卷三"陈坤维诗"条,知道有个落魄世家妇女陈坤维,生活穷困,不得不卖书换米,舍不得,题一首七律与书告别,诗曰:"典到琴书事可知,又从架上检元诗。先人手泽飘零尽,世族生涯落魄悲。此去鸡林求易得,他年邺架借应痴。明知此后无由见,珍重寒闺伴我时。"(案时间署"丁巳又九月",邓先生说康熙十六年丁巳无闰月,疑为万历四十五年,误。应为乾隆二年。)看到这样的人和事,我们能不发思古之幽情吗?

喜欢问难的人会说,发思古之幽情又有什么必要?这可以用反问作答,举步游观,安坐看小说、戏剧,又有什么必要?正面答,这是由"天命之谓性"来,其表现是"生年不满百,常怀千岁忧",或者说得玄一些,是己身的一切,处处都是有限,却渴望无限。办法是想尽办法、用尽力量求扩充,求丰富。由基础往上层说,搞对象生孩子、穿耳挂环、围领加带、出国旅游,幻想往生净土,直到看《红楼梦》,陪着林黛玉落泪,追根问柢,不过都是这一套。与坐车船旅游相比,看《红楼梦》之类是"神游"。神游者,身未动,而也到某种境中经历一番是也。这某种境几乎都是美好的,在现实中想望而难得的,所以虽非现实而有大价值。琐记所记古人古事物,是昔日有过的境,其中也不乏可歌可泣的,所以也就有大价值,从而与其他性质的著作相比,也就更值得一读。

由泛论回到己身,我是常人,因而也就有想望,有寂寞,甚至烦恼。找积极出路,难,还常常苦于没有魄力。但跛者不忘履,怎么办?常常是翻开这部琐记,为片时的神游。陈子昂诗有"前不见古人"之句,比如看到陈坤维卖书事,想到昔日,就像是前见古人了,这古人是真的,其获得也许超过看《红楼梦》吧?这样说,这部琐记的价值,就不只是"有一定(案习惯理解为不多)用处"了。

汉学与轻信

——读《胡适选集》

一位年轻的熟人送来几种书，其中一种是一九九一年天津人民出版社出版的《胡适选集》，胡明编选。我翻了翻。所选文，只有极少数没见过，如最后一篇《所谓"曹雪芹小像"的谜》就是。生熟不同，翻看时待遇也就不能一样：有的只看看题目；有的大致翻翻；少数从头到尾，并捉摸捉摸。仍是老习惯，看了难免有些想法，憋在心里不舒服，或不应该，所以决定写出来。

由巨而细，先说总的。这本选集是《中国现代社会科学家选集丛书》的一种，那就先说说这套丛书。据说计划编选五十种，即收所谓家五十位。这就颇值得赞扬几句。可赞扬的理由有浅的，是敢往大处想，而大的，通常反而未必能赚钱。理由还有深的，是，至少我看，谈治平，求治平，都应该以提高人民的教养为根本，如何提高？一种稳扎稳打的办法是供给像这套丛书所包容的精神食粮。食粮（限于配称为食粮的）价值有高有低，比如与很多主要为赚钱的所谓辞典相比，这套丛书的价值是高的。

　　高还来于选人。选五十，够不够，合适不合适，也会有问题，这里不谈，只说五十中包括胡适，也就值得赞扬几句。何以值得赞扬？不是因为我同他有师生之谊，选了他我心里舒服；而是因为在样板戏中他是绿脸人物，绿脸人物居然也成为座上客，这表示一种精神风貌的变换，具体说是由不容异己变为也容异己，因为难，所以值得庆幸。美中不足，是"编者前言"和"胡适学术思想概述"里还保留一些旧风貌的尾巴。我的私见，供给这类精神食粮，好吃不好吃，吃了有益无益，最好留给吃的人自己去品尝，去评论；越俎代庖，有如给孩子东西吃，说"这是香蕉"，"这是臭豆腐"，紧跟着说"这是香的"，"这是臭的"，多余是小事，强人从己就成为大事。

　　没有什么人强，说香蕉香，臭豆腐臭，或反过来，说香蕉不香，臭豆腐不臭，当然都可以，也应该。那么，这本选集我看了，上面说有些想法，究竟是香呢，还是臭呢？题目太大，不好作，也不想作。只好损之又损，专说读了最后谈曹雪芹小像一篇之后，一时想到的一些情况以及因之而生的一些感慨，具体说是，关于曹雪芹的身世及其生活情况，既然迷红，当然就愿意多知道，但求多，用的方法应该是汉学的，不应该是轻信的。两种方法正好相反：汉学是有充足的证据，没有或极少相反的可能，才信；轻信是植根于希望，由希望而推想，甚至幻想，有某种情况，于是寻找，或偶尔碰上什么材料，就不再管更多的相反的可能，就信。不幸是近些年来，追寻曹雪芹遗迹的，可以举已故的吴恩裕为代表，用的方法大多是反汉学的，始于希望，终于轻信。最典型的是西郊的故居，吴晓铃先生告诉我，墙上那些诗句，绝大多数抄自《西湖二集》，庸俗，鄙陋，可是轻信者竟看作曹雪芹的手迹了。还有，民间住屋，乾隆早期的至今未变，即以北京郊外而论，能找到百分之一吗？何以这几间能够硕果仅存？可是听说，轻信者人多势众，还是把它辟为纪念馆，供人参观了。

言归正传，专说那幅曹雪芹小像。记得我最初见到是四十年代末，友人曹君送我的一张照片。其时我也由希望出发，信以为真。因为不疑，所以几次见到叶恭绰先生，并没有问及这件事。其后，到八十年代，一次听周汝昌先生说，像是启功先生也说过，这幅画像还有问题。究竟有什么问题，不知道，也未想深究。这次拿到这本选集，看目录，最后一篇竟是谈那幅曹雪芹小像的，如旧病获新药，赶紧打开看。一看才恍然大悟，原来那竹林前斜倚石而坐的人是一位得意的翰林公，并不是失意的曹雪芹。这样说，我是看了一篇短文就倒向胡适，是否也是轻信？我说不是，因为胡适这样论断，所据及推理是汉学的。为了既明确又省力，抄关键的部分看看：

这幅画上画的人，别号"雪芹"，又称"雪琴"。但别无证件可以证明他姓曹。……我在三十年前看了这些题咏，就对此画的主人李祖韩君说："画中的人号雪芹，但不是曹雪芹。他大概是一位翰林前辈，可能还是'上书房'的皇子师傅，所以这画有皇八子的题咏，并且有'上书房'先后做过皇子师傅的名翰林如陈句山（兆仑）、钱箨石（载）、钱晓徵（大昕）诸人的题咏。题咏的人多数是浙江江苏的名人，很可能此公也是江浙人。总而言之，这位掇高科，享清福的翰林公，决不是那位'风尘碌碌，一事无成'，晚年过那'蓬牖茅椽，绳床瓦灶'生活的《红楼梦》作者。"

那些题咏的口气都是称赞一位翰林前辈的话。皇八子的题咏更是绝对不像题一个穷愁潦倒的文人的小照的话。

吴恩裕没有看见那幅画的许多题咏，就相信这些名人题咏的真是曹雪芹的小像，……可怜这些富于信心的人们！他们何不想想：收藏这幅画像的李祖韩君为什么始终不肯抄寄那许多乾隆朝名人的题咏呢？

对比便知，对于一种旧事物的认识，这是汉学与轻信战。谁胜谁负呢？理是汉学胜，事就未必然，如这幅画像仍旧钻入各种有关红学的本本就是好例。所谓曹雪芹故居仍旧有人去看，发思古之幽情，也许应该算作更好的例。

限于信一幅画像，几间平房，是小事。但小事的根基，或说性质，会牵涉微言大义，即混淆是非。而这微言大义又必致扩张，及于诸多利害攸关、必须明辨是非的大事。如何明辨？一言难尽，扣紧本题说，出版一些提倡汉学精神的书，纵使一木之孤，难支大厦，终归是必要的，有深远意义的。

红学献疑

一再沉吟之后,我写了这样一个标题。何以要沉吟?因为这"疑"不是对"红"的枝枝节节,而是对于"学",这将意味着,在掌声雷动的形势之下,我也许要说些杀风景的话。说杀风景的话,我还有个另外的顾忌,打个比方说,对于我一向倾慕的人,我偶尔犯傻气,说容貌并不十全十美,甚至罗裙的式样也不是百分之百的好,人将疑我是站在对立面,而其实,我自信还是站在捧场的队伍中,甚至一贯在前列的。那么,怎么还要说是"疑"呢?我的着眼点是:对于任何事物,包括学或学风,依"理",都应该可以信,可以疑,近若干年的红学似乎不是这样,而是大关节已成定论,只可以信而不可以疑,对于这样的定于一尊,我有时不免有点疑心,甚至疑虑。

思路走远了,还是多年以前,我读英国小穆勒的自传。他说他小时候,有一天同他父亲在郊外散步,谈起新刊的某一篇论文,他父亲问他意见如何。他想先听听他父亲的意见,他父亲说:"不要信我的,我的意见可能是错的。"他说他是在这样的气氛中长大,所以后来如何如何。书看过扔开，不再翻，可是这种教学法却一直在我心里萦回。这似乎没有给我带来什么好处，因为形势需要"信"而它引导我走向"疑"。举实例说，五十年代，我的师辈某先生，红学大师，过去没有想到《红楼梦》还有某种积极意义，因而受了批判，我就曾想，既然心里这样信，嘴里照样说，总比口是心非好吧？幸而我不治红学，可以从壁上观。但有疑而没有敢说，半口是心非，有时想到也难免不是滋味。这之后，真就车同轨、书同文了。我孤陋寡闻，也缺乏时间和精力，没有多翻报刊和典籍，就碰巧看到的一些说，异口同声，都是积极，积极，积极，好，好，好。惟一的例外是我的相识蔡君写的一篇，题目是《贾宝玉是叛逆吗?》，发表于山西太原的《晋阳学刊》，其时已经是八十年代初了。

说积极，说好，不能算错，因为可以言之成理。即使只是灵机一动，没有言之成理，也不能算错，因为一，如上面所说，心口如一总比口是心非好；而且人人对心外事物有觉知以及产生印象的天性，想不任性也做不到。二，这样的轻率印象，也未必就靠不住。看法的对错是非，要用看法之外的尺度来衡量。应该用什么尺度？这方面的问题太复杂。举个突出的例，先秦诸子生在容许乱说乱道的时期，对于修齐治平，各家都有一套理论和办法，而且都言之成理，可是这理，有的互不相容，如儒与法，依照逻辑规律，两个相反的命题不能都对，可见言之成理并不等于完全合理。而灵机一动，如项羽对秦始皇的印象，"可取而代"，却碰对了。确切的对错和是非，取得大不易。不易中还有程度之差，简化了说，"事"方面的证验对错，如门前的柳树是否为五株，容易；"理"方面的证验是非，如桃花源的生活是否天衣无缝，很难。很难而想求得，人类的思辨经验告诉我们，要接受两种或者不很适意的情况。一是安于得个相对，不求绝对，因为用演绎法推理，追根，总会碰到一些大前提是不能证明的。二是容许不同的意见在比赛场上见面，然后取其比赛后不被淘汰的，舍其比赛后被淘汰的，以期逐渐向对和是靠近。这后一种情况要以两种设想为根据：一种是，人心之不同，各如其面；另一种是，虽然不同各如其面，但有理性并信从理性却是一致的。这样，人群对于某一事理的认识，情况就会是这样：开始是公说公的理，婆说婆的理。日久天长，有的理脆弱，甚至连信从的人也放弃了，这是逐渐由多走向一。但永远不会成为一，因为总会有少数公和婆想不通，坚持己见。这也好，因为一是，可以大德不逾闲，小德无妨出入；二是对错是非与信从者多少没有必然的联系，应该留有余地，以避免万一人迷途而永远不知返。三十多年来，我们的红学像是走的不是这样的路。没有经过比赛场上的角逐就定于一。这一，当然指大的方面：初步的是好，顶峰的是因为如何如何所以是好。这大的方面比喻是个有围墙的散步的场地，散步者有左行右行以及略快略慢的自由，却不许走到墙外。自然，有不少人是愿意在墙内走的，这样也未必于健康无益。问题是也会有喜欢到墙外走走的，那就只好坐在什么地方，不举步。为了避免误解，这里要说具体一些，已判定好，随着喊好的未必就口是心非，所喊也未必就不对。我担心的只是，自某日起众口一声，这会是人各有见的实况吗？如果竟不是，而是有的，不假思索而随着说，有的，心里思索而口里不说，这还有可能逐渐向对和是靠近吗？更值得担心的是，不思而说和思而不说会成为风气。风气的力量太大，因而也就太可怕。延续近千年的男人作八股、女人缠小脚就是这样，有不少聪明通达的人竟也视为当然。有鉴于此，我常常有个奢望，是：惟其都视为当然，反要问一问，为什么怎样怎样就是当然。话扯远了，还是回来说红学。我不否认，更不敢轻视近年来的红学成就，我只是怀疑，难道就真没有车同轨、书同文之外的想法吗？情况恐怕不是这样，因为事实总是人各有见。别人如何可以不管，我自己我是清楚的，是对于有些定论一直有不同的想法，过去是怕不合时宜而没有说。现在想献疑，不是确信这想法有什么可取（因为只是门外汉的一时观感），而是希望有所想就如实说，能够对改变车同轨、书同文的风气起一点点作用。

以下像是该人正文了，怎么写？一种是高的要求，拿出正面的主张来。主张要有根据，这就不免要翻腾由开卷第一回起的材料；光有材料还不成，还要有阐明材料之深远意义的理论。我没有这样的学力和精力；即使勉为其难，连篇累牍，也不是杂收的期刊所能容纳。还有不能走这条路的更重要的理由，是这样一来，人将疑我为决心摆成什么阵势，要与什么人较量了。我更没有这样的学力和精力，而且压根儿就没有这样的想法。我只是，还是扣紧题目说，对于《红楼梦》，有些旧存的想法，与流行的说法有距离，又苦于不能闻善言则拜，于是在心里就成为疑。疑，长期储存，难免闷闷；想消除，一种办法是是人非己，不甘心，一种方法是是己非人，拿不准。剩下的惟一妙法是献出来请有学力和精力的人也想想，于异中求同；即使不能同，说出来也可换得心净。而说起疑，大大小小不少，这里想用以管窥豹的办法，只说一点点偶尔想到的一斑。而重点又不在这一点点疑是否值得一提，只是想说明，在这类事物上，我们并没有大一统，似乎也应该安于并不是大一统。

损之又损，我想只围绕着作者曹雪芹说说，因为他有伟大的业绩，我一直钦佩得五体投地；就是对于他的为人和经历，我也是很感兴趣。可是很遗憾，对于他慨叹的"谁解其中味"，我试图解，在有些人的眼里也许是低估了。但言者无罪，也只好说说。所谓低估，较重大的是对于"作意"。这还可以分作两个方面：一方面是作者的"态度"，一方面是书的"主旨"。同是写，态度可以不同。有郑重其事的，如司马迁写《史记》；有随随便便的，如苏东坡写《东坡志林》。我看曹雪芹写《红楼梦》是属于后一种,就是说,他写小说是玩票,不是下海。下海,当作名山之业写,或为了名利写,是由外国传来的,进口货,二百多年前还没有。那么,这动力从哪里来呢?是来于古今中外都有的创作欲。创作欲要有条件,一是学,二是才,还有个三,也很重要,是没有乌纱帽而勉强有饭吃。这三条,曹雪芹都有,还外加希有的一条,是由荣华而走向没落。说希有,譬如蒲松龄就没有,所以创造的人物就很少是大观园式的。有了以上四个条件(前两个条件还应该加点修饰,是学很富,才特高),茶余酒后,就会想闲也闲不住,而"秦淮残梦忆繁华",写入九歌、八股、七发都不合适,那就最好是"敷演出一段故事来"。我推测,作者说"十年辛苦不寻常",是作诗照例要夸张粉饰的手法,实际是兴之所至,没有严密的计划。清朝人已经发现,有些情况前后合不拢。以曹雪芹的才和学,求合拢又有何难?他不做,推想是写完一段,放在一旁(或抄给人看),找敦氏弟兄喝酒去了。如果是这样,就不好吗?这我不知道。我只是觉得,这就更足以证明,他的才是太高了。(作品的许多情节,数不尽的述说和描写,都是神来之笔,人所共知,从略。)

再说"主旨"。这是要害,重要分歧,批判与受批判,都由这里来。主旨是作者要在作品里表现的情意。这,我过去认为,现在还认为,是"怀旧",不是"破旧"。这样认为,来于印象。印象不能凭空来,要有实物,这是说,也可以找到根据。根据,零碎的很多,只想说个总的,是:有意思的写得很多,没意思的写得不多。还可以加个近于诛心的理由,是曹雪芹并没有现代有些人想象的或希望的那样积极。只举一种微末的情况为证,主仆关系,看他笔下的荣宁二府和大观园的生活,对于上压下,颐指气使,下侍上,诚惶诚恐,他还是视为当然因而也就处之泰然的。这我谅解,因为我没有忘记,那是纯皇帝初年,平等观念还没有萌芽的时期。不要说他,就是思想比他深沉得多的黄宗羲,而且处于易代之际,作《原君》和《原臣》,也只是说君应该怎样,臣应该怎样,而没有想到可以革命,变为民主。过于积极的思想,是现代人用《聊斋志异》"陆判"的手法,硬装在曹雪芹的头脑里的。怀旧就不好吗?这用不着答复,因为此心是人所共有,此事是人所共行,愿而未必能表露,是受条件的限制。所以重要的不是当不当怀,而是怀了什么。这就碰到另一个问题,同样是要害甚至更要害,作品的思想成就究竟是什么。

思想成就来于作意的主旨。但两者可以合,也可以不合或不全合。据说西班牙的塞万提斯写《堂吉诃德》,就是成就非始料所及的。《红楼梦》呢,可以说是不全合。所以这样说,是推想,他也不会想到,以旧事为主干,增改,粉饰,竟创造出这样一个牵动人心的优美的艺术世界来。中国以《春秋》为表率,记述要寓褒贬。褒贬是好恶感情的外向化。执笔,有专写好(hào)的,如陶渊明《桃花源记》是;有专写恶(wù)的,如赵壹《刺世疾邪赋》是。由文学批评的眼光看,至少我觉得,是前者的成就更高,因为后者的作用主要是泄愤,而前者就深远多了,是创造个艺术世界,使读者在现实中渴望而不能得的,却可以在这里得到。得到就一定好吗?也未必,因为据说,有些痴男怨女因迷上《红楼梦》而疯疯癫癫了。但人类就是这么怪,于柴米油盐之外,还偏要追求幻想的什么。从这个角度看,好的文学作品也是商品,顾主是痴心追求幻想的一些人。也是从这个角度看,多年以前,我同孙楷第先生谈起《金瓶梅词话》和《红楼梦》的高下,他说所写人物不同,各有千秋,我说:"反正我还是喜爱《红楼梦》,因为读时的心情是恋慕;读《金瓶梅词话》则相反,常常要皱眉。"我这样看是仁者见仁。当然也可以智者见智,如说成就是"揭露"。人各有见,如确实有而说,当然也应该。但我是不这样看。原因很多。如一,如上面所说,没意思的写得不多,有意思的写得很多，那就绮丽的内容成为附庸蔚为大国，笔法就太怪了。二，如果意在揭露，对于有些情节，贬的意思应该更明显些，可是没有。三，还有更甚的，是有些作为，戴上现代化的眼镜看，理应批判的，可是当作好的宣扬了。四，还有，记旧事，写旧人，总不能不把旧的情况连带端出来，端出来就一定寓揭露之意吗？我看是常常未必，原因是，即使小说作者都不能不戴眼镜，施耐庵的眼镜总是元朝晚年制的，曹雪芹的眼镜总是乾隆初年制的。戴着乾隆初年制的眼镜，能看到封建种种的腐朽吗？总是很难的。五，还可以看看广大群众是怎样看。不久前，北京弄了个大观园的仿制品，据说票价不低而游览的人不少，想取得什么呢？我看绝大多数是除开眼之外，还想体会一下卿卿我我，而不是"学习"那样的场面是怎样可憎可恨。难道睁眼的人都错了吗？

此外，关于作意的玩票，我还想到一点意思，是作者虽然才高，作品中多神来之笔，却也难免，偶尔灵机一动而不再思，出现不妥。这是说，专由表达或修辞方面考虑，《红楼梦》也不是遍体生香。我常想到的是两处。一处是描画秦可卿房里的陈设，这样写：

案上设着武则天当日镜室中设的宝镜。一边摆着飞燕立着舞过的金盘，盘内盛着安禄山掷过伤了太真乳的木瓜。上面设着寿昌公主于含章殿下卧的榻，悬的是同昌公主制的连珠帐。亲自展开了西子浣过的纱衾，移了红娘抱过的鸳枕。

这段铺叙见第五回。这第五回，是用烟雾笼罩，泄露作者的情趣和书的重要关节的。泄露，恐怕起初的事物只是与兼美的侄妇人"不"虚幻境。这大概曾使作者大为其难，是既想说又怕人家听明白。何以见得？是作者也"恍恍惚惚"了，一阵是既点了可卿的名，并说"与可卿难解难分"，一阵又赶紧遮掩，于是警幻仙姑以及金陵十二钗正副册、红楼梦曲十二支等顺势被拉出来。打破砂锅问到底，不过是"此情可待成追忆"而已。这样说，如此的大回目，第一位角色应该是秦可卿。怎么描绘她？主体是"兼美"，"温柔和平"，"极妥当（?）"。陪衬呢？总不当用只见于《笑林》一类书的笔法来凑热闹吧？可是作者竟这样写了。另一处见第十八回，元春归省，诸人就大观园内诸景赋诗，宝玉独赋四首。黛玉想"展其抱负"，当枪手，为宝玉写了"杏帘在望"一首，词句是：

杏帘招客饮，在望有山庄。

菱荇鹅儿水，桑榆燕子梁。

一畦春韭绿，十里稻花香。

盛世无饥馁，何须耕织忙。

开头破题，结尾颂圣，是试帖诗的路子。林黛玉笔下出现试帖诗，如何解释？似乎只有两种可能：一是作者的口技才能不高，相声未能毕肖；二是一时慌张，把方巾戴在闺秀头上，于是就唐突颦卿了。

这样挑剔的话不好再说下去。其实我的总而大的意见是：《红楼梦》不只是我国文学宝库中的一宝，而是一个文学宝库，探明、接受、享用都不简易。所以要深入研究。研究能不能取得可喜可信的成果，条件很多，其中一个绝顶重要，是人人要无拘无束地思，然后言己之所信。我呢，翻肠倒肚，只有一些所疑，所以也就只能把这所疑中的一点点献出来，作为举例，供海内外的专家参考。

《周作人文选》序

近些年来，由于道听途说，我多年未离书，因而对于书略有所知，就陆续有人找上门，求为他（或她）的大著或小著写序。我一时也个人迷信压倒自知之明，忘其所以，就提起笔写。而成篇之后，真就爬上大著或小著的雄文之前，得附骥"首"以传。传者，传名也，可否也算作好事？幸而也常常，自知之明抬头，赶走了个人迷信，于是恍然大悟，是这序文小店应该及早歇业。而万没想到，恰在此时，传来钟叔河先生的雅命，让给他选编的四卷本《周作人文选》写序文。我大吃一惊，并继以惶恐。所以然者，一，周氏是我的师辈，学识文章的成就，人所共知，我没有本钱拿笔。二，近年来，陈子善先生小编周氏的著作，钟叔河先生大编周氏的著作，都主张"人归人，文归文"，我前几年写《再谈苦雨斋》（收入《负暄续话》），也曾说：

就写这篇"再谈"说，是不能不在难于一刀两断和必须一刀两断之间徘徊。原因是：如果不顺从前者，那就会孕育出一种近于荒唐的看法，是文可以完全不如其人；如果不顺从后者，那就会走上古人多认为不当走的一条路,是以人废言。有没有边见之间的中道?也许只能是徘徊。或说兼顾而容许有所偏,比如谈人的时候暂忘掉文,谈文的时候暂忘掉人。

这是想从陈、钟二位之后,谈文的时候眼只盯佳文。可是这种态度,律己可以,求自己以外的人照葫芦画瓢,就未必能收效。实况也许是多半不能收效。那么,提笔写文选之序,依通例要好话多说,必是费力不讨好。想到以上两点,我曾想辞谢,继而想到多年来钟叔河先生为了自己的所信而忘掉苦乐忘掉荣辱的精神,我也不能不"懦夫有立志",于是决定不辞谢,写。

感于选编者的献身精神而不辞写序,理由是微弱的,真要好话多说,就应该有更坚强的理由。这理由是,或只能是,确信周氏的文章好,可传。我在家人也守妄语之戒,又因为老了,风烛之境,有时向愿意听的人说几句,向愿意看的人写几句,就觉得更应该以真面目见人,心里想什么就扫数端出来,纵使估计有些不如此想的人听了看了会皱眉。那么,关于周氏的文章(关于人,《再谈苦雨斋》那篇已经谈了不少,不重复),我的所想是什么呢?说来话长。还是二十年代后期,我在通县念师范学校,课程不重,行有余力,就大量读新文学著作。单说散文,我觉得最值得反复吟味的还是绍兴周氏弟兄的作品。何以这样觉得?我讲不出道理,正如情人眼里之出西施,没有理由,就是爱。还有进一步讲不出道理的,是老兄的长戈大戟与老弟的细雨和风相比,我更喜欢细雨和风。也想过何以这样分高下,解答,除了人各有所好以外,大概是冲淡更难,含有更深沉的美。

人之常情,爱就愿意筑金屋藏之,以便朝夕可以亲近。指实说是到北京以后,先后几十年,杂览,遇到周氏刊于报刊的零篇,就看,遇到昔日今日出版的书本,就买。还不限于"遇到",有些早年的,如《侠女奴》《玉虫缘》之类,知其名,就多方搜罗。这样,加上四

169

十年代以后与周氏有些来往，作者赠的几本，周氏著作（包括译本），除收入《小说林》的《孤儿记》以外，我都得到。得之后，不像守财奴的对于金钱，窖而藏之，而是插架，有时感到腹内空空，或无聊赖，或只是文思枯涩，就抽出某一本，看若干页。这样说，几十年来，我他无所能，经常跳到书海里扑腾，人，由本土的庄子到西方的罗素，书，由《十三经注疏》到《比丘尼戒本》，杂，开卷有益，可是学生意人打算盘，最后看账本的总结，应该承认，如果说在思和写方面还有所得，这一点点能力，来源非一，排在首位的则是周氏著作。

也许说得太过了吗？人，经历不同，感知难免有异，应该存诚，亦各言其本心而已。这里要说的本心是多年以来，直到目前，我对周氏著作的看法，或干脆径直说，觉得好，究竟好在哪里？想依一般作文教程的通例，分作内容和表达两个方面说。

先说内容。还想分作思想、知识、见识三个方面。思想，这里指概括而最基本的，是对于世间事物，尤其对于人生，他是怎么看的。对人生有看法，有抉择，这本钱是孔老夫子所说"朝闻道"的道。周氏多次说他不懂道，我的体会，这是指熊十力先生和废名先生争论的道，而不是对世间事物有看法，能分辨是非好坏的道。这后一种非形而上的道，周氏不仅有，而且明确而凝固。是什么呢？拙作《再谈苦雨斋》中曾说明：

> 这是接受人之性，以道德调节之，以期自己和他人都能"养生丧死无憾"。也就是本此原则，他多次说"物理人情"。表现为好恶、取舍是：最基本的是《吕氏春秋》的"贵生"（他自己说是"乐生"），这是儒家的，也是常识的。……生，最根本，最广泛，因此他注意底层，注意多样，兴趣伸向村野、民俗、儿童以及草木虫鱼等等。生，不能避开人己，想协调，就人人都要克己。从这一点出发，他崇奉儒家的仁（忠恕）的道德观念，并向

四面八方伸张，如常引《孟子·离娄》篇的话："禹思天下有溺者，由己溺之也；稷思天下有饥者，由己饥之也。"《庄子·天道》篇的话："不教无告，不废穷民，苦死者，嘉孺子而哀妇人。"也是从这一点出发，他反对用各种力以扶强欺弱，如喜欢谈妇女问题，憎恨大男子主义就是这样。此外，他还重知，以知为耳目了解人生，观照人生。这样的人生，他像是认为，不应该是狂热的，如宗教，不应该是造作的，如道学。总之，要率性兼调节，以求适中，也就是平实自然。

如果如我所设想，执笔为文，都是用某一种形式说教，周氏所说之教是避免用鞭子、拳头的畏天悯人的人文主义。过于温良恭俭让了吗？人各有见，我只说我自己的，如果我们还不能不爱人生，希望"民吾同胞"都能活得平安、幸福、向上，我们就不能不接受这样的人文主义；专说为文，就要学周氏，拿这样的思想作主心骨。

接着说知识。在我的师辈里，读书多，知识丰富，周氏应该排在第一位。这最明显地表现在他的文章里，上天下地，三教九流，由宇宙之大到苍蝇之微，他几乎是无所不谈。而凡有所谈，都能看得细，见得深，使读者增加知识之外，还能有所领悟。只说我的感受，我多年杂览，喜欢翻检《四库全书总目提要》，把它看作介绍古典作品知识的宝库；翻检周氏著作则进一步，总是把它（仅仅由吸收知识方面说）看作介绍各方面知识的宝库。自然，这里隐藏着一个问题，是多知有什么好。我不想大动干戈，却无妨以事显理，是用望远镜，看过往几千年，用显微镜，看临近若干年，上至朝，下至野，由于无知，我们的失误以及吃的苦头也太多了。而求有所知，我的经验是不能不多读；可读之书很多，周氏著作总是合用的一种。

再说见识。见识来于知识，成语所谓真知灼见是也。但二者也可以分离，例如有些人，《易经》卦爻辞，甚至十翼，都念得很熟，可

171

是相信占得乾卦就真能够"利见大人",飞黄腾达,就是有所知而没有见识。有见识,是对于事物,能够合情合理地判定其是非好坏。这大不易。我的经验,有不少知名的学者,某时某处,或囿于传统,或囿于私见,就说些不通达的话,表现为没有见识。也许来于阿其所好吧,读周氏著作,没有感到有这样的扞格。正面说,凡有所见,尤其别人不怎么谈到的,都轻说,合情合理,重说,能够深入发微。这发微,由他自己说的抄书,披沙拣金的文章里更容易看出来。实例过多,只想举我印象最深的一种,是评古典之文,推崇几乎可以说不见经传的《颜氏家训》,而看不起苏东坡誉为"文起八代之衰"的韩文,因为这位文公之文思想肤浅,装腔弄势。轻视唐宋八家,是大举,茅鹿门、姚惜抱之流不用说,就是今日在大学课堂讲文学史的,也将诧为奇闻吧?其实,只要我们撇开传统,平心静气想想,就会发现,周氏的看法并不错。不管传统,不管流俗,述自己之所见,而能有道理,至少是言之成理,是有见识。这类见识,限于"近取诸身",使我受到的教益不少。不是夸张而是实事求是,我多年来读,所取,写,所从,如果说还不是盲人骑瞎马,这指引之灯,大多是由周氏那里借来的。

内容说到此,转为说表达。这比内容难说,因为一,这方面,他的造诣更高,几乎可以说,五四文学革命以来,只此一家,并无分号;二,同样的意思,觉得出于凤姐之口,比出于刘姥姥之口的好,评比容易,讲所以然的道理很难。难也不得不勉强说,只好罗列一些自己的印象,由有迹象到无迹象,试试。这是其一,意思与用语的水乳交融。这像是运用语言的本分要求,可是脑中存储不多,笔下火候不够,也难于做到。其二是口头与笔头的一致。很多人都知道,这是叶圣陶先生推崇的"写话",即口头怎么说,笔下就怎么写。合二为一,像是省力,不难,其实不然。原因很复杂,这里只想说现象,是看报刊书本,能够这样的总是稀如星凤。所以叶圣陶先生才大声疾呼地提倡。他自己身体力行，当然有成就，可是与周氏比，似乎还有用意与未用意之别。其三是用语平实自然，组织行云流水，或者说看不出有斧凿痕。这说得再高一些是其四，比如与古文比是无声，与骈文比是无色，所以就像是未用力。我的体会，一切技艺，像是（也许真就）未用力是造诣的至高境界，纵使一些写作文教程的以及大量耍笔杆的未必肯承认。其五，再从另一个角度说说造诣，是能够寓繁于简，寓浓于淡，寓严整于松散，寓有法于无法。最后其六说说这样的文笔，我们读，会有什么欣赏方面的感受。人各有见，还人各有所好，当然只能说自己的，是平和的心境和清淡的韵味，合起来就含有佛门所说定加慧的美。

像是扭向形而上了，应该赶紧收回来，由体下降到用。这也可以扩张为三项。一是学写作，宜于用作范本。二是可以放在法国蒙田、英国兰姆等作家的散文集一块，读，欣赏。三是可以当作药，治多年来为文的两种流行病：一种是惯于（或乐于）浅入深出，即内容平庸而很难读；另一种是搽胭脂抹粉加扭扭捏捏，使人感到过于费力，过于造作。

至此，我想可以说几句总而言之的话了，是无论从文化史还是文学史的角度看，周氏著作都是有大用的遗产，如果以人废言，一脚踢开，或视而不见，应该说是失策。可是接受，即开卷读，就不能不先有书卷。近些年来，关于周氏著作，零零星星印了一些，但不全面，有的还不易找到，所以，至少我看，印全编就成为急务。一时难能，退一步，能够出版可以代表全面的选本也好。钟叔河先生多年来搜集、整理、研究周氏著作，在全编的基础上先出版容量较大的选本，可以推想，或说担保，必是精审可读的。我以一个老读者的身份，愿意借写序文的机会，说说我对周氏著作的看法，供还没想到读以及想读的人参考，并向钟叔河先生和广州出版社表示敬意。

"禅"的禅外说

一

一九八七年三月到一九八八年三月,我用一年的多半时间,写了一本《禅外说禅》。多年以来,写这种题材的不多,又因为这本书标明"禅外",于是有的人就想知道这是怎么回事,具体说是想知道这葫芦里是否装有什么新药。说新,也对,因为就南宗禅说,从《六祖坛经》起,无数的语录,多种灯录,以及谈禅的书如《宗镜录》《指月录》之类,都是顺着祖师的老路走,或增添资料,或阐明旨意,总之,都是坐在禅堂之内说,禅外是换了地方,所以无妨说是新。新还有比较深的意义,留到下面说。这里应该先说明一点,新路、老路与正确、错误是两回事,所以站在禅外说,可确定为获得者只是新,至于是否正确,那还要用另外的尺度来衡量。

为了解答这是怎么回事,想略扯远一些,由写的来由说起。来由有远近,先说近的。是一九八六年夏,由友人之介,为香港中文大学的报纸课程写了一篇《禅与语言艺术》。香港连报纸的地皮也昂贵，限定一篇两千多字。我说这讲不清楚，因为不由一种人生之道讲起，开门见山就是僧问"如何是祖师西来意"，赵州和尚答"庭前柏树子"，那就问者答者都将被人疑为疯子。读者自然就更莫明其妙。我留枝去叶，损之又损，写了一万多字。有的人看了，还想多知道一些，希望全面地谈谈禅。我自知学力不够，感到难。但旧的心愿壮了胆，没有经过更多的考虑，就决定试试。

这旧的心愿可以算作远因。远因还要有基础。我上学时期原是钻故纸堆的，思想方面的典籍，接触的以儒家的为多，道有一些，释很少。后来不知怎么心血来潮，对人生哲学有了兴趣，就转为到西方的典籍里去寻求"朝闻道，夕死可矣"的道。道，顺天的多。但逆天的并非不重要，于是就不得不回来看看释家，看他们是怎样看人生，怎样处理人生问题的。略有所知，虽然自知信受奉行大不易，但高山仰止，有钦敬之意。就凭这一点点蓄积，四十年代后期曾主编一种佛学月刊。集稿难，不得不广求师友。其中顾随先生是熟悉禅的，于是就求他写禅。他认真负责，由《小引》到《末后句》，共写了十二章，总名为《揣籥录》（后收入上海古籍出版社一九八六年版《顾随文集》）。揣籥是用苏东坡《日喻》盲人"揣籥，以为日也"的典故，表示所说都是瞎猜。这是客气。其实是，他谈了禅法的各个方面，或者说，兼及表里，兼及知行，而且妙在推古德之心，置学人之腹，一并以散文诗的笔法出之。刊出之后，读者很快有反应，要点有二：一是好，二是深。深，是因为：一，顾先生虽是在家人，讲禅却还是混在禅师的队伍里；二，行文似是为上智说，轻轻点染，要求读者闻一以知十。关系大的是前者，混在禅师的队伍里说，随着马祖、赵州的脚步走，就难于俯就常识，化为浅易。想浅易，一般读者能够悟入，需要写些卑之无甚高论的文章，顾先生希望我勉为其难。我同意，可是心为物扰，一直拖到五十年代初才动笔，写了一篇《传心与破执》，刊在一九五三年十一月号的《现代佛学》上。篇幅不很长，因而就难得全面而细致，也就难得讲清楚。但我有个想法，禅是世间的一种现象，虽然表面，尤其在有些人的口中或笔下，迷离恍惚，其底里总当不是神秘的，因而也总当是能够讲清楚的。这想法有时还成为愿望，只是因为身外风风雨雨，身内少心静的余裕，一拖又是三十年过去。语云，跛者不忘履，一旦风停雨霁，心有余裕，有人愿意印这类书，我不由得就想借新机还旧愿，决定知难而进，写。

二

说禅，明白表示在禅外，有人会想，这是谦逊，说自己是门外汉。这样理解对不对？也对也不对。对，因为一，我没有入深山，住茅棚，深参狗子无佛性的"无"的经验；二，读《坛经》、灯录之类，面对各式各样的机锋，所得大多是"不契"，而不是"顿悟"。但这也没什么大妨害，因为，就是唐宋时代走入禅堂的人，受到棒喝，也是不契者很多而顿悟者很少。这样，谦逊不谦逊也就关系不大；在禅外说，应该还有另外的或说积极的理由。

积极的理由之一是，在禅外说，可以享有怎样想就怎样说的自由。在禅内，我的理解，是走入禅堂，踏着祖师、古德的足迹，求了所谓生死大事。这样做，思想方面必须有个前提，是相信生死事大，并且可以通过参禅、顿悟求得解脱。换句话说，是自己先要成为信士弟子。成为信士弟子有什么不好吗？人各有见，知行贵能合一，新的说法是信教自由，当然没有什么不好。问题是，这里的要求不是走入禅堂坐蒲团深参，而是想弄清楚，坐蒲团深参，以及其他所言所行，尤其所得（如果有），究竟是怎么回事。打个比方说，这是用放大镜，上下前后左右仔细端详某一对象，而不是自己径直往前走。仔细端详，有看见桃腮杏眼的可能；但也有可能，看见的不是桃腮杏眼，而是某处有个伤疤，说不说？遇见这种情况，禅内禅外就有了大分别。在禅内，根据戒律，妄（说假话）是大戒，有所见，有所思，当然可以说，应该说。可是还有个不明载着的更为根本的戒，是不能不信佛所说。显然，这就会形成难以调和的矛盾，说形象一些，如已经走入禅堂，坐在蒲团之上，忽然发奇想：见性成佛，入涅槃妙境，不会是幻想吗？也许竟是幻想吧？心行两歧，很难办。佛法无边，也只能以"不共住"（即赶出禅堂）了之。如果没有走入禅堂（在禅外），那就没有这样的麻烦，因为本来就没有共住。考虑到这种情况，所以说禅，如果决心知无不言，言无不尽，那就只好站在禅堂之外。

积极的理由之二是，禅，作为文化史的一种现象，或一个分支，一种成分，想讲清楚，就必须在禅外，因为记史实，分析因果，评定是非，是只能在外的。理由可以分作三项。一，研究历史现象贵在不偏不倚，如果是坐在禅堂之内，那就要忙于参机锋，解公案，甚至进而宣扬"烦恼即是菩提"的妙理，其结果就难于不偏不倚。二，禅是文化史的一支，文化有多支，多支间有千丝万缕的关系，想明白一支，就不得不时时看看多支，如果已入禅堂，那就难得平等地观看多支，不见多支，讲一支就难得讲清楚。三，以上两项是说"不宜"于在内，还有更重大的理由，是"不能"在内。以太史公著《史记》为例，写垓下之围，不管怎样希图绘虞姬之影，效项羽之声，也只能在汉武帝时的长安写，想置身于其中是办不到的。

积极的理由之三是，禅，迷离恍惚，难解，想变迷离恍惚为清晰，难解为易解，就不得不用常人能够理解、容易接受的办法，而应接常人，当然是宜于站在禅外的。这办法是什么？不过是要注意两个方面。一是"态度"方面，要客观。具体说，是不要像写广告，而要像写记者述评。写广告，有坚定的立场，要大声喊好；有惯用的修辞手法，夸张，不惜把无盐说成西施。记者述评就不然，是在局外写，虽然有时也难免略有倾向，但大体上总不能不摆事实，讲道理。可见在内就容易，甚至不得不主观；想客观，近理，就不得不在外。二是"表达"方面，要现代化。过去讲禅，几乎都是顺着老路子走。这不能怪他们，因为那时候还没有现代化的科学知识和新词语，讲禅，就不能不在自性清净、真如实相、即心是佛，以及水牯牛、干屎橛等等中翻来覆去，而这些，正是现在一般人感到莫明其妙的。想变莫明为能明，不管介绍还是评论，都应该用（至少是多用）现代通行的术语，摆在科学的或说逻辑的条理中，让人领会。禅或者难于与科学水乳交融，站在禅内大概会这样看。至于站在禅外，似乎就不能不把它看作文化中的一种现象，就是说，它同样是事实；既是事实，我们总当能够用科学常识来解释它，把它安排在科学知识的系统里。想变迷离恍惚为可解的科学知识，自然也只能站在禅外说。

积极的理由之四是，扩大到整个佛教，缩小到禅宗，史料真伪都是个突出的问题，想考证，甄别，去伪存真，就宜于站在禅外，因为在禅内，生疑心，过了头，就会有破坏信受的危险。所传未必靠得住，是古今中外一切记载都有的问题。原因很多。最轻微的是感觉、知识、记忆之类有误，这是想真实而真实不了。同样多的是等而下之。也有轻一些的，是有亲疏，有爱恶，因而不能免于偏见。较严重的是照例要颂圣、骂贼之类，那就唐明皇也成为圣主，绿林、黄巾之流都成为乱民了。所以早在战国时代，孟子就告诫："尽信书则不如无书。"不尽信，意思是要去掉少数可疑的，或者说，去掉有确切理由可以证其为不实的。这个办法能否照搬来对付宗教性质的典籍？不照搬，道理说不过去；照搬，碰到的问题就会比孟子感到的既量多又严重。专说佛教和其中的禅宗，因为是宗教，所以在史料方面也是问题多而大。这也难怪，宗教想解决的不是家常的柴米油盐问题，而是有关灵魂、永生之类的问题。灵魂，永生，由常人看是非人力所能及，可是创立宗教，就必须证明难及为易及，不能及为能及，于是，由于日常的举手投足无此大力，就不能不到另外的什么处所去乞援于神异。佛教起源于印度，古印度是最喜欢并最善于编撰神话的，于是近朱者赤，有关佛教的史料中就充满神异。释迦牟尼之前的种种想象可不放在话下，从他降生时起，就是："放大智光明，照十方世界。地涌金莲华，自然捧双足。……"其后，由成道、转法轮（传法），一直到入涅槃（寂灭），是处处充满神异。这种神异还从教主往四外扩散，三世诸佛，以及无数的菩萨、罗汉，都是具有多种神通。这些，因为我们是现代的常人，科学常识在头脑中占了主导地位，想全盘接受当然有大困难。缩小到中土，再缩小到禅宗，也是这样，记载常不免因夸饰而失实。大的如道统，由菩提达摩到六祖慧能这一段，看《六祖坛经》，是如此如此传授，看《楞伽师资记》，是如彼如彼传授，同物异相，可证，至少是可以设想，传说的南宗的光荣历史，其中有些必不是事实。小的如大量的著名禅师的事迹，初始的一段是有异禀异相，末尾的一段是预知示寂的时日，等等，与我们看到的"人"的事迹合不拢，显然也应该归入神话一类。就是看来不神异的那些，见于大批僧传、灯录、语录中的，就都可信吗？似乎也不好全盘接受。原因是：一，材料的大部分来自传说，传说，由甲口到乙口，由乙口到丙口，不能不因记忆、措辞等而变，尤其不能不因个人的想炫奇斗胜而变。二，即使是亲炙弟子所记，因为意在扬善以取信，也就会或多或少走些样子。所有这些，都会成为如实介绍、合理评价的困难，想克服，就只能以科学常识为尺度，选取看来可信的，抛掉看来不可信的。抛掉意味着，对于信士弟子所信的，我们可以不信，不信，当然是早已站在禅外了。

179

三

说禅,站在禅外,会碰到禅内不会有的困难。以势力广而大的净土宗为例,信士弟子在内,每天念南无阿弥陀佛万千遍,自己确信必能往生净土,言为心声,对别人也这样说,可以信不信由你。地位变到在外就不成,不要说向别人介绍,就是自己捉摸,也会提出这样的问题:真有所谓净土吗?如果有,在哪里?只是念念叨叨就能到那里吗?显然,这样一追根问柢就麻烦了。说禅也是这样,或者更甚,因为净土是个理想世界,其形质,还可以引《佛说阿弥陀经》之类典籍,描绘个大概;禅就不然,由外界收缩到内心,自性清净,即心是佛,距离近了,形质却更模糊了,怎么说明?这在禅内,过去一贯是乞援于名相(即教内的专用术语),像是并无隔碍。以最难捉摸的一种事物(姑且称之为事物),即参禅的所求,或顿悟的所得为例,用旧的名相就没有什么困难,说那是真如,实相,佛性,涅槃,菩提,自性,以至彼岸,净土,等等,都可以。地位换在禅外就不能仅仅这样,因为人家要问,——连自己也要问,所有这些,是什么形?什么质?能不能指给我看看?既然有,而且是实相,应该能够指给想看的人看看。可是,这偏偏不同于现代化的宏观世界和微观世界,可以用大镜子和小镜子,或符号数字的方程式,让人看到或悟到。想说,可是拿不出实物来,所以难。

以上是说所求,比喻是目的地,想指明,不容易。同样难的还有通往目的地的路,即古德用机锋引导,学人有省,以至灵光一闪就顿悟"师姑元是女人作",如果这都像记录的那样货真价实,其内容和作用究竟是怎么回事?在内,实有所感,即使是无能名焉,却可以算作知其妙。在外就只能凭猜想,可能猜对了,也可能猜错了,总之还是难。

此外，还有一类难，数量更大，是记录的禅的言行，由常人看，常常是颇费解的。费解，在内可以如对拈花而微笑，或以机锋对机锋，装作能解，混过去。在外就不成，因为需要用常语讲清楚，这是见难而无法逃避。只举一桩公案为例。《五灯会元》卷六"亡名道婆"条：

> 昔有婆子供养一庵主，经二十年，常令一二八女子送饭给侍。一日，令女子抱定，曰："正恁么时如何？"主曰："枯木倚寒岩，三冬无暖气。"女子举似婆。婆曰："我二十年只供养个俗汉！"遂遣出，烧却庵。

按照书的体例以及记录的口气，这里以禅理为标准，论高下是婆子高而庵主下，论是非是婆子是而庵主非。为什么？可惜道婆只论断而没有说明理由。我们想补理由，不容易，因为不能躲开"女子抱定"。不得已，或者可以乞援于《六祖坛经》，庵主是"卧轮有伎俩，能断百思想"，所以错了。或者更深地追求，道婆是"烦恼即是菩提，无二无别，若以智慧照破烦恼者，此是二乘见解"，所以对了。这说来像是头头是道，但"道"，要不只能说，而且能行。如何行？那就不可免，要"不断百思想"，要保留"烦恼"。这据我们常人的理解，也许是无妨"动心"吗？可是，真要是这样，影响就大了，积极的，修不净观，消极的，持五大戒，就都完了。还会影响到世俗，如苏东坡的和尚朋友参寥写诗赠官奴马盼盼，其中的名句"禅心已作沾泥絮，不逐东风上下狂"，也就不能成为美谈了。在禅宗的历史中，道婆烧庵是有名的公案，究竟是表明什么禅理？——当然，如果只是玩玩机锋，我们也可以为庵主想想办法，如也乞援于祖师，说"仁者心动"，或利用流行的成句，说"人面不知何处去，桃花依旧笑春风"之类，也许就可以不被赶出去吧？这里的重要问题不是被赶不被赶，是被女子抱定的时候，依照禅理，究竟应该如何反应（语言的，心境的，身体的)。很难办。所以也就很难讲清楚。

四

难,但既然还要说,就只好勉为其难。办法是明知路难通,却捏着头皮驾车闯。闯,求通,要有个指引的力量。这力量,我的想法,或说我选用的,是科学常识。用现在习用的话说,这是路线问题:对了会有所得,错了就全盘错。错,可以分为轻重两种。先说一种轻的。禅,由参到悟,心有所住,心有所移,都离不开心理状态。心理状态是"只能自知"的事,何况我们是现代人,上溯到李唐,说马祖如何如何,赵州如何如何,烧木佛而取暖如何如何,见桃花而顿悟如何如何,隔雾看花,甚至痴人说梦,究竟能够取得几分可信?这是"子非鱼,安知鱼之乐",说就难免以主观代客观。

错还有一种重的,是禅,也许根本就不能用科学常识来解释。推想历代的禅师们会这样看,他们没有明说,可以不提。明说的有日本的禅学名人铃木大拙(已故)。他著书立说,宣扬禅是反科学的,不能用科学方法来把捉。他说了不少常人听来会震惊的话,如他甘愿接受奇迹,相信禅师一笑能震撼乾坤;禅是趋近法,悟就能进入物体本身;自我是自己又不是自己,并能从零移向无限,从无限移向零;方是圆,圆是方;等等。这是说,禅是神秘的,超常识的,正如禅师们所常说,不可说,不可说。不可而还要说,并想强把它纳入科学知识的系统,结果当然是大错。

对于这样的疑虑,我必须想方设法破除,否则就只能扔下笔。"子非鱼,安知鱼之乐"的疑难,已有庄子代答,"我知之濠上也",可以不再说。科学常识行不通云云,至少是直到现在,我还是不能同意。事实胜于雄辩。据说赵州和尚活了一百多岁,铃木大拙也高寿,活了九十多岁,这或者可以说都是禅的所赐,但终于还是死了,这是禅和自然规律较量，仍是自然规律占了上风。在我们觉知的这个世界或宇宙的范围之内，容许有神秘吗？这个问题很复杂。"有"可以指已有，我同意爱因斯坦的想法：这个世界有严格的规律，至于为什么会有规律，总是个谜。"有"还可以指将有，将来会不会出现科学不能解释（即跳出规律）的神秘？在我们还没有彻底了解这个宇宙之前，说不可能怎样怎样是只能以信仰为根据的武断。这样，是至上有神秘（意思是还不知其来由），将来还可能出现神秘。但对于我们，重要的是"现实"这一段，人类的知识表明，其中确有还"未能"了解清楚的，却没有由推理可知"不可能"了解清楚的。换个说法，我们所觉知、所推知的诸多事物，都在因果关系的大网中，因而不可能有因果关系大网之外的神秘。这样，在因果关系的大网之内，就应该是，没有任何事物是不能用科学常识来解释的。这个原则当然也适用于禅，因为和吃饭、睡眠、读书、看戏等一样，参禅也是人类的一种活动，甚至连所求都可以说是大同，即心安理得、少苦恼而已。就是本于这样的观点，说禅，我站在禅外，以科学常识为依据，解释、衡量看似难解的种种。在有些人的眼里，这也许像是把小玉、双成说成黄毛丫头，但为了化迷离恍惚为可见可知，也实在想不出别的路。

案头清供

名为书生的,室内都要有个书桌,也有人称为书案。如果略去多占地方这个缺点,书案以宽大为好,语云,宁可备而不用,不可用而不备之义也。书案宽大,面上可以放各种用物,写写画画,以及钻研经典,攻乎异端等等;其下还有抽屉多个,不宜于摆在面上的,可以韫椟而藏。藏了,以不说为是;单说面上的,放什么,如何放,似乎也有学问,至少是习惯。记得多年以前,大学同学卢君以懒散著名,书案上的东西一贯是多而杂。有一次,我在场,他想吸烟,找烟斗和烟包,到堆满半尺高杂物的书案面上摸,费半天力,以为摸到烟包了,拉出来一看,原来是一只袜子。这是放物多的一个极端。还有放物少的极端,是已作古的友人曹君,书案面上一贯是空空如也,他说图看着清爽。我是中间派,实用和看着兼顾。都放了什么呢?写小文不同于填登记簿,决定躲开那些估计不能引人入胜的,只说我认为值得说说的一些。名为清供,清的意义是没花钱,供的意义是我很喜欢,甚至想套用乾隆年间陈坤维女士的一句诗,珍重寒斋(原为闺)

伴我时。

　　清供三件，先说第一件，是个黄色的大老玉米。这是北京通用的称呼，其他地方，如东北称为包谷，我们京东称为棒子，正名或是玉蜀黍吧。名者，实之宾也，关系不大，还是说来源。是去年秋天，老伴接受她的表妹之约，到容城县乡下去住几天。我，依义要陪着前往，依情也愿意前往，于是只是半天就到了鸡犬之声相闻的乡下。坐吃，游观，都是例行之事，可按下不表；只说我最感兴趣的，是年成好，所养驴、鹅、鸭、鸡、鸽等都肥壮，我可以短时期偿与鸟兽同群的夙愿。人，古今一样，虽是逝者如斯夫，却愿意留些驻景。古人办法少，即如李杜，也不过写几首诗。今人同样可以写诗，只是因为不会或愿意更真切，一般是用照相法，个别的用录像法。我用照相法，请驴来，我紧贴在它身旁，照，成功。请鹅来，它摇头扭身，坚决不干，只好说声遗憾，作罢。活物不成，只好降级，院里黄色老玉米堆成小丘，坐在顶上也可以洋洋然，于是照一张，胜利结束。几天很快过去，离开之前，又想到老玉米，于是挑一个大而直且完整的，带回来。这东西在乡下不算什么，进我的斗室就成为稀罕物，常言道，物以希为贵，所以它就有权高踞案头。

　　清供的第二件是个鲜红色椭圆而坚硬的瓜，我们家乡名为看瓜，顾名思义，是只供看而不能吃。也要说来源。是今年中秋，承有车阶级某君的好意，我到已无城的香河县城去过中秋节。吃各种土产，寻开天旧迹，赏月以证"月是故乡明"等等，都是题外话，可不谈。只说这个看瓜，是一位有盛情的杜君请我到他家吃自做的京东肉饼，在他的窗台上看见的。他说是自己院内结的，大大小小十几个，如果喜欢，可以随便拿。窗台上晒着一排六七个，我选了个中等大的，也总可以压满手掌了。返京的车上，还有家乡产的月饼等等，我把这看瓜放在最上位，因为有老玉米的成例，它是清供，下车之后理应高踞案头的。

清供的第三件是个葫芦,不是常见的两节、上小下大的,是两节、上下一样粗的,据说这是专为制养蝈蝈的葫芦而种的,比较少见。也由来源说起,这回是由远在异县移到近在眼前。是同一单位的张君在单位院内种的,夏天我看见过,没注意。秋天,霜降以后,一次我从他的门前过,看见北墙高处挂着一排葫芦,也许因为少见,觉得很好看。我也未能免爱就想得到之俗,敲敲门走进屋。他热情招待,指点看他的鸟笼和鸟,已经制好的蝈蝈葫芦。我问他今年结了多少,有不成形的,可否送我一个,摆着。不想他竟这样慷慨,未加思索就说:"摆就得要好的,我给您找一个。"说着就上墙,摘个最大最匀称的给了我。我当仁不让,拿回屋,放在案头,使它与老玉米和看瓜鼎足而三。

鼎足而三了,我当然会常看。是不是也常想,或曾想,这有什么意思?如果追得太深,也许竟是没有意思。所以为了不至落得没有意思,最好还是不追得太深。或者哲理与常情分而治之:坐蒲团时思索哲理,起身走出禅堂或讲堂时还是依常情行事。我是常人,因而也就如其他常人一样,有想望,也有寂寞。怎么处理呢?其中一种可行的是如清代词人项莲生所说:"不为无益之事,何以遣有涯之生?"其实,这意思还可以说得积极一些,即如我这些案头清供,有时面对它,映入目中,我就会想到乡里,想到秋天,而也常常,我的思路和情丝就会忽然一跳,无理由地感到,我们的周围确是不少温暖,所以人生终归是值得珍重的。

砚田肥瘠

旧时代读书人四体不勤，五谷不分，几乎都是手不沾锄犁的人物。可是脑子里又藏有一些所谓清高的幻想，经史之余，还要歌颂诸葛亮的躬耕南阳，陶渊明的将有事于西畴。事实与幻想合不拢，有多种办法调停，其中之一是以砚为田，用笔耕之。这方面还出了有名的人，那是清朝金农，扬州八怪之一，自署"百二砚田富翁"；有名的书，崔致远的《桂苑笔耕集》。以砚为田，田有肥瘠；以笔为农具，农具有利钝。两者之中，似乎砚田的花样更多，所以这里只谈砚，不谈笔。

砚，用于磨墨，似乎只要能磨墨，就都算合用。其实不然。砚是文具，高雅称呼是文房四宝之一；如果旧而不新，等级又要大大提高，成为"文物"。为了全面了解，先谈文物的砚。讲究砚的人有不同类型。文物专家是少数。读书人常常要写，写有不同的目的，如顾亭林，是著述，如傅青主，是传法书，等而下之，如作八股，写信，以至于练字，都愿意砚合意，是多数。求砚合意，怎么样才能合意？

187

这里面有的虽然不是什么大学问，却也相当复杂。可以自下而上分为几级。

一是砚质好。这从要求或效果方面说很简单，不过是磨墨快而细。快要砚不滑，细要砚不粗。不滑和不粗有矛盾，如锉，不滑，玻璃，不粗，可是都不能用。好的砚质要恰好能够调和矛盾，就是要细而不滑，涩而不粗，用旧的术语说是"润"，"发墨"。我住北京半个世纪以上，喜欢看砚、试砚，获得一点点经验，是，就我所能见到的说，以产于广东高要县的端石为第一。历史记载，南唐后主用的是龙尾砚，那是歙石，产于江西婺源县，文徵明得的南唐贡砚想来也是这一种。历史，过去了，难于比较，就现在还能见到、还能比较的说，我一直认为，最好的端石总是超过最好的歙石。端石的结构，几年前曾见一篇地质学家调查、分析的文章，说是属于一种什么岩，所以宜于磨墨。这我不懂，我用一般人的话解释，是外柔而内刚，或说极细的沙粒里藏着尖利的小东西。论砚质，这"内刚"更为重要，因为外柔易知而内刚不易知。有多种砚石，可举为代表的如与歙石一山之隔的玉山石，面貌颇像歙石，用手摸，也细得很，可是缺点是内部也柔，因而不发墨，不好用。其他石以外的砚材，陶（包括汉砖、汉瓦等）、瓷、玉、铁等更是自郐以下了。澄泥的质也属于陶，因为制法精，还可用，不过比起端歙来，总是下一等了。

讲端石的质，有产地（通名"坑"）的分别，比如最出名的是老坑大西洞，其次有宋坑、麻子坑等等。讲坑，要以石的形色、花样为证。如大西洞是紫中含青，上有青花、火捺、鱼脑、蕉白、冰纹等花样，朝天岩石上多绿斑，古塔岩石如被火烧过，等等。又，同是一洞之石，花样不分上下，仍有平常和上好的分别，这有如同是贤人，能力终归不能等同。还是就上好端石说，蕉白多的比鱼脑多的更发墨，康熙坑的（清初）比乾隆坑的更发墨。这一类的评定，我的经验，靠眼不如靠手,就是最好用手指试磨,体会一下,是不是外柔内刚;如果是,那就是石质好。自然,用手鉴定也要多经验,非一朝一夕之功。

二是形式好。这包括尺寸、形状和做工。尺寸要求简单,只是不宜于过小,过于单薄。形状呢,方方正正当然好,不方方正正的要以人力补天然,比如细长的可以雕成瓜形。做工有粗有细,有巧有拙,这难得具体说,概括要求是美而雅。

三是年代久的好。这个原则最容易付诸实行,是宋比明好,明比清好。根据是玩古董心理,物以希为贵。难的是确定年代。看石质、形状、做工是根据的一面,这当然也离不开经验。更有力的根据是上面的铭题,如果有的话。但铭题可以伪造,这就牵涉到鉴定问题,很复杂,这里只得从略。

四是有名人手泽的好。比如是米元章的、文天祥的,或者名闺秀叶小鸾的、顾太清的,那就比无款的名贵多了。但是,正如某前辈告诉我的,只有不值钱的才没有假的,旧时代市上流传的古砚,不是苏东坡就是赵子昂,甚至虞世南、李太白,可以推断十之十是假的。但是也得承认,沧海一粟,尤其时代靠后,真的可能总是有的,这就需要披沙拣金。拣金,要有眼力,眼力多从经验来,其中的微妙自然难于具体说。

以上说的主要是"玩"砚。其实,对多数人说,应该多注意的是"用"砚。这扣紧本篇的题目说,是既然要用砚田耕,就应该设法选一块肥的。选肥的难不难?也难也不难。要求只是"还可以"就不难。不满足于还可以,要求"真好用",如通常形容的,用它磨墨,手有持黄蜡在温锅中转动的感觉,转不多时候,墨浓了,而且细润好用,那就不容易。所以要"选"。选,成功与否,一靠眼力,二靠机会。眼力是铁杵磨成针,功到自然成。机会就不能靠主观能动性。比如我有个老友,并不好动,一次去买衣服,过文物店,忽而灵机一动,问问有没有好砚。拿出一方,竟是十砚斋黄莘田的,当然万分高兴,于是用买衣服的钱买了。给我看,纯洁润泽如澄泥,是既好看又好用。

机会,非人力所能左右,只好不靠它,还是靠人力选。这由要求方面说可以分为两类:一是兼顾实用和欣赏,另一是只管实用,不管欣赏。先说前者,我的经验是不要过于高攀。这也可以分作两项说。一是不要贪大名,上面说过,名大而真的希如星凤,反而不如名小而真,价不过高,玩玩也颇有意思。也举个实例,一位同事祖传一些文物,文革风暴之余,剩有砚两方,一方大,背后有乾隆皇帝铭,一方小,有不知名的人的铭,拿给我看,说他们觉得前者很珍贵,后者不算什么。我看看,那个大的石质很坏,铭很假,小的确是康熙坑,石质很好,追大名的常常这样错。二是不要贪华贵,因为华贵的总是价高,却未必好用。总之,要以石质好、合用为第一,其次才是时不太近,款不假。

再说只要求实用的。选,要以文革为界分为两个阶段,之前主要是由旧中选,之后就几乎只能由新中选。逝者如斯,不必追着慨叹,只说由新中选。总的原则仍是石质第一,就是,既是田就要能耕。有个同事张君不明此理,买一方金星歙砚给我看,说是他藏砚中的第一名。我摸了摸,说外表不坏,只是中看不中吃,因为内不刚而外不柔,拒墨。他试了试,果然疵拉疵拉响,不发墨。这就是砚田而不能耕。由新中选合用的,还要照顾财力的大小。财力大,可以从宋坑、甚至老坑中选,这比较容易。这里还是多为寒士着想,我的经验,无妨从出于下脚料的廉价品中选,只要体不小,有砚池,发墨,就可用。近些年来,出于朝天、古塔等岩,长方形,有池,价廉的砚不少。不过不是都润泽可用,所以要选。多中选少,如果机会巧,也会遇见很合用的。是今年春天，历史博物馆处理朝天岩八寸淌池砚，我选了几方，准备送给想买而不识货的朋友，其中一方，颜色不偏于暗绿而偏于浅绛，很润，与明朝后期的相比，可以说具体而微。这是贱价的良田，宜于笔耕，我留下自用，为的是谈论砚田的时候，说明其肥瘠与价的高低可能一致，但常常不一致，舍瘠取肥，不可一味地信奉拜金主义。

辑五　碎影流年

乡　里

　　学史笔，某某，某地人也，一本观我生的书，由家乡写起。与地相比，也许"时"更重要，至少是同样重要，可是难解（因为既有康德的，又有爱因斯坦的）而好说，就先说时。我是清朝光绪三十四年戊申十二月十六日丑时（午夜后一时至三时）生人，折合公历就移后一年，成为一九〇九年一月七日。其时光绪皇帝和那位狠毒糊涂的那拉氏老太太都已经见了上帝（他们都是戊申十月死的），所以坠地之后，名义是光绪皇帝载湉的子民，实际是宣统皇帝溥仪（戊申十一月即位）的子民。这时间，如果也有个人迷信的癖好，能不能东拉西扯，找点有关的什么，贴在面皮之上，以增添点荣誉呢？费力之后，居然找到两项。一项是，余生也不早，可是头上竟顶戴过两个皇帝。另一项是，只过了一年多，即一九一〇年，地球的一位希而且贵的客人，哈雷彗星就光临了。

　　时说完，改为说地。关于地，我的所知是由小而大，或由近而远，可是为了易解，说就要倒转来，由大而小，或由远而近。大，不必大到北半球或亚洲的中国，只大到北方的直隶省（后改为河北省）就够了。还是说其时的，国都为北京，其周围一地区，沿明朝旧制，称顺天府（辖二十四县，民国建立以后改称京兆，所辖县减为二十）。府所辖有香河县，在北京东南一百多里，天津北（略偏西）一百多里。县南北长，东西短，西北是通县，北是三河县，东是宝坻县，西南是武清县。与运河关系密切：一是运河由通县南（略偏东）流，经过县的西部；二是由武清县河西务以北，分出个向东南流的支流，名青龙湾，注入七里海，把县境分为两部分，北部大，南北超过六十里，南部小，南北仅十余里（五十年代划归武清县）。青龙湾以南这部分，旧名是周智保，民国以后废保名，地属河北屯镇。镇北距青龙湾十里，东七八里是宝坻县境，南五六里、西二三里是武清县境。镇名河北屯，可以推知，其南曾有河，故老相传为萧太后运粮河，今则只有遗迹，流向如何也难于考实了。又可以推知，大概是明代，这里曾有军队驻防。不过到我见到的时候就可以说是早已没落，有桥而无流水，镇中心也只是有几家商店，一个残破关帝庙（神像也无）而已。且说镇西一二里，由东向西略偏南，迤逦有三个小村，薄庄，石庄，冯庄。薄庄，住户的绝大部分姓薄，推想是若干年前，一个姓薄的到此落户，逐渐繁衍。石庄和冯庄也一样。三个庄，以石庄为最小，只有四五十户，其中一户姓张，我就生在这个张家。

　　还是由大而小，先说这个名为石庄的小村。村有两条街，不是平行的，而是如写"口"字起笔的一竖加一横，比如一竖是南北向，较短，一横较长，就是东西向。东西向，街北的房子坐北向南，为正；住在街南，主房也要坐北向南，街门的位置，出入，都显得别扭。住在南北向那条街的就更差，也许街道昔日曾是河渠，低洼，村里人呼之为道沟，街东人家不多，住在街西也显得局促，有偏安的况味。我家不姓石，自然是外来户；而且有案可查，是曾祖父或祖父辈由镇东端一条名为"小街子"的街巷迁来的。迁之前要买房或可筑屋之地，不知以何机缘，就买到石庄东西向街正中坐北向南那块地方。地点上好，南北的长度也合适，可以分为外、中、后三层院落，只是东西的宽度不够，应该是能容五间而只能容三间略多。因此，比如前院和中院都有东西房，站在院里就感到天不够大。

这所住房可以称为老宅，推想是祖父辈所建，格局是北地千篇一律的。临街偏东为街门，宽大，为的是能够存放畜力拉的大车，车旁还能容人来往。偏西是南房，可住人，可贮物。其北为东西房各两间，我们家乡称之为盝顶，坐西的带有灵活性的住人（如来客，家中未婚大男），坐东的贮物。再北行进中门，我们家乡称为二门，有东西厢房各三间，记得西房住人，东房兼住人和牲畜。再往北是正房，中间称外屋，为往后院的通道，以及烟火可通室内火炕的锅灶。外屋之东的一间住屋级别最高，住年老并行辈高的；之西住行辈略低的。外屋有后门，出后门是后院，安置磨房和厕所。我幼年时候随着父母住正房西间，有墙角堆着制钱的清楚印象为证。可是生身却是在外院南房，因为父亲好赌，母亲常为此生气，一次唠叨旧事，说当年住在南房，父亲常常爬墙夜归的事，意思是为赌博生气，已经是数十年来久矣夫。

由石庄的石姓人看，我们是移民。也许移民脚跟未稳，就不能不勤奋吧，于是，还是在我出生的大以前，就在街西端的南部，买了面积相当大的一块空地。其后是在空地的东南部建了房，祖辈分家，曾祖的最小儿子，行三，迁过去。房之西的空地，后来父亲与叔父分家，一分为二，靠东归我家，靠西归叔父，都是闲时种菜，秋收时作场院。还有新的扩张，是我十岁左右，老宅东邻的石家穷困，不得不卖住房，依传统习惯，近邻有优先权，我们就买了。这新宅在东，称为东院，老宅称为西院。不久之后，父亲与叔父分家，房、地、什物

197

均分为两份，用碰运气的抓阄法决定取舍，父亲抓到东院，此后我就离开老宅，把这新宅院看作家。这新宅院，宽度增加，只是房太少，仅有正房四间半，而且是土坯的。以后半个世纪以上，专就这个宅院说，先是陆续增建、改建房屋，到功德圆满已经是三十年代末。其后迎来四十年代后期的土改，房屋瓜分；又迎来七十年代的唐山大地震，坍塌为一片瓦砾。瓦砾由生产队清除，房址改为通道，于是这早年的家就只能存在记忆中了。

旧事，就是要说记忆中的。以上已经由省、县之大说到一家之小，用意是先画个轮廓；想进一步了解，就要加细说说家的周围，这就宜于由近而远。四邻没有什么可说的，既都是农户，又都姓石。村里有两口水井，一在家门以西几十步，街北，一在东西街和南北街的交接处。我们吃家门以西那口井的水，总是早晨挑满缸（在正房前的院内），用一天。当时觉得，水味甜而正，比其他村的好，现在想，这大概就是同于阿Q之爱未庄吧？这也好，因为合于祖传的养生之道，知足常乐。还要说一下，其时都是人神杂居，我们村，东西街近西端路北有个关帝庙（其前为水井），东端路北有个土地庙。关帝庙只一间，敞亮，屋前有砖陛，便于年节在其上放鞭炮。土地庙过于矮小，身材高的头可以及檐，其前有空地，早晨总有十个八个长舌男在那里聊大天。其时是这样利用庙，或看待庙，落后吗？愚昧吗？承认有神鬼，是愚昧。但那是清末民初，"五四"大以前，现在是将及百年过去，不是还有不少男领其带，女高其跟，到神庙大叩其头吗，可见开化云云也并不容易。

由小村扩张，先要说说唇齿相依的薄庄和冯庄。就方向说，薄庄在石庄东北，可是连而不断。只东西一条街，出东口不远，过个石桥就是河北屯镇的前街。街道偏东向北有个通道，北行二三十步，路西有个关帝庙，也是孤单的一间，再北行约半里，就是镇西北部的药王庙,镇立小学的所在地。到我上小学时期,往镇买物(家乡语,平时为上街,十天两次的集日为赶集)是有时,往药王庙就读是一天往返两次,路都有两条:一条是走村外,往镇是走薄庄之南,往药王庙是走薄庄之北;另一条就是走薄庄村内。冯庄在石庄的西南,也离得近,如石庄的西部与冯庄的东部只是一个名为南河的小河沟之隔。冯庄面积大,户多,不只有东西向平行的两条街,而且因为街道长,中间有南北向名为路口的通道隔开。我同冯庄的关系,主要是两种。一种是,家里有一块较大的田地在庄的西南方,下田干农活要穿过路口。另一种,冯庄东端有个娘娘庙,西端有个火神庙,火神庙有个小学,与我无关,娘娘庙定时有高跷会,关系就大了。小时候住在农村,杂活多,粗茶淡饭,几乎没有娱乐,惟一的机会就是过年看会。看会,月光灯影之下,可以看扮演人的戏耍,还可以看看会之人。这人,主要是农村所谓大姑娘小媳妇,平时深居中门之内,是难得见到的。其时,我自然还没有"人约黄昏后"的机遇,甚至想法,可是人终归是人,现在回想,彼时愿意随着锣鼓声串街串巷,看红妆翠袖,也许心中已经闪动幽梦之影了吧?

接着说镇。镇名河北屯,镇南确是紧靠着河,不知为什么,今名李家河,镇东西端,河上都有相当大的石桥,可以想见,昔年水量必不很小。镇靠南中心有个空场,想是为集日可以容纳摊贩。其东其北是住宅区,相当大。商店围在中心四周,麻雀虽小,五脏俱全,就是说,日常所用,都可以买到。我印象最深的是两家所谓杂货铺,路南偏西名福源号,路北名福利号。主要卖食品和日用品,如糕点、香油、酱油、醋等皆自做,料精工细价公道,远非现在凭广告吹而兼骗的种种所能及。福利号东邻有个最大的商店,双泉涌烧锅,即造酒厂,制品远销北京。其时我们未成年的人不许喝酒,与这个商店的因缘,也只是过其门,感到有一种酒糟味往鼻子里钻而已。商品,幼年最喜欢的是年节前，东南角牲口市卖的鞭炮，街南关帝庙卖的年画。买鞭炮，主要图的是除夕提灯游长街的一夕之欢，年画贴在壁上则可以经常看。年画喜欢故事的，因为可以多容纳遐想。

镇的大作用是供应所需，通有无，所以在我幼年的眼里，河北屯是个大地方。同样大而不很亲近的还有几个镇。北而略偏东有刘宋镇，属香河县，在青龙湾以北，距家乡十几里，我没去过。正东有大口屯镇，属宝坻县，也在青龙湾的彼一方，距家乡二十里，我也没去过。东南有崔黄口镇，属武清县，距家乡十五里，我在那里看过会。这个镇大，富厚，如果也有自大狂的病，还有可以说说的：远的，与《红楼梦》有关的"崔口"，推想就是这个地方；近的，北洋军阀时期这小地方还出了一阀，江西督军陈光远。正南略偏西有大良镇，也属武清县，距家乡才六里，我当然去过。有意思的是镇东部有个塔，推想必是什么寺的遗存，身量不高，可是位置不低，家乡谚语有云，"大良塔，小良锥，姑姑寺的铁棒槌"，家乡文物，它列第一，可惜，听说，也早已不存了。西北有河西务镇，也属武清县，在运河西岸，距家乡三十里，我出外上学，先则通县，后则北京，来往常经过那里。经过，要渡河，看岸上堤柳成行，河水缓缓南流，不由得想到林黛玉的乘船往返，不免有"逝者如斯夫"之叹。

还可以再扩张一些，家乡是个小地方，有些人，有时有机会接触大地方，更多的人，没机会接触，会想到大地方，干脆再说说大地方。这大地方是天津和北京。家乡离北京远，西北行二百里以外，很少有人去。天津在正南略偏东，才一百里，家乡，小本经营的，只想开开眼的，不断有人去。来往，买来农村少见的东西，夸说都市的繁华，都使我身拘于近而心飞到远方。其时已经有电灯，有时入夜站在村野南望，能见一片微亮的光，心想那就是天津，街市上，玉楼中，人都在做什么呢？我们的石庄，甚至河北屯镇，究竟太小了！

蒙学内外

童年的情况已经讲了一些,应该转为说读书识字的一个方面。蒙学是入小学;不说幼儿园,因为彼时,尤其我们农村,没有幼儿园。我入学之前不很久,是连小学也没有。其时是刚刚易代之后。我们都知道,易代是会给各色人等带来困难的,旧的一些失落了,新的路经常是迷离恍惚。不得已,只好暂仍旧贯,如女人就还是缠小脚;男人呢,知道考秀才、举人的路已经未必能通,却还是只能念三(字经)百(家姓)千(字文)和四书五经。听老一辈人说,村西南那个邻村冯庄有个塾师张周(?),名气不小,左近人家的子弟,向往"惟有读书高"的,都到他的私塾里去读。教法自然是老一套,死记硬背,外加严格要求。严到什么程度呢?是上了新书,下次不能背诵就罚跪,还要膝下垫砖,头上顶一碗水,意思是还不许动,一动就用戒尺打。余生也晚,没赶上张周老师,因而就没念过三百千,没尝过头顶一碗水跪在砖上的滋味。也没梳过小辫,大概是借了父亲有维新精神之光,因为还记得,村里人剪辫子,父亲是第一个,连二叔父也不赞成，背后说："好好的，成为和尚，什么样子！"至于能上小学，则是大环境，借了帝制换为共和的光，小环境，借了地方大绅士本村石显恒（通称显爷）有维新精神的光。这位显爷住村东部道沟，两处宅院都坐西向东，靠南一处是住宅，靠北一处是油房。镇上还有商业，在街中心路南，名聚顺恒，只记得卖油卖面，可能还兼经营银钱业。我上小学时期，这位显爷五十上下，个儿矮，略丰满，显得精明强干。不记得他名义是不是镇长，反正全镇以及所属各村的事，他说了算。因为说了算就威望高，比如我们一群顽童在村边淘气，听见有人说"显爷来了"，就如鸟兽散，各自跑回家。不过大家的印象，除了男女关系略有越轨以外，人还是公正兼有魄力的。这魄力的一种重要表现是在镇西北部的药王庙，创办个镇立小学。

旧时代人神杂处，专说河北屯镇，大的寺庙有三处。镇东南郊有个寺，俗名南大寺，称为寺而且大，推想必是个住僧的佛寺，只是到我的幼年，残破至于只有碎砖乱瓦的遗迹。街中心路南有个关帝庙，三层殿，半残破，连塑像也不见，只记得每年腊月成为年画市场，还热闹一阵。镇西北角坐北向南的药王庙就不同，不只未残破，而且香火兴盛。原因可以想见，是往生西方净土渺茫，关圣显灵难见，都不如药王，能够保佑不生病，不幸得病，也可以焚香叩头后病除。这是重实际，或简直称之为唯物精神。且说这个庙，第一层殿兼山门，门前即有宽敞的砖陛。殿内坐着大肚弥勒佛，笑口常开。门却只有朔望才开，人出入走偏东的角门。入角门，中间有砖甬路，直通药王殿的方广殿陛。甬路之东是钟楼，之西是鼓楼。下层都有拱形门，永远不开，据说其上住着一条大蛇，有时身绕钟楼或鼓楼，伸出头到庙前的池塘里去喝水。钟楼的西北部，甬路旁立着个铁钟，据说是当年发水，菩萨骑着来的。药王殿大，在农村是雄伟建筑。入殿门有大供桌，上陈铁磬和五供，桌后坐着金面的药王。药王塑像后有板壁，壁后面北立着韦驮塑像。出殿的后门是个大院落，有东西配殿各三间。院的尽头，坐北向南又是个殿，莲座之上坐着观世音菩萨。殿之右有耳房两间，想是后建的，因为左边空着。由左边缺口可以绕到庙后，殿后身是碎瓦片，稍北行有个东西向的小河沟，再远就是一望无际的庄稼地了。

小学为何年所建，不知道，也许竟早到民元左右吧？到我上学时期，规模已经不很小而且固定。仍是人神和平共处。三层殿的塑像都安居，中层的药王还兼能乐业，即每月的初一十五（当然是旧历），殿门大开，接受善男信女来焚香礼拜，其中曾许愿而病愈的病家，还要送还愿的供品，记得最常见的是素饺子，也许还有香火钱吧。再说人，即小学，主要占后院，东西配殿都用作教室，东三间为初年级，西三间为高年级，记得学制总共为四年。后殿西耳房两间，坐北向南，为住校老师宿舍。药王殿西也有耳房两间，却坐南向北，一间是看庙道士（俗称老道，我们尊称为道爷）的宿舍，一间是锅炉房。这道士有如今日的风云人物，职称和职务都有多种（可惜未印名片，以致职称不显）。单说职务，与小学无关者有种庙田，朔望在药王殿击磬、收供品和香火钱，卖专利膏药；与小学有关者为给住校老师做饭，供师生开水。学生都回家吃饭，喝水之外还要排泄，厕所露天（都是男生，无妨开放），在药王殿之东的一片空地上。记得添办高级小学之前，没有音乐课，因为秀才老师会作八股而不会唱；没有体育课，也就用不着操场。

我几岁开始上学，以及在这座药王庙一共蹲了几年，因为无日记可查，说不准了。还想说，就不得不借助于民俗学和考证学。我生于光绪三十四年（即最后一年戊申），依常规，注公元应该写一九〇八，可是错了，因为三十四年之后还有细节，是十二月十六日，其时已经是一九〇九年一月七日。这样，照旧的年岁算法，比如说八周岁，我就只有六岁加两周。吃亏，我不甘心，所以惟有在计年岁方面，我总是乐得维新而不守旧。照新算法，我比公元的后两位数字小九岁，以农村孩子上学晚，约为七岁计，我是一九一六年春上小学。念了四年，歇了一年还是又上一年，不记得了，巧遇，小学扩大，添了高级小学班，我就继续上，又念了三年。其时是一九二四年暑假（大概是由添置高级起改为秋季始业），时间确凿无疑，因为想投考师范学校，因青龙湾决口才推迟一年。

小学前后七年或八年，都学了什么呢？像是初高两级宜于分开说，因为初级接近过去，高级接近将来，所学和气氛都大有分别。先说初级。读的是共和国教科书，主要是国文，还有算术，此外也许还有一两种，记不清了。都是商务印书馆出版，黄色纸书皮，石印手写大字。至今还记得国文开卷是"人手足刀尺，山水田，狗牛羊"，都配有画图。现在回想，其时的所学主要是识字。也写，写大字多，小楷少。没有其他读物。上课，听讲，或在老师监督下大声读。下课，乘老师不在眼前之时，到教室外玩一会儿。每天由家中到学校，往返两次，一切如刻板，很单调。启蒙老师姓刘，名瑞墀，字阶明，镇北五十里渠口镇人。据说是个秀才。这大概不错，因为装束（穿整洁长衫，打包脚布）和风神（身材短小而态度严肃）都不像个白丁。后来还有了新的证明，是让他看重的一些学生晚上来，他给讲《孟子》。显然，在他的眼里，只有四书五经才是真学问。我，其时也许不甘居下游吧，也受到刘老师的青眼，晚上随着一些先进同学听讲《孟子》。记得是在西配殿的教室里，入夜不便回家，就住在后殿的靠东一间，成为观音大士的邻居。"《孟子》者，七篇止"，我们大概念了多一半，不知为什么，停了，成为半途而废。但是收获也许不小，不是因此而就可以挤入"儒家者流"，而是考北京大学，国文科的作文题承科举传统，出四书上的，曰"不患寡而患不均，不患贫而患不安，试申其义",我就从记忆的仓库里检出《孟子》来助阵,说"河内凶,则移其民于河东,移其粟于河内"云云,恰好顺了其时的厚古之风,就得了高分。如果不得高分,外语平平,数学很差,估计就不能走入北大红楼了。走入就值得庆幸吗?不好说,但其时我正在歧路徘徊,无论如何北大红楼总是一条路,而这条路,直接是刘老师,间接是孟老夫子,指引我走上去的。

那就应该感谢刘老师。可是,大概是扩大为完全小学的时候,想更加维新吧,他被辞退了。人,天性总是难忘最初的,我常常想到他。他教我识字,连学名"璿"以及字"仲衡",也是他根据《尚书·舜典》"在璿玑玉衡,以齐七政",给我拟的。我们弟兄的学名排玉旁,璿是与天文仪器玑有关的美玉,用意很好,可是他忽略了这个字的缺点,难认,以致我离开大学,有了放弃学名的自由之后,不得不改弦更张。不忍心另起炉灶,于是用"仲",去人旁,用"衡",去十字路口中间的游鱼,成为"中行"。幸而仍没有离开四书五经,因为《论语·子路》篇有"不得中行而与之,必也狂狷乎"的话,算是还没有如韩文公所讥:"今之众人,其下圣人也亦远矣,而耻学于师。"刘老师处世能通达,爱古而不薄今,所以虽然入夜讲《孟子》,白天上课却规规矩矩讲共和国教科书。对学生也宽严合度,如我,也只是与二三同学在锅炉房烧废纸,行径近于放火,才挨了一次打,也只是用戒尺击左手心,十下而已。刘老师衣褐还乡之后,我没有再见过他。是二十年代后期吧,小学同班同学裴庆昌曾路过渠口,登门看望,说瘫痪在床,不能下地了。初级小学还有个老师,邻村薄庄的薄鑫,也许来校较晚吧,我没有听过他讲课的印象。只记得人严谨谦和,不幸是父亲在北京经商,家中略有资产,此地无大鱼,小鱼就成为大鱼,四十年代后期土改,惨死在杖下了。同班同学也有不少可怀念的,只说本村的三个,薄玉、石卓卿和石俊峰(显爷长孙)。石俊

205

峰甫成年就外出，有人说是从了军，后来就不再听到他的消息。薄玉也曾出外，在北京西直门内开糖房，做关东糖。解放后还乡，听说大革命时期箱子里被搜出什么照片，就一直受迫压，抬不起头，几年之前作古了。石卓卿性格柔弱，上学时功课好，期考总是前一二名。老境不佳，想吃点顺口的，没有，还要经常忍受儿妇指桑骂槐的冷言冷语，也于几年之前作古了。

高级小学，原来只是县城里有，说起来这也是显爷有魄力的一种表现，药王庙的东部有空地，于是在空地北端，紧邻后殿，盖了一排教室，教室前空地面积不小，辟为操场，并立了篮球架。其时我长兄已经由京兆师范学校第六班毕业，在县城内的最高学府县立小学教书，我们镇的小学扩充为兼有高级，教师都由他聘请，也是京兆师范毕业的。现在还记得两位：一位是四班毕业的王法章（名维宪），密云县人；一位是六班毕业的贾步丹（名文联），三河县人。与刘老师相比，他们可称为年轻的新一代人。装束有变，比如脚登皮鞋而不打包脚布，头发或分或背而有时擦油。课程的分别就更大，不只增加了史地、自然等方面的知识，还增加了音乐、图画和体育。单说国文也丰富了不少，因为兼讲选文，我们就可以接触一些名作家，古的和今的。曾否学一点点 yes, no，不记得了，但由老师嘴里也已经知道，还有外语，也许比四书五经更有用。总之，高级小学不愧为高，它使我们扩大了眼界，学了不少刘老师不知的新知识。王法章老师的语文修养不坏，现在回想，其时我能够文字通顺，表达不很费力，这能力，有一部分就是他指点得法之赐。

以上说的是蒙学之内。还有蒙学之外，是指课本之外还看了一些书。想看能看，有两方面的原因：一方面，学校内的课程不费力，多有剩余的精力和时间；另一方面，其时，家庭以至社会，各种方便都是为男性长者准备的，儿童是连玩具也没有，更不要说娱乐。但人之性与现在并没有分别,童心还是要有广大的场地以供驰骋的。语云,老天爷饿不死瞎麻雀,于是我们就憋出个办法,找闲书看。学校没有图书馆,农家没有藏书,可是有流传的书,几乎都是油光纸石印的通俗小说。这就更容易引起阅读的兴趣。起初是碰,比如东邻有《济公传》,西邻有《七侠五义》,就借来看。越看越上瘾,就把碰扩大为多方借。总有四五年吧,看的小说真是不少。现在回想,除《金瓶梅》《红楼梦》以外,如《水浒传》《三国演义》《西游记》《今古奇观》《说岳全传》《镜花缘》《儿女英雄传》《老残游记》《粉妆楼》《七剑十三侠》等等,都看了。还借到《聊斋志异》,因为特别感兴趣,至少看了三遍。初看,因为是纯文言,半懂不懂,多看几次,也就明白了。在多种小说中,我最爱这一种,因为文字雅驯,其中很多故事可以寄托我的感情和遐想。现在回想,专从语文方面考虑,小说给我的帮助也是大的,我小学时期表情达意能够文从字顺,主要就是多读小说之赐;其中《聊斋志异》给我的更多,轻是有了读文言的能力,重是相信人间会有温暖,更爱。

至此,可以说几句总结的话,是蒙学使我走向喜读能写的路,并为走出家门,到通县、北京过十年寒窗生活打了个小小的基础。是不是错了呢?可以暂借用西方某哲学家的话,"凡是已然的都是应然的",光阴不能倒流,欢迎也罢,不欢迎也罢,事实是必如故友刘佛谛兄设想的妙喻,"鱼在水管子里",只能往前游了。

进　京

在我的人生的道路上，进京是个比较大的变化，比喻说，出门散步，无目的，可以往东，也可以往西，不知怎么一来，向东走了，所见，所遇，就限定为东方这一路，不易变，或简直不能变。这就成为像是命定的路，指实说是书生的路。不好吗？知足常乐，既是上帝限定这样想的，又是圣贤勉励这样做的。这是说，我不只安之，有时回想，还觉得如此这般也不坏。飘飘然了，就宜于或乐得加细说。然而可惜，我的记忆力很坏；从一九二八年暑后起，本来可以借助日记，不幸辛辛苦苦十年，每晚记，总有十几本吧，都毁于七七事变的战火。所以还是只能安于得其大略，甚至不得不模模糊糊。

以下就由模模糊糊说起。到一九三一年六月，六年的师范学校生活结束了。上学，依学制，时间有定，熬过六年，毕业，拿到证书，用大而空的笔法，可以说是胜利完成。实事求是就不是这样，而是旧的破灭，主要是不能在原来的大院里白吃白住；新的渺茫，即离开旧地，往哪里走，谁也不知道。依法，或依通例，师范学校毕业，要到小学去当孩子王；小学，排在前面的是本县的小学，最好是城里的，不得已就下乡。本县不成，有机缘也可以到外县，入城难，就安于在乡镇。现在还记得，月工资是三十元上下，比北京警察（当时名巡警）的月饷高三四倍，所以在工农的眼里，仍是"惟有读书高"的高等人。但也有缺点，是一，长年跟毛孩子在一起混，没意思；二，干到老也不会升迁，仍是个孩子王。其实这是后话，在当时，我大概连这类衡量高低、利害的余裕也没有，而是比缘木求鱼更泄气，守株待兔。这兔是新的安身之地；称为"待"，是既没有什么设想，又没有积极去营谋。也是通例，最后一个学期，也许很早，有些人的出路就定了；还有些，大概是少数，经过奔走，到学期终了，也终于有了容身之地。我呢，也许在这类事情上总是退缩吧，是直到该卷铺盖离去的时候，还是没有地方要。形势是只能回家或找另一个食宿之地。真就回家，投笔从农吗？不好看，也不甘心。于是四面八方挤，就挤到仍旧在学校里混日子的路。幸而"师范学校毕业至少要教学一年始能升学"的规定并不执行，我就背负被卷、怀揣证书西行入京，去投考高等学校了。

　　北京，生地方，语云，人熟是一宝，只好找熟人。有个姨表兄刘荩忱（国忠）在朝阳学院上学，学法律，住在他们学校附近，即东四十二条东口海运仓一带。我由他介绍并关照，住在十二条以北慧照寺街路南一个公寓里，记得同住的还有同班贾汇川和赵步青。生活既穷困又单调，主要是温课；中午和日落时，到附近小饭馆吃点最省钱的。报考要选择，考虑的条件有两个：一个是学校好，或说有较高的地位和名声；另一个是费用低，因为高，如燕京，就念不起。两个条件相加，很容易就筛出两个学校来，北京大学和师范大学。大概是七月初，报名开始，我到这两个选定的学校报了名，验明证书之后，交报名费一元，填写志愿是学文，即入文学院。因为后来入了北京大学，熟悉常见到的种种，至今还记得报名地点，是第二院（理学院）东路二层灰砖楼（数学系在其内）的南面廊下。这座灰砖楼有幸，大破旧物之后，到变为保护文物古迹的时候，还在死缓期，于是就活下来。是一九九一年夏天，我也有幸，还在这个大院里尸位素餐，为了纪念入学六十年，还在那个廊下照了相。当年的清爽变为一甲子之后的乱糟糟。这也好，因为可以证明，过去的真就一去不复返了。

北京大学考期在前，总是在七月的前半，在第三院入门右手操场西部坐西向东的教室里。记得门类有国文（今日语文）、数学、英语、史地，也许还有党义？数学考得很坏，几何还略有所知，代数简直不成，后来不知从哪个渠道得来消息，是得四十分。英语也不佳，刚刚及格。上天保佑，国文出了四书题，是"不患寡而患不均，不患贫而患不安，试申其义"。这两句出于《论语·季氏》，我不知道，但我的心里还存有半部《孟子》，而且受小学刘阶明老师之惠，知道寡是指人口少，于是拿起笔，就拉孟老夫子来助威，说"河内凶，则移其民于河东，移其粟于河内"云云。且说其时北京大学正是被考古风刮得晕头转向的时候，推想这位阅卷先生开卷遇到《孟子·梁惠王上》，必是相视而笑，莫逆于心，于是据说，就大笔一挥，给了八十分。这自然是后来才听说的；至于当时，我是兼用了兵家的策略，在失败和胜利的两种可能之中，宁可设想为失败的。这就要准备不久之后走入师范大学考场。还是走兵家的路，战前要秣马厉兵。时间有限，厉兵应该先对付钝的，于是用全力温数学。可谓勤，天天夜以继日。老天爷不作美，偏偏这几天酷热，尤其入夜，面对青灯，持笔解方程式，必是汗如雨下。这样总有十天上下吧，是一天傍晚，公寓的伙计送来一张明信片，问是不是我的，说在院里放几天了。我接过来看，是同学赵君寄来的报喜片，说他住在沙滩，看见贴在二院门口的榜，我录取了。我当然高兴，理由之切近者是可以不再冒酷暑解方程式。也有马后课的懊丧，是因为消息一再迟误，白白受了若干天苦。但终归是大局已定，心里一块砖头落地。之后是正式决定，北京大学位高于师范大学，北大录取，就不再考师大；其时是七月，离入学尚远，先回家，住到八月下旬再来京。

　　由家乡到学校，也可以说由学校到家乡，路程有小变：通县时期是只能走家乡西北三十里的河西务，坐长途汽车；到北京，就既可以走河西务，又可以南行五十里到杨村，坐火车。火车有优越性，敞亮，平稳，但到杨村上车，就要多走二十里旱路。所以大学四年，寒暑假有时（不像师范时期那样确定）回家，来往还是多取道河西务。由河西务上长途汽车往北京，路过通县，到新城南门暂停，可以听到嘈杂的兜售蹲儿饽饽、糖火烧的声音，车入城走一段路转西，可以看见师范学校校门、张家小铺、大红牌楼、西门等等，感到真就分别了，心里不免热乎乎的。还是说这一次榜上有名的荣归，不同的人反应不一样。邻里有文化的，大多是与药王庙学校有关系的，觉得我真就高升到"士"的阶级，他们只是沾点边，严格说，不够格，心情是尊敬加羡慕。没有文化的，还是"惟有读书高"、离开庄稼地就好那一路，觉得进了京是更上一层楼，远远超过他们，所以见面增加了客气，呼为"二先生"（我行二）。母亲向来是少言笑的，但看得出来，是由于儿子在村里露了脸而高兴。父亲是一则以喜，一则以惧，觉得能升学也好，但还要花钱，也不好办，因为家里经济情况一直不好，一年勤苦，收入总不够他还赌债的。百分之百不高兴是大嫂，那是以前听长兄说，我考师范学校，她说枕边话就曾劝阻，未如愿，现在是赔了夫人又折兵，当然很懊丧。这是典型的妇人之见，总希望自己的男人是最出色的，在家里占上风，正是其情亦可悯也。

　　还是转回来说自己。这次在家里，大概不满一个月，依人生惯例，无事像是更不得闲，转瞬就接近新生报到入学之期。准时到学校，报到，交十元学费（交之前，足在校门外，这十元非交不可，第二学期起就可以请求缓交，校长照例批准）。其后并取得住宿权（不收费），分配住在北河沿第三院大门（坐西向东）内南侧口字形二层楼楼上西面的一间。一间住三个人，那两个，一个是由预科（这是最后一期）升上来的李耀宗（河北满城人，人国文系），一个是新考进来的陈虞朴（河北阜平人，人史学系）。说起系，还要说说人学之后一次影响不小的偶然。是投考报名，志愿只填什么院；录取之后办人学手续，还有选系的自由。其时文学院有这样几个系：哲学系，史学系，教育系，中国语言文学系；外国语文学系，包括英文、法文、德文、日文四个组。名义是五个系，实际是八个系。选定之前，我曾否仔细考虑自己的兴趣、将来的发展、毕业后的出路等，不记得了。只记得，也许想远走高飞吧，填表之前曾想学英文，就在下笔之前，遇见也是本年度考上北京大学的师范同学陈世骧（他是第十三班同学，还差半年毕业，何以能报名投考，不记得了），谈起想学英文的事，他说人大学，学什么，应该展其所长，不该补其所短。他断定我的所长是国文，应该人国文系。不知哪阵风吹的，其时我竟有从善如流的美德，于是未再思三思，就拿起笔，在志愿一栏填上中国语言文学系。上课之前，依古今通例，是要办多种手续的，现在只记得曾领得一枚徽章，圆圆的，上有"北大"两个篆字，嵌在帽子（通行毡制的礼帽）的右侧，不招摇而过市，至少是有时，连自己也觉得身价与通县时期不同了。

　　这不同，有如意的一面，主要是就学，此后会有许多可学的，而如果能够学而有成，那就真成为"惟有读书高"了吧？但也有不如意的一面，是收入难得增加而开销必加大。大，来于大学的"大"，小小气气不合适了，日用，吃（官费变为自费）穿，交往，也许还要添些书吧，都是离开钱办不了的。怎么办？语云，挤墙挨打，不再有退路，也就只好在学业闪光和钱袋暗淡的夹缝中挣扎着走下去。

婚　事

《礼记·礼运》："饮食男女，人之大欲存焉。"这是由"人生而有欲"方面看，吃吃喝喝与男女结合，地位是等同的。"生而有欲"是"天"，及至降到"人"的身上或手里，情况就变为一言难尽。在道人（用汉魏人的称谓）的心目中，两者都价值不高，如必欲去取，则所取是饮食而不是男女。常人或俗人就不同，两者都不能舍，可是表现为心情，常常是男女比饮食更急。可是心情的急又不愿意表现为言谈举止，这是说，都认为这是后台的事，不宜于推到前台。后台的事不好说，可是，又是人生而有之欲，就说是不美妙吧，却强烈而明显，是把己身的隐蔽起来之后，偏偏希望看看别人的。此描述什么什么星正恋、邪恋、结婚、离婚以及附带的欢笑、啼哭的妙文之所以能尽快刊出并换得高稿酬也。现在，我也写流年了，已经写到将及而立之年，仍是只见饮食而未见男女，推想有"索隐"之兴的诸公诸婆诸才子诸佳人早已等得大着其急了吧？为热心的读者，主要还是追述自己的昔日，不当不以真面目见人，决定标个专题写。但泄气的话要说在

213

前头,这里准备的是家常便饭,您想吃本土的传奇加进口的浪漫主义,是注定要大失所望的。

叙事之前,想先说说我对婚事的看法。这看法来于对人生的一点领悟,可以分为高低或玄想和实际两个层次:高是可无,其理据是什么;低是应有,其情况是什么。先说高层次的。以"我执"为本位,我们可以问,或应该问:"不要男女,即无婚姻之事,难道就不可以吗?"有人认为不只可以,而且是"应该"。何以应该?一种理论是由辨析男女之欲的原因来,说我们所以有男女之欲,是因为天命(或说自然)限定我们要延续种族;而延续种族,我们并不知道也就更不能证明有什么宇宙论的或道德学的意义(个人的或全体的)。我们所能感受的只是这种欲给我们带来的拘束和压迫(到月下老人祠或娘娘庙烧香许愿就是好例),所以为了取得"万物皆备于我"的自由,我们应该不接受这样的拘束和压迫(如你要我传种,我偏偏不传种)。另一种理论(也可以说是兼实行),可以举佛家为代表。佛家看人生,多看到"苦"的一面。人生有多种苦,不假,有就想灭,至少是减轻。佛家自负为大雄,对于苦,是想以"道"灭之。灭之道是先求明苦因,他们找到一个力量大的是情欲。情欲由多种渠道来,其中一个最重大的是男女之欲,所以想灭苦,就要扔掉这种情欲。而这偏偏不容易,于是制戒,其中一个重大的是"淫"戒,对优婆塞和优婆夷宽容些,是只许正,不许邪,出了家则严格要求,不许男女,婚姻也就无立足之地了。以上两种想法都言之成理,后者并有人人都曾身受的事实为依据,借用禅宗的话说,我也参过。所得呢?知方面,高山仰止;至于降为行,就总感到山太高,而且陡,爬不上去。够不着的葡萄,不吃也罢,那就还是随俗,承认"男女居室,人之大伦"吧。

这就可以转为说那低层次的"应有",即成年之后,也搞对象,幸而有成,结婚。世间的一切事物都可以分等级,婚姻也是这样,以当事者满意的程度为标准,我多年阅世加内省,认为可以分为四个等级:可意,可过,可忍,不可忍。先说可意,是当事者(当事者是两个,人各有见,所感未必一致,为了便于说明,只好假定一致;或者承认不一致,这里的立论仅适用于男本位或女本位)觉得与己结合之人正是自己想望的,所谓天赐良缘是也。如果只顾希望而不管事实,当然,世间所成之婚最好都是这样的。可是很遗憾,充斥于世间的偏偏是事实,与希望总是有或大或小的距离。说起来这也是无可奈何的事,因为至少在这方面,上帝并非全能全善,于是所生,姑且男本位一下,只看外貌,西施很少而东施很多,娶得西施,可意了,娶得东施呢?还有,人总是不能因情热而长时期迷乱的,比如说,一见倾心之时,成为眷属之前之后,感到可意,这"之后"延伸,一年,两年,以至十年二十年,人老珠黄,马勺难免碰锅沿,还能同样感到可意吗?所以我有时甚至想,正如理想之难于变为现实,婚姻的一种可意的级别,也许只存在于《白蛇传》《牡丹亭》一类书里。太悲观了,或者改为这样说:都长时期感到可意是可能的,却是不多见的。承认这种现实有好处,是高不成而低就,心里可以坦然,祖传秘方所谓知足常乐是也。再说可过。过是俗话说的过日子,可过就是可以在一起过日子。这种中间的程度可以由"不足"和"有利"两个方面来说明。不足容易说,世相语"文章是自己的好,老婆是人家的好"的后一半正好说明这种情况。但更有力的是另一面的有利,可以用心理的感受来形容,是一天的由日出到下一次日出,一年的由元旦到除夕,男本位,有她,女本位,有他,感到有多种方便甚至依靠,没有她或他,轻则感到不够热闹,重则感到诸多不便,甚至过不下去。这样的男女结合,如果心里还装着"可意",是李笠翁的"退一步"。过于委屈了吗?眼睛只看理想,是这样;如果换为多看现实,应该承认,能够这样已经很不坏,因为,也是现实,是有不少人还要退一步,降为可忍。接着说可忍，是看外貌，察内心，以及日常生活的诸多琐细，总是感到不尽如意，可是睁一眼，闭一眼，想说，少说一句，也能对付过去，或有时想到根治，分，子女，房屋，居家杂事，种种牵扯，又，"故人从阁去"不难，还能"新人从门入"吗？千思万虑，还是忍了吧。语云，忍为高，人生一世，会遇见天灾，会遇见人祸，都忍了，男女之事只是更近一些，难道就不能忍吗？这情况会使我们想到数量，是可忍与可过相比，究竟哪一种多些？大概只有天知道。最后说不可忍，情况是继续合，很痛苦，只好分。合不来，追原因，如果枚举，无限。但可以综括为四类。其一是一方，甚至双方，想，或已决定，另筑新巢，合就成为不可忍，只好分。其二是道德修养方面有大分歧，比如一方是坚信人应该"己所不欲，勿施于人"并身体力行的，而另一方则以整人为乐，朝夕面对，不可忍，也就只好分。其三是政见有大分歧，比如在清朝末年，一方是帝党，主张变法，而另一方是后党，张口闭口老佛爷，必致话不投机，见面不愉快，就不如分，各走各的路。其四是生活习惯有大分歧。生活习惯包罗万象，有些放大，简直可以视为人生之道，古人说"道不同不相为谋"，离得太远，互不迁就，也就只能各走各的路。就我的观察所及，有的一对合不久而分，并不是有什么大分歧，而是为一件小事吵了架，一时气不能消，就分了。所以说生活习惯，也应该包括俗话说的"脾气秉性"，这看似小节，也会发展为不可忍，使婚姻破裂。

  以上说看法是泛论。泛论有大用，是我将以它为眼，看己事，以它为笔，写己事。

  记得是八十年代后期，我烦人刻一方图章，文曰"六代之民"，六代的第一代是大清帝国。我生于光绪三十四年戊申腊月，地道的满清遗民，又生在偏僻的农村，因而早年的生活不能不是乡村而且旧时代的。单说婚姻，我们那里是父母之命、媒妁之言外加二早，订婚早和结婚早。估计是我三四岁的时候,我家隔一家的东邻有个姓石的男性,通称花四,他有个姐姐嫁村南六里侯庄子(属武清县)沈家,病故,沈姓又娶,他呼为续姐姐,生的次女行七,比我小一岁(实际是八个月),他认作外甥女,灵机一动,抽出红丝,就把她和我拴在一起。其后,仍从乡村习惯,于一九二六年冬天,新算法我和她都是十七岁,就把她娶来,成婚。其时我在通县师范念二年级,等于还没有接触新风,对于这样的婚事也就既说不上欢迎也说不上反对。沈是完全旧式的,缠脚,不识字。貌在中人偏下。但性格好,朴实温顺,以劳动、伺候人为天赋义务,寡言语,任劳任怨。母亲说她好,我也尊重她。旧时代早婚,一个务实的目的是家里添个劳动力,"男女居室,人之大伦"还在其次,所以只要外边能找到门路,总是把儿子送出去,求高升,儿媳留在家里作奴婢。这样,我到外面上学,只寒暑假回家,她就从乡里之俗,长年劳动,入门伺候公婆、小姑,出门下地上场,做妇女习惯做的活,如拾棉花、摊场之类,到寒暑假,还要伺候丈夫,缝制新的,拆洗旧的。家中任何事,她没有发言权,可能也没有意见;向来不表示感情,因为四德(德言容工)之首位的德规定,妇女是不该动情的。负担这样重,生活这样枯燥,却也有所得,是邻里夸为好媳妇。她有没有烦恼?至少是在婆家,向来没说过。直到后来,我回去的次数越来越少,有另一个女性与我相伴的时候,她也不说什么,仍是静默地过日子。我推想,她不说,心里是不会如止水的,是什么力量让她静默地活下去呢?大概是接受了两种"命":一是几千年来妇女共有的,忍辱负重,为别人;二是自己遇到的,既然情况是这样,也就只好这样。但无论怎么说,这情况总是不美满的,父母二老会不会想到其前因以及如何善后呢?后悔包揽这婚事是不可能的,因为远看,祖祖辈辈,近看,左邻右舍,都是这样。大概也不会想到善后问题,因为除了任其不美满,顺流混下去之外,也实在想不出其他办法。那是旧时代，妇女已嫁，夫健在，明言离，另寻佳偶，这条路是不通的；可行的路只有一条，保留夫妻之名，兼取在婆家活下去之实。我也承认这样的现实，但对她，显然，纵使怜悯也力量有限，又因为多年来"伤哉贫也"，也只能每月补贴一点钱，以求她生活能够略容易些。这样延续到八十年代，她去世了。我有时想到这件婚事。她的确是受了一辈子苦，应否完全由我负责？站在她一方，可以这样说。站在我一方呢？忘情过一生，且不说应该不应该，年尚未而立，做得到吗？勉强做，也是苦，应该由谁负责呢？推诸"旧"？可惜它是已然，你怨也不能把它怎么样。自然，华年已逝就可以循另一种思路，比如说，佛家的，就可以说"我不入地狱，谁入地狱"。可是如果真入了佛门，忘掉解脱也不对吧？那就不得不遁迹山林，修不净观了。总之，生在新旧交替的时代，想把围绕着婚事的诸多问题都解决得天衣无缝是几乎不可能的。其实，就是全新而不旧，问题就会减少到可以不再费心费力吗？显然也不是这样。那就结果仍然，至少是有时，还要"忍"。

忍是后话，其时的实况是，我正在由旧走向新。这"新"是多方面的，说一时想到的一点点。其一，前面提到过，我念男师范，通县还有女师范，名称对等，人呢，有时足踏长街会狭路相逢，剪发，粉面，着淡雅旗袍，大脚，走路不扭而潇洒，觉得很可爱。爱，藏于心，也会发酵，孕育幻想，是如果能——那该多好。如果的背后藏有现实，是父母加媒妁那条路，其结果，自己已经感觉到，没有看剪发、大脚那种感情，当然不合适，也就不合理。其二，就在这个时期，我读了不少新文学作品，包括不少新翻译过来的世界名著的小说、戏剧，其中或直接或间接地谈到人生，几乎都认为男女结合，应该始于浪漫主义，终于"死生契阔"，也就是如串珠，中间的线要是火热的爱。其三，还不只是理想或幻想，已经见到，同样出入于师范学校之门的，有少数，一九二八年秋革新之后，经过相识，情书（据说有一位曾咬破手指写），而终于与剪发、大脚的成为眷属。其四，是我由小城市走入大城市，而且是站在文明前列的北京大学。我有时也就忘其所以，或说兼为环境所染，至少是心里想，以前没有的，能够变为有才好。

世间确是复杂的，或说兼有点神秘，比如说，你想什么，以为必不成，也许一梦醒来，成了。成靠机缘，以下说另一次的机缘。我长兄念京兆师范，有个同班同学名于忠，字伯贞，京北清河镇人，曾任清河镇立小学校长，在东郊六里屯有砖窑厂，常住北京。我念通县师范时期，我长兄曾在那个小学教书，我去过，记得不只一次。于体格是矮壮型，人敏快，好交，总是说说笑笑，我呼之为于大哥。我考入北大以后，住在沙滩略南大丰公寓，他也来过。大概就是考取后的八月暑假末尾，有一天，于大哥来了，说他表妹李绍强住西城大乘巷，在温泉女中上高中，有个同学名杨成业，反对包办婚姻，离开也住在西城的家，决定不再上学，谋自立，不知道香河县立小学（我长兄是校长）是否需要人，希望我帮忙介绍，并说如果可以，他想先带她来见见面。其时我正幻想维新，对于年轻的女性，而且胆敢抗婚的，当然很感兴趣，就表示愿意见面。过一两天，是上午，于大哥带着她来了。她十七岁，中等身材，不胖而偏于丰满，眼睛明亮有神。言谈举止都清爽，有理想，不世俗，像是也富于感情。她原籍湖南湘阴，北京生人。父亲杨震华，据说中过举人，民国二年北京大学商科银行学门毕业，曾创办新华大学；母亲姓丁，湖南平江人，世家小姐；在北京，她还有个哥哥，两个妹妹。总是因为，除了亲属以外，我没有同年轻女性有过交往吧，觉得她很好，如此年轻而有大志，在女性中是少有的。正如一切男性一样，对某女性印象好，就想亲近，并有所想就实行。那一天，我们谈到近中午，就请她和于大哥到东安市场东来顺去吃午饭。其后是我写信问香河是否缺人，说如果缺，于大哥推荐一位，如何如何，我以为很好，可以去。回信说缺人，欢迎前往。这其间，以及长途汽车站侵晨送行，我们又见了几次面，以致上车时都有惜别之意，约定以后常写信。且夫惜别，情也，情会发展，具体到事是信多，收到看完就复；复，写，三页五页，情意还是不能馨尽。总之，形势是恨不得立即化百里外为咫尺，并且不再分离。记得是一九三二年的春天，她回来，就住在我那里。

此后，我们的生活由交织的两种因素支配着。一种是穷困，因为我还在上学，就只好仍是她到外面去工作。另一种是希望长相聚，因而只要可能，就在外滩一带租一两间民房，用小煤火炉做饭，过穷苦日子。这样的日子，有接近理想的一面，是都努力读书，单说她，是读了不少新文学作品，并想写作。又为了表示心清志大，把有世俗气的学名"成业"扔掉，先改为"君茉"，嫌有脂粉气，又改为"君默"，以期宁静以致远。也有远离理想的一面，是我们的性格都偏于躁，因而有时为一点点琐事而争吵，闹得都不愉快。就这样挨到一九三五年暑后，我毕业后到天津南开中学去混饭吃，她先是在北京，后又到香河去教小学。何以我有了收入，她又出去工作？师丹善忘，是怎么也想不起来了。是一九三六年早春，她在香河，我在天津，收到也在香河教小学的刘君一封信，说杨与在那里暂住的马君来往过于亲密，如果我还想保全这个小家庭，最好是把杨接到天津去。其时我的心中情多理少，就听了刘君的劝告，先是写信，然后亲自去，记得到京津公路的安平站，把她接到天津。在南开中学附近租了两间西房，又过起共朝夕的日子。但我们都觉得已经有了隔阂。心都不安，而情况不一样。我体会，她先是在新旧间徘徊，很苦，继而新的重量增加，更苦。我当然也不好过。但都不谈这件事，表面还平静。学期终了，我解聘，一同回到北京，投奔她哥哥在西城的住处。不记得是因为有预感还是另有所图,我在母校新四斋借得一个床位。可能不很久,我反复衡量当时的情况,头脑中忽然理智占了上风,确认为了使无尽的苦有尽,应该分手,另谋生路。记得是一天下午,在她哥哥住处的西屋,我向她说了此意。她面容木然,没说什么。我辞出,到北大新四斋去住,我们就这样分离了。其后很多天,我的心很乱,因为感情常常闯进来,与理智对抗。有时像是感情力量更大,就真想去找她,幸而胆量没有随着增大,才欲行又止。这样延续到九月,有了远走的机会,理智终于当了家,为人,也为己,领悟藕断,必须丝也断,就毅然舍掉北京,到保定去了。

重述这些,我会不会有怨气?在当时,也许有一些,及至时光流过很多,心情归于平静,理智高居主位,想法就不再是那样。是什么样?借用西方某哲学家的话,是凡是已然的都是应然的。视为应然,有理由。其一,人之常情,以男本位为例,纵使所得是西施,新机缘送来另一西施,也会"怎当他临去秋波那一转"。何况其二,也是人之常情,男女之间,唱"惊艳"的时候,入目的缺点也是优点,及至挤入一室,一天面对两个十二小时,日久天长,眼就会少见优点而多见缺点,也就会感到,相伴之人并不像见信不见人时那样好。其三,参照我前面所说婚姻可分等级的看法,恕我直言,我们是属于不可忍一类,因为除道德修养一个方面以外,考虑其他三个方面,都是宜于分的。应然则不怨,还有更重要的理由,是其四,如果不能走万物皆备于我的路,就要有婚事,婚事也有花期,是诚而热的互恋之时,最值得珍重,我现在回顾一生,也有这样的花期,仅仅一次,就是我们由相识到共朝夕的前两年,仅仅这两年,是难得忘却的。推想她也没有忘却,是解放战争胜利之后,她回到北京,我们又见了面。

她参加革命,没有扔掉文学,建国前写了《苇塘纪事》,署名杨沫。五十年代她出版了《青春之歌》，因而出了名。不少知道我的读者认为其中有些事是影射我；我的室中人则更进一步，说是意在丑化我，心里很不舒服。我却没有在意，因为一，影射是高位人的常有想法，我无位，就不该这样想。二，可能也见于小说教程，是为了强调某种教义，是可以改造甚至编造大小情节的。更重要的是三，要明确认识，这是小说，依我国编目的传统，入子部，与入史部的著作是不同的。一晃大革命过去，迎来八十年代，据好心人相告，她追述昔年常提到我（这回不是小说），言及分手之事，总是明说或暗示，我负心，兼落后，所以她由幽谷迁于乔木，相告完，并想知道我有什么想法。我说，认定为负心，是人各有见，认定为落后，是人各有道，至于由幽谷迁于乔木，我祝愿她能够这样，但据我所闻，也未能天衣无缝。但她有名，为了名，举事以证明迁得好，也是应该的，至少是可谅解的。有的好事者好得出了圈，一定问我为什么总是沉默。我说，理由不少。其一，这类过去的事，在心里转转无妨，翻来覆去说就没有意思。其二，我没有兴趣，也不愿意为爱听张家长、李家短的闲人供应茶余酒后的谈资。其三最重要，是人生大不易，不如意事常十八九，老了，余年无几，幸而尚有一点忆昔时的力量，还是以想想那十一二为是。也就是本诸这样的信念，我昔年写《沙滩的住》（收入《负暄琐话》），末尾述走过大丰公寓时的心情，是："屋内是看不见了！门外的大槐树依然繁茂，不知为什么，见到它就不由得暗诵《世说新语》中桓大司马（温）的话：'木犹如此，人何以堪！'"这人是可怀念的人，虽然今雨不来，旧雨是曾经来的，这就好。写到此，估计还会有好事者问："你不总是沉默吗，何以这回拉开话匣子，说了这么多？"答曰，这是写存于头脑中的旧事的碎影，头脑中有，秘而不宣是不应该的。那么，旧事，远年，就一定能够如实吗？曰，可保证者只是秉良知画影图形，即主观上不以半面妆见人，如是而已。

至此,要退回去,说一九三六年暑后,为了该结束的能结束,我到保定以后的事。前面说过,我为之代进德中学课的李列五,为打官司住在保定,我来保定当然要去看他。他住在西街路南明远客栈,打官司并不常开庭,我呢,初来乍到,熟人很少,因而交往就多起来。闲谈,共酒饭,次数多了,相互了解就加深。于是有那么一天,他张了口,说他有个甥女,比我小一些,聪明漂亮,尚待字闺中,想给我介绍,问我有意无意。我存有乡村的旧印象,未加思考就以为此路必不通,笑了笑,没说什么。想不到李君如我的二姑母,有说媒之瘾,是十月十日(其时的国庆)之前,他旧事重提,说恰好国庆假日与星期日紧邻,可以休息两天,他决定回容城,到家里看看,希望我一同去,与他的甥女认识认识。对于相看乡村姑娘,我有一搭无一搭,但想到连续两天,一个人闷守宿舍,就不如出去,到个生地方看看,所以就答应同往。李君的愿望初步实现,当然要加一把劲,于是进一步介绍女方的情况。是他有个堂姐,嫁白洋淀大北流村(在淀的西北部堤外,南距新安镇十里)李家,只生此一女,丈夫就病故了。李家是世家,有功名,开烧锅。女名李芝銮,因为是独生女,养得娇,愿意找个读书人,托终身,所以年过二十还未出嫁。女的祖父是个秀才,祖母是新安世家曹家的小姐。女的未出外上学,家里有家塾,读书也不少。当然精于刺绣,还能唱京剧。因为只母女二人,就常常随着母亲住在外祖家。昨家里来人,他问过,正好在外祖家住。听了介绍,我的设想的印象变一些,心里想,耳闻不如眼见,看看再说吧。且说就到了十月十日,李君和我,还有李君的五叔父,三个人,早晨由保定上火车,北行不远到固城站下车,改乘骡车,东行十八里就到了他们家北张村(东距容城县城八里)。时已近午,饭后在街门内的柜房休息。李君则由到家就更加忙碌,因为他的地位是导演。演员中,我知道演什么,女方不知道(怕我不同意,女方难堪),他的夫人也蒙在鼓里。他让他夫人饭后去接女方，就说有点急活，求她来帮着做，加说一句："一定要接来！"下午，女方来了，由柜房前过，我远远看到，穿一身浅粉色衣服，很窈窕，原来也是剪发、大脚。其后，我们在李君的住屋里见了面，虽然还有李君夫妇在场，她也是坐立不安，很少说话，说就粉面含羞。短时间我的印象，她体貌清秀而性格温婉，是地道的旧时的大家闺秀。这一场演完，很明显，接着就该我表态，如何决定呢？后来想，其时还是佛家视同蛇蝎的情欲占了上风，我略考虑之后就点了头。所考虑是这些。其一，我是常人，面壁，参禅，口头说说，心里想想，都可以，实行则必做不到，那么，有"新人从门入"的机会，还是开门纳之吧。其二，清秀温婉，我喜欢。其三，加个纯理方面的理由，是虽然远走保定，心则有时还在动荡，为了化动荡为一块石头落地，最好是筑一个有另一女主人坐镇的新巢，我把己身交给她。其四也许更重要，以行路为喻，东方是新，我兴致勃勃地往东，结果碰得头破血流，很自然，会觉得应该转身向西，即复旧，以期不再有头破血流的危险。总之是我告诉李君，我愿意，然后原路回保定。其后是演刘媒婆的李君也不易，曾兼说一点点假话（如说比我小，实际是长我一个月有半；说能唱京剧，实际是不能唱），傅朋同意了；孙玉姣呢？仍须努力。据后来所闻，是除了说我人如何好、学问如何大之外，还迎合乡村的心理，说家道如何富足，又亲身往城隍庙，找个瞎子，给两角钱，为我配个好八字，之后是八字到家，找另一个瞎子批，说命太好，前途比官还大云云，她母亲与诸姨皆大欢喜，亲事就成了。

两厢情愿之后，不知道是谁的主意，说配我这个洋学堂毕业的，女方也应该用新颜色染一下，即到保定的某一个学校混个资历。人已经是我的，这件事就交我办。我知道这个想法必不成，可是使人（所谓新亲）扫兴的话不好出口，只好说试试看，于是女方就来了，住在我同班同学李耀宗的住处，已故画家姚丹坡的半弓园。我们不能不常见面。她确是温婉，谈起近事远事，她都不表示意见，由我作主。成婚的事，我很厌恶旧习俗，也为节省，主张到北京，约一些最亲密的朋友，聚会一次，算作正式通知，礼成，她也同意。记得是十二月上旬，我们一同往北京，住在王府井大街迎贤公寓，照计划，与友人欢宴，游游市场，买点用品，就回了保定，一件大事就这样办完了。其后是我们就过起用小煤火炉做饭吃的生活，虽简陋而安适。次年暑假来了，我们到北京暂住，想不到就遇见七七事变，不能再回保定。路不通，她也就不能回娘家看看。其后是北京有了穷而陋的家，她支撑着，饥寒而无怨。积日成月，积月成年，年也过得不慢，就到了一九六六，大革命的暴风刮起来，与她熟识的西邻被抄家，女主人用刀抹了脖子，她抗不了这刺激，很怕，精神有一点点失常。幸而抄家之风不久就过去，但据我观察，她的内心深处遗留了病根，表现为容易起急，有时甚至拍桌子。但通常还是脾气好，能忍。这使她虽然瘦弱，还是能够高龄。是一九八六年夏日，我们到北戴河住一周，算作结婚五十年纪念。近两三年，她脑力退化，近事，如司马温公之旋踵即忘，可是她仍在计划，到明年，一九九六，能够庆祝结婚六十年。

五十年，六十年，这样的婚事，该是合于理想了吧？像是也不好这样说，因为，仍用上面说过的理论衡量，我们并未始于浪漫主义。她的感情以及表现是旧时代的，嫁谁，护着谁，甚至舍己，却并不火热到总想抱住卿卿我我。语云，来而不往，非礼也，我也就没有感到过有这样的火热。合于理想，要是情人变为夫妻，或情人变为夫妻和情人的混合，而我们，只是夫妻，纵使是能够唱随的夫妻。但我们也有所得，是就不会有火热的衰退，由积极方面说是宁静，比喻为春秋两季，虽不热，也不冷。有人也许认为，与动荡不安（轻如怨恨，重如分离）相比，这宁静是较可取的。如果竟是这样，就等于承认，在婚事的大伦方面，旧的也不是毫无足取。用妇女的眼看，这大有男本位之嫌，也是一种落后吧？真是一笔糊涂账，留给电子计算机的专家去算也好。

也有我清清楚楚，用不着别人去算的，是她的为人，也想说说。先说可以为训的一面。其一是宽厚，总是以善意对人。外人的印象是最有力的证据，不管关系远近，交往多少，都说没见过这样好的，待人总是那样和气，那样热情，见着高兴，离开就想，长时期不见，再见到就掉眼泪。也确是这样，比如现在，我们老了，却还能吃能喝，几个昔年常聚会的朋友则都已先后下世，因而周末或星期日就经常门庭寂然，她常常想到他们，就说："那时候多好，平弟，他刘大伯，老李，星期日就来吃饭。现在没有人来了！"她退而取其次，是有生客来访，尤其是女性，带着孩子，她就热情招待，拿吃的，泡茶，陪着拉家常，人家告辞，她诚心留，表现为舍不得。对我当然也是这样，或更是这样。我缺点很多，她像是视而不见；见，也决不向她的亲属说。我的生活习惯，推想有的她未必同意，但她还是表现为赞同，比如现在还摆在案头的乾隆时期砚山，是四十年代难得温饱的时候，我在一个挂货屋子见到，定价十二元，没舍得买，回家同她说，她劝我最好还是买了，不然会后悔，才壮了胆，忍痛买回来的。对我，她总是这样克己，吃穿等小事，她主持，让我占先；我有时任性，触犯了她，她也会不痛快，但一会儿就若无其事，她说她向来不记仇。她也有所记，是怀念旧事，她现在老了，日常无事可做就翻腾她那十几本相册，对着一些人的昔年的留影出神。其二是脾气好。这与她的宽厚有关，但她是好得希有，所以值得单提出来说说。这也容易说明，是除了对我，有时候争吵几句以外，一生没有跟谁说过带怒气的话。她不是不骂人，是"不会"骂人。这一点，她自己也明白，所以有时谈及自己的脾气,就说:"李大姑娘故意把水泼在我门口,我绕着走,也不说话。"绕着走是能忍,但能忍也是希有,要列为其三,也加重说说。她出身世家,而且是闺秀,嫁我以前,没进过厨房,没到商店买过东西。出来以后,用小煤火炉做饭,要买这个买那个,干这个干那个,"是可忍也";难忍的是到了北京,七七事变以后,立刻就没饭吃,秋风乍起,连夹衣也没有。我观察,她真的是处之泰然,没有一点悔和怨的样子。这样的坚忍的面对穷困的态度,她是整整维持了四十年。其中还有五十年代初的我第一次挨整,每月只领十几元生活费,她不得不侵晨到小市去卖家中旧物,换柴米。我是穷小子出身,出头露面卖破烂,也会很为难,她当然更是这样,可是她没有表示为难,这是一切苦都咽到肚里去了。还可以加说个其四,是她淡泊,不见势和利眼开。她的亲属有经商(自然就难免加点欺骗)发了财的,她每次谈到就表示厌烦,而对于我的一些存书则爱护备至,所以有时我想,如果有掉书袋的机缘,我就有资格大写其"糟糠之妻不下堂"了。

再说不足为训的一面。其一是能力低微。说这一点,有轻视她的嫌疑,但既是事实,也就只好说。有的人,如我曾与之结邻的北大物理系李守中,虽下肢残疾而多能,在汉中参加乒乓球赛,他能打败许多健壮的高手,取得冠军;夏天,厕所顶部(老房子,很高)铁管滴水,他能悬起一块塑料布遮挡,我始终想不明白他是怎么上去的。我的这一位是正好相反,比如室内的电灯泡坏了,买个新的,她是必不能换旧为新。总的说,除了幼年在家乡学的一点点技能以外,一切生疏的,她是既不会做,又不想做。做,也是慢条斯理,不想快,想也快不了。我有时起急,甚至想到天之生材,——后天的力量也许同样不小吧?总之,不管什么原因,结果她是没有自立的能力,更不要说走出家门,创点什么业的能力。其二是,也许正是由于能力低微,她就谨小退缩，除了每天常规的作息以外，她是什么也不敢做。大事，听到陈胜、吴广揭竿而起，或徐敬业提笔写檄文，她怕；小事，比如我登桌子换个电灯管，她也怕。她自己的事更是这样，只举两件为例。她识字，估计也未必不能写，可是有时我们不在一地，我写信，她不写，不是无话可说，是怕写不好。又，为了节省她缝缝连连的精力，六十年代初买了缝纫机，于今三十年过了，她没试用过一次，起初我还劝她学，她说："我学那个干什么！"我知道这是怕，变为不怕是不可能的，也就听任缝纫机占一块有用之地，作闲居之赋了。其三，她还有个我始终不明白其来源和用意的奇怪习惯，是藏物（包括废品）而不用，我多次表示反对也不能改。先说可用的，比如为了轻暖，买个毛毯，一转眼就入了某个箱子，我问，她就说："有被子，用不着。"又如亲友送点食品，不是必须立刻下咽的，也是一转眼就入了某个缸，时光不停，经过夏季，必是生很多虫子，发现，扔到垃圾堆上。还有不可用的，是新务虚风制造的各种商品的外面光的包装，实为废品，她也惯于藏，于是已患地少人多的住屋，此角落或彼角落，就挤满这样的外面光。你据理说这些都是无用之物，以请出去为是吗？她只顾舍不得之情而看不见理，且夫情，坚固工事也，难于攻破，我也就只好视而不见了。

至此，可以为训加不足为训，为这样的婚事定等级之性就不难了，是大部分"可过"加一点点"可忍"。

婚事说完，还想依制义旧规，说几句因"观我生"而来的感慨。共有三点。其一，单说常人常态，有生以后，都不得不面对饮食和男女两方面的问题，我的体会，男女问题比饮食问题远为难解决。人人有理想或幻想，而你能抓到的只是现实，而现实是经常与理想或幻想有或大（多见）或小（少见）的距离的，就是说，你总不能想什么有什么。其二，想而有，靠机遇，想而没有，也靠机遇，而机遇，已然者不可改,未然者不可知(走火入魔者认为可求助于《易经》或什么瞎子,可不管),我们想到它,也只能仰天太息而已。其三,万不得已,还要反求诸己,用东方哲人惯用的内功,即必要时候,对人不求全责备,自己"忍"了。

生　计

人，进可以东山吟咏，以天下为己任，或退，茅蓬数息，求此生离苦海，但走向街头看大众，兼透过外皮看内心，就可以领悟，天字第一号的大事是要能活。所以如前面所记述，我走进又一红楼。人间的事，预期的与实现的，总会有或大或小的距离，我这一次则是心情的不得已变为有意外的获得，是多暇，可以杂览。但周围却不是一潭清水。人小，无名无位，志小，只是一月领一次钱换柴米，会使冷眼旁观者气短，也就罢了。还有使人心不静的，是明的争吵，暗的倾轧。说是会生是非之地也许太过，总是不宜于修身养性了。语云，人挪活，树挪死，我想换个地方。可是正如现在许多人住房不如意一样，有志迁而无地迁，也就只好仍旧贯。没想到挨到一九四二年春，先是传闻教育馆有撤消之议，继而传闻真就成为事实，明令撤消，树倒猢狲散，也就不得不另找饭碗了。

且说其时我还有一点点精明，知道未雨绸缪之重要，于是在旧巢未毁之时就谋划筑新巢。依时风，以及考虑己身的条件，应该重操旧业,到学校去教书。向平处跳是中学,向高处跳是大学。想到有不少熟人已经走进敌伪统治下的北京大学文学院,就也想先试试文学院。现在诛昔日之心,是如果能如愿,就对于同行列中能向上的,可以显示未居人后,未能向上的,可以显示已在人先。有利,求的劲头儿就大。文学院长是我由师范学校时期就敬重的周作人,可是因为敬重,北京沦陷后,传说他将出山的时候,曾写信给他,劝他不要出山,曾反对他出山,现在到他门前求关照,如何启齿?勉强找理由,是他有名,要爱惜羽毛,我无名,可以只要饭碗,当然,这饭碗要不是从别人手中夺过来的。其实,现在回想,彼时是连理由也来不及想,因为要活,就只能找个自己认为还可以凑合的职业。主意已定,就找门路。依世故,要找人代言,以期自己少脸红,对方可以有个考虑的时间。记得求的师辈有马幼渔先生,有赵荫棠先生,有沈启无先生。没有什么大曲折,但时间不很短,总算成了。名义是国文系的助教,像是薄待而实际是厚待,因为助教是专任,有课没课都拿一个定数,如果换为讲师,拿钟点费,一周即使多到四课时或六课时也活不了。记得分配的课程是中国学术思想,还代人讲过《诗经》课。我多年杂览,几乎没有专业,登高等学校课堂讲课,自知是滥竽充数,心里经常感到不安。是不久前,有个其时的学生,因为读了我的某一本拙作,以其中的作者介绍为引线,来看我。他也是年向古稀的人,谈及昔年听讲的情形,说颇受教益。他这样说,显然是因怀旧而以恕道待人,我感激,也就更加惭愧。

其时是战争加社会混乱时期,物价总在不断地上涨,所以换了个收入比原来稍多的职业,家有老小,生活还是很困难。借了挤入文学院的光,有个教大学的小地位和不坐班的闲暇,也借了在育英中学教书的师范同学曾雨田和大学同学李九魁的光,没有费力,就找了两班国文的兼课钟点。勉强可以糊口了,可是一个人干两个人的活,何况教国文还要改每周几十篇大多不通的作文，真是疲于奔命，苦不堪言。但是人，算作"天命之谓性"也好，都是有想望和实行两面，依想望，"抟扶摇而上者九万里"仍然不满足，至于被动走入实际，不能得烤鸭，可以安于馒头熬白菜，仍不能得，最后可以啃牛皮，只要还能活，就安于不死。我是常人，奉行的也是这种常人哲学，所以日日夹书包奔走于这个教室那个教室，感到劳累，感到烦腻，也就只能安之，或说混一天说一天。

但业余，仍会有些时间，或说仍愿意挤一些时间，做自己习惯做的。这仍是老一套的三种，读书、买书和写些可有可无的文章。读书与生计关系甚微，至少是不直接，这里可以不谈。买书呢，与生计有关系，而且是复杂的。买书要花钱，纵使是来于地摊的廉价品，积少成多，比如三元五元，买了油就不能买醋，柴米油盐方面的日用也会受些影响。幸而一，固定的月薪之外，还有不定的外快性质的稿酬，二，家有贤妻，不读书而有"惟有读书高"的传统信念，买书花了不很少的钱而家门之内还可以相安。相安是一种关系，可以称为消极的。还有可以称为积极的，是买书和写可有可无文章的相互促进。其时稿酬的标准不高，但想到一篇不长不短的文章，比如可以换来十几元或二十元，而买旧的鲁迅著作，如常见的《南腔北调集》不过两三角钱，少见的《引玉集》不过一元钱，希有的《死魂灵一百图》不过两块多钱，还是太合算了。人是善于打小算盘的动物，因而觉得合算，就既高兴买，又高兴写。自然，高兴写，主要原因还是多年来已经养成学而思，有所思就愿意拿笔的习惯。当然，任何时代都一样，思可以无拘无束，写则只能是无大违碍的。又幸而也是任何时代都一样，乱一阵子，稍平稳些就要"永庆升平"，或粉饰太平，办法的一种是编印各种形式的读物，急就章是出版报刊，慢慢来是出版书籍。内容，最欢迎歌颂的，即变换多种花样喊万岁。也欢迎不喊万岁也不骂骂咧咧的，因为惟有也流荡这样的声音，才可以显示在上者度量大，其统治下的街头巷尾还可以凑合着活下去。总而言之，是沦陷过了一个时期之后，报刊多了，名号，形式，性质，都多种多样。前面说过，鼓楼时期，以认识张子杰的因缘，我曾用一些与时事无关的文章换来一些稿酬，补贴日用。语云，物以类聚，就在鼓楼时期的后一阶段，由张子杰以及他编的报刊向外扩张，认识一些也在报刊界活动的人物。其结果自然是登门要稿的主顾渐多，有文不愁卖，岔文的量也就渐渐大起来。这情况直到离开鼓楼以后还是没有什么变化。值得不值得具体说说？比如都在什么名堂的报刊、用什么笔名发表过什么文章，想了想，还是不值得。理由很多，只说一个主要的，虽然没有说非本心所想的，而所写究竟不是什么名山之业，也就不值得藏之名山。再说个幸而，几乎百分之百，经过多次变乱，都飞往无何有之乡了。剩下的一些是记忆，泛泛的是灯下雕虫的苦心，具体的是通过文字交了一些朋友，其中有的作了古，有的直到现在还今雨也来。过去的就都让它过去吧。还是话归本题，谈生计，是借了卖文的光，除了可以集一些书之外，还使仰事俯畜的家庭生活减少量不能算很小的经济困难。

但是语云，胳臂扭不过大腿去，无论如何，那是乱世，人的微力充其量只能使收入增加一些，而不能阻止物价上涨。而上涨就会引来生活困难，其后随着来的还可能是天灾性质的疾病。物价上涨是不可免的，可怕的是还有加速度。疾病是可免的，可是天不佑下民，记得单是长女就手臂骨折两次。人都知道钱有用，而在食不能饱、有病须治疗的时候就更知道钱有用。可是钱之来又谈何容易！不得不挣扎，想办法。

兼课的一条路不能再开辟了，因为时间和精力都不允许再加码。写可有可无的文章也一样，因为还不愿意高明人和熟人看见齿冷，产量也就不能过大。剩下的一条路是各时代一些头面人物惯于走的，是托靠一些社会关系，或者说由有位者关照，闭门家中坐而也能分得一些残茶剩饭。几年以来，由于涂涂抹抹，我与活动于所谓文化界的一些头面人物有些来往，而这些人，有的就同一些有位者有或远或近的关系。这情况使不费力而分得一些残茶剩饭的机会成为不难得。如何对待呢？曾经退避，因为想到，上课吃粉笔面，卖文稿，总可以算是在岸上，至多是临渊羡鱼，至于以器与名假人，以换取一点点可怜的伪币，就是跳下去了。可悲的是生活越来越困难，在活命与洁身自好之间，本诸"天命之谓性"，我还是只能不再思三思，先顾活命。具体说是，接受友人的关照，先后两处，挂个闲散的职名，每月可以领一些钱和一些粮食。这在当时，由生计方面考虑，也许竟是可行的。有时甚至想，生为小民，任何时代，总会有大大（受侵略、战争、改朝换代、运动之类）小小（压榨、欺凌、抢劫、偷盗之类）的人祸送来各种苦难，抗，也许很难吧？那么，想想办法，在不吃别人肉、不喝别人血的情况下，求能活过来，就不应该吗？通常的答复是两歧的，农工商可以，士不可以。

不幸的是竟沦为知识分子！但既已有知，想退回去住伊甸园是不可能了。那就无妨顺水推舟，想想这类问题也好。于是想，先是千头万绪，如乱丝，继而一理再理，终于理出个头绪，或说集中为两种认识，可惜都不是称心如意的。以下依次说说。

其一，皇甫谧《高士传》一类书所写的高士及其节操是"理想"，因而与一切理想一样，由价值方面看，可以斩钉截铁地说是好的；由能否成为现实方面看就不能斩钉截铁地说，而要说是难能的，纵使非决不可能。这来由仍是前面说过的，活命与洁身自好常常难于两全，而"天命之谓性"总是偏向活命，抗天命必是很难。其结果呢，可叹，就成为，找高士，到书卷里容易，到街头巷尾就不容易。那么，就扔掉理想吗？也不然。可行之道也有理想的，是没有各种类型的害群之马制造人祸；这必难实现，就只能反求诸己，能企及固然好，不能，心向往之而已。

其二，易代之际多数人咏叹的气节如春日之花，望日之月，是维持不了多久的，可见生而为人，纵使个别的心比天高，就绝大多数说，还是永远站在地上，把活命和活得舒服看作第一义的。何以这样说？可以举史实为证。明清易代，新的一朝不只易姓，而且是异族，正是最宜于讲气节的时候。顾亭林生于明朝万历四十一年（公元1613年），到易代的清顺治元年（公元1644年，明崇祯十七年），新计岁法三十一岁，誓死不仕新朝，人人誉为好样的。侯方域生于万历四十六年，比顾亭林小五岁，易代之时二十六岁，剃发，投考，中副榜，不要说别人，连自己也认为无面目见人，著作结集，题曰"壮悔堂"。而不久之后，如鼎鼎大名的王士禛，生于明崇祯七年（公元1634年），比顾亭林小十九岁，易代之时十岁，剃发，投考，顺治十二年中进士，官至刑部尚书，作古之后谥文简，就不再有人说他没有气节，应该与侯方域并列。还可以举个比王士禛大三岁的，徐乾学，易代之时十三岁，也是剃发，投考，中进士，做高官，没有人耻笑且不说，连他的舅父顾亭林像是也视为当然，如《亭林诗集》卷三《答徐甥乾学》尾联云："今日燕台何邂逅，数年心事一班荆。"显然感情是很热乎的。这就是世态，可以见人心的世态！

回顾这些有什么意义呢？不知别人怎么样，我是感到人生，由呱呱坠地到盖棺论定这一段路，只要不太短，总是苦于坎坷太多，而表现于心情，就成为理想与现实相碰，理想的迅速破碎。难道这就是定命？每一念及，不禁为之凄然。

整风之风

　　记得是一九五七年五六月间，又来一次运动，曰整风。这使我先是惶惑，紧接着就心惊胆战，或者说，因惶惑而引来心惊胆战。惶惑，是因为不知道这应整之风都包括什么内容，更不知道要整成什么样子才可以符合要求。这两种不知道，前一种显然更值得忧虑，因为，比如说，有了新的法律，可是律条恍兮惚兮，又比如说，你前天闲谈，引经据典，曾经提到康德，昨天卖废品，其中夹一本过时的政治学习的小册子，你就不能知道算不算犯法。不知道，根据"万安公墓"的处世哲学，凡事要往最坏处想，你就只好设想为已经犯法。犯法即有罪，其后随着来的又是个不知道，岂可不心惊胆战哉！但心惊胆战是唯心论，钦定属于无用一类；要唯物，想趋福避祸的办法。想，自己能有多大力量呢？只能但行好事，莫问前程；万一前程不平坦，就退一步祭起祖传的法宝，忍加认命。于是怀着这样的心情，眼观六路，耳听八方，如临深渊，如履薄冰，度日如年地往下混。

　　观，听，起初是整党内之风，党外人可参加可不参加。我幸而还没有忘记学过的逻辑，知道不参加就等于自认为己身没有不正之风，也就不需要整；还有，说可不参加，是"客"气，其前还有"主"气，是可参加，而如果真不参加，那就成为自视为客，未尊重主。等因奉此，我立即表示参加，而且装作踊跃。其他党外之人也都是这样。只有孙君功炎（其时编《语文学习》，坐在我的邻屋，来往多，合得来），到我的西北小屋里来，看看屋里没有其他人，说："说可以不参加，我就不参加，看看怎么样。"我晓以利害，说不可有较量的心理。他先是还有不采纳的意思，我说了句推心置腹的话："你不听，将来后悔就晚了。"他听而从了，可是心里还存有傲气的根，后来终于加了右派之冠，押出国门，到晋南安家落户去了。在这方面，我可以破例吹一下牛，是能够把各种气都深藏若虚，外面只留一种，曰奴气，用我的一位小学老师王先生的名言形容，是"我就是绝对服从，看你把我怎么样"。

王老师对付的人是校长，对付的情境是今天叫你教这班，明天叫你教那班，用绝对服从的高招应付，轻而易举。如我，对付整风，就变容易为大难。因为参加之后，进一步，要求对党提意见，说党有什么缺点。说党有缺点？不要说真动口，就是想到不得不动口也会魂飞魄散。这使我不由得想到《庄子·列御寇》篇的一句话，是"知道易，勿言难"，道，此地可以指避祸之道，言就成为说党的缺点。这其间，我曾见到邓念观老先生，谈到整风让提意见的事，他千叮嘱万叮嘱，说："千万别说话，逆耳，抓住把柄就不得了。"我们不是英雄所见略同，是弱者所见略同，于是制定战略，是争取不说话。想不到听取意见的诚意或热情竟表现为天网恢恢，疏而不漏，办法是由党办公室安排次序，每天请一些人去开会，一个一个发言，提意见，党的书记面对小本，记录。这一关不好过，但总得过，也就只好下降为战术，挖空心思，想想说什么。惯用的只是歌颂成为文不对题，因为人家要求说的是缺点。为这件事,记得有几天,钻到被窝里不能入梦,因为要翻来覆去编造。丑媳妇终于不免见公婆,是有那么一天,接到开会的通知,让去给党提意见。会开始,我退避三舍,只倾耳,不动口。到了晚饭之时,还有两三个人没发言,书记宣布散会。我怀着侥幸心理,以为这样也许就算过去了,但也拿不准,所以还是有些心不安。只是一两天就明白,因为又接到通知,还是要参加会,提意见。应该感谢我的胆战心惊,迫使我到发言之时,竟至扔开作文教程,你让我说缺点,我还是以歌功颂德为主,记得最重要的一句是"成绩是主要的",末尾夹带一点点鸡毛蒜皮。书记照样记了,没说我的大作文不对题。其时还没有所谓右派之冠,我过了函谷之关,怀着胜利的喜悦,下班回家,面对妻女,喝二锅头一杯。

不知道是不是因为发言文不对题,还是另有老尺加一的布置,语文党小组的鲍君,还长于我一岁,曾找我谈话,也是征求意见。这次是化整为零,化泛泛为具体,提出我在三反五反运动中受处分的往事,问我有什么意见。惟恐我不愿意说,用启发式,或引蛇出洞法,他先说,是我实在没做什么坏事,而予以这样重的处分,明显不合适,现在党诚心诚意征求意见,我有意见,应该说,帮助党整风,改进工作。还得感谢我的心惊胆战,用不着迟疑,我就以下笔千言、倚马可待的"高才",一转瞬就作成对策八股,大意是:我来于旧社会,缺点很多,错误的思想包袱很重,三反五反使我受到一次深刻的教育,使我有可能脱胎换骨,重新做人,所以每次想到三反五反,我都感谢党挽救的大恩。对策读完,他听完,沉吟一下,辞去。沉吟,表示未必尽信,果然,过了几天,他又来,还是启发我吐露对三反五反的不平之气,措辞中还加了新调料,是不要有什么顾虑。其时我记忆力还未大坏,就把上次的对策八股背诵一遍,末尾也加点新调料,是我确是这样想的,也就只能这样说。他听完,又是沉吟一下,然后辞去,此后就没有再来。我后来想,不再来追问,一种可能是借了戈培尔的高论(假话多说几遍就成为真的)的光,他信了;另一种可能是借了衙门口刑名师爷的光,他们笔下常如此写,"虽事出有因而查无实据",半信半疑,上交,也就只能凭字面了。

难关,大一小一,都闯过,还有些小的崎岖,是鸣放,也要谨小慎微地走。这次的战术是从阮步兵那里学来,曰"不臧否人物"。张贴于席墙上的大字报,能不写就不写,万不得已,也说些不痛不痒的。所求,是天覆地载,有我这样一个人,却像是没有我这样一个人,即在周围人的心目中消失,祸从天上来,也就不会落在头上了。谢天谢地,这个崎岖的羊肠小道,也走过来了。

但是还有"来日大难",是情势告知,已经制作了"右派"之冠,正在背后研究各个人的出于口之言和出于笔之言,看哪一位宜于加冠。宣布的办法是印发言为材料,由党办公室的人送到每个职工的办公桌上,标题是"关于某某的右派言论"(?)。然后是开批判某某的会;至于如何处理,自然只有天知道。"天道远,人道迩",我每天上班,坐的还是那个椅子,心却像是要跳到胸膛以外,因为总有可能,脚步声移近,进来的是送材料的,上面的名字正是自己。又来一次,不是自己。心想,强调"成绩是主要的",歌颂的话不少,而且是大声说的,也许不至于加冠吧?但终归后边还有鸡毛蒜皮,也可能视芥子为须弥,那就仍不免有加冠的危险。就这样,疑神疑鬼,如坐针毡,总有几个月,收到多份材料,其中没有自己,心才慢慢回到胸膛以内。

此外还有些小关口,对比之下不太难过的,计有三种。一种是参加批判会,不能总是听而不述。可是述,就要先编造,然后装作义愤填膺。可惜我没上过话剧院表演系,已经用了十二分力,连自己听着也像是在应付;还有,即使心照不宣,被批判的人知道我是在演戏,面对自己尊重甚至亲近的友人咒骂，也总不能不感到难堪。另一种是泛论性质的，要写反右之文。这可以抄，也只能抄，因为，比如说，文件或准文件说罪恶共有十项，你自作聪明，给加或减了一项，也许就惹来麻烦。但是抄也要费心思，应该求内容全同而外貌有异，没有异就像是作文抄公，心并没有参加反右。总之，虽然做的是毫无意义的事，却也不能不费力。同样费力的，记得还写过反浪费、反教条的大字报，至于这算作反右之内还是之外，就说不清了。最后还有一种，记得是一九五八年夏天，加冠，发往北大荒诸事已经做完之后才开始的，其名为"交心"。推想这是求反右的加深和彻底，因为右是错误思想，加冠者有而且严重，已经用加冠、批判、改造诸法解决了，未加冠的呢，思想就清而且纯吗？显然，没有人敢这样说，甚至没有人敢这样想。有，就算是不很严重吧，总不能任它在头脑里盘据着。要清除，不幸是天命或上帝所定，它是只能推想为有却视而不能见，怎么办？语云，言为心声，只好请他或她自己说。说，限定说思想之错误者，曰交心。记得这项小运动也如暴风雨之来，动员之后就全体并全身心投入，小组会上说，散会之后写。这文章是自怨自艾性质，闯祸的可能性小，但不是绝无，比如你异想天开，用夸张法，说曾有反什么的想法，结果如何就很难说了。所以这交心八股就要既可以称为错误，又关系不大，此是不能不具备的慧心之一。还有之二是要得体，就是戴在自己头上，人家看着合适，不像借来的。还要加个之三，是数量不能少，比如能凑几百条，就会给人一种印象，是毫无保留，可见有诚意改造自己，也就可信赖。这个小运动放在整风的结尾，时间不长就过去。所得呢，以己之心度人之心，多数人交，不得已而编造假话；少数人受，也未必有兴致看，即使看，信不信，也是只有天知道。

说到"信"，还想说一些可以称为既可笑又可悲的情况。信有程度之差。上上品是《使徒行传》中人物，至上说往东走好，出向南之门立刻向左转，没走多远，又传来至上的声音，说往西走好，立即向后转，往西，而不想为什么向东或向西就好。至于中下之士，闻道，反应就没有这样快——甚至只是惶惑。也可以举两个实例。一是形式逻辑有没有阶级性，某日之前，说没有是反革命，之后变为说有是反革命，因为就是在某日，斯大林说没有，其前都说上层建筑无一例外，都有阶级性。二是林彪是好人还是坏人，也是一日之隔就性质大变。像这类的一刹那就变，要求"尽信"，一般人就苦于跟不上。跟不上也有程度之差，如加右派之冠的诸位就是走在前面的，整风，说诚意接受意见，以便改进工作，他们信了，于是把憋在心里的话都倒出来。万没想到，"言者无罪"之声犹在耳，冠加在头上了，你辩解吗，不低头认罪，处分就更重了。所以，至少是在这件事上，走在后面的诸位就有福了。走在后面有多种情况，其中一种，推想数量不会小，是不信。这就产生一种阴错阳差的情况，是好心人倒了霉，有机心的人占了便宜。这也可以称为"偶然"吗？也真有所谓偶然，我的两位治语法的同行，张君和徐君，都在某学院工作，参加提意见会，张先发言，长篇大论，晚饭时散会，徐的发言推到次日，碰巧，第二天，在《人民日报》上"工人说话了"，徐看到，顿悟，说："工人说了，我就不说了。"于是变多牢骚为多歌颂，张加了冠，他就还可以坐在家里喝白干。因信而加冠而困顿的张君是门外的，再说两位门内的。一位是凌伶，与我同龄，旧学底子厚，通诗书画篆刻，任图书科科长。其时旧书多，价廉，社里买书舍得花钱，他经手买了大量的国学方面的书。我们交往不少，合得来。可是不知道他何以会不检点，说了逆耳之言，加了冠，发往北大荒。他是湖州人，由江南移到漠北，身体不能适应，受了冻伤，到医院割掉脚趾，入残废之列，才得妇唱夫随，回了太仓。另一位是龙在田，据说通俄语英语，在外语室工作。有在国民党军事部门工作过的经历,也许在肃反运动中受些打击吧,整风来了,号召鸣放,他就鸣放。记得看过他的大字报,说某运动中整他,他冤枉,我替他捏一把汗。果然,过了不久,他加了冠,成为双料的反。不知道为什么没发出去,在社里劳动,文化大革命来了,常看见他在工字楼右边的空地上砸煤。头上有两顶帽子,小红卫兵当然不会放过,对待的办法是用棍子打、骂,兼以往脸上啐唾沫。天天如此,他没有娄师德唾面自干的修养,终于有一天过午,溜到街西口外,窜到无轨电车之下,解脱了。

由"信"迤逦而下,我想置身于现在,即差不多四十年之后,再说几句。这一回"真"交心:我是万不得已才说假话的;如果说真话不算犯罪,我同于一切还没有丧尽良心的人一样,是愿意以真面目见人的。以下就以真面目,先说对整风,后说对自己的一些想法。

借禅宗的语言来说明,用运动之法求改善,是相信有顿悟的可能,立意也许不坏,至于实效,那就成为另一回事。即以整风为例,设想是敲打几下,酣睡的可以猛醒,身上有些小泥点的可以揩掉,所谓朝中一呼,普天之下震动,不合己意者顷刻间变为合己意,岂不妙哉。可是发动之后,事与愿不尽合,或大不合,回报的声音竟有说自己身上也有泥点的。依理,已经宣扬"言者无罪,闻者足戒",就应该平心静气,或对镜,反观诸己,看看有没有泥点。可惜称孤道寡惯了,没有这样的雅量,甚至没有分辨是非、至少是衡量轻重的再思之量,就由不快而大怒。其后又是走老路,用压力求一切不如意变为如意。压力的功效有直接的,是加冠者受苦难,未加冠者战栗,有间接的,是都三缄其口,不再有人敢说真话。表面看,人都服了,但属于假冒伪劣,真想用就未必顶用。所以我还是老脑筋,总觉得还是孟老夫子的想法对,是"以德服人者,中心悦而诚服也"。以德,德之中有感情,是爱人如己的感情,不是仇视并诉诸压力的感情。严格讲,治国平天下，要靠理智，"众志成城"，信任理智就要远离个人的感情冲动。其实，靠压力进行的运动都来于个人的感情冲动，因为非众志，不理智，所得就必是事与愿违。仍说整风，作为因，果很多，其中之一，也许是最大者，其后许多举措，如文化大革命，也没有一个人敢说个"不"字，总是值得还没有忘记国家前途、人民幸福的人想想了。

再说说对自己，算是"一"省吾身吧。与凌伶、龙在田诸君比，我是幸运者，或用夸张说法，胜利者。但如一切胜利，来之不易。也分为思想和感情两个方面说。由思想而产生战略战术。这战略战术还来头大，曹阿瞒尊重的《孙子兵法》，曰："知彼知己，百战不殆。"先说知己，是确信自己是弱者，一怕苦，二怕死，还要加上兼怕自己的亲近人受苦和死；对压力呢，不要说没有抗的力量，是连逃的力量也没有。再说知彼，也有来头。可以分为两个方面，书本和现实。书本，当年喜欢杂览，除了东方的"学而时习之"，"道可道"等等之外，还看了些西方的。专说西方的，也是杂，其中有些是谈治平的，读了，对于制度、治术之类就略有所知，联系实际说，对于"权"，就不只有所知，还有些怕。再说现实，有所闻，有所见，还是权的问题，常常是不只不能抗，还不能测。这样，知己和知彼相加，趋福避祸之道就成为装作心悦诚服，百依百顺。思想如此，就真换来平安。改为说感情就情况大变。前几年写一篇《直言》（收入《负暄续话》），末尾曾说这种心情，为偷懒，抄在这里：

> 至于我们一般人，放弃直言而迁就世故，就要学，或说磨练。这很难，也很难堪，尤其明知听者也不信的时候。但生而为人，义务总是难于推卸的，于是，有时回顾，总流水之账，就会发现，某日曾学皇清某大人，不说话或少说话，某日曾学凤丫头，说假的。言不为心声，或说重些口是心非，虽然出于不得

已,也总是哑巴吃黄连,苦在心里。苦会换来情有可原。但这是由旁观者方面看;至于自己,古人要求"躬自厚",因而每搜罗出一次口是心非,我就禁不住想到我的乡先辈"难说好"先生(案有宁可挨打也不说假捧场话的轶事),东望云天,不能不暗说几声"惭愧"。

惭愧完了,想想,难道一年有余,就没有一点可以算作不"可怜无补费精神"的吗?用力搜索,也只能找到三宗。其一,大概是一九五八年,整风的后半段,我和郭翼舟坐在工字楼上西北小屋,无事可做,废物利用,简化不再试用的汉语课本,编一本《汉语知识》,于一九五九年出版。其二,我忙里偷闲,苦中作乐,有时还到书画店看看,就在这时期,从琉璃厂宝古斋买到一件高南阜(凤翰)的书札,六开,左手,至精,语云,自求多福,我的发明,更上一层,还可以化苦为乐,此即其一证也。其三,还是初期,右派之冠可能还没设计,鼓励鸣放,就出现不同形式的鸣放,其中一种是演出此前不准或不宜于演出之戏,我看了一次,是小翠花的双出,双怕婆和活捉三郎,在东安市场的吉祥戏院。花旦戏,表现人生的不拘谨一面,大道多歧,似也不无可取。还有可取,是功夫纯熟至于出神入化,其后不鸣不放,就如嵇叔夜之广陵散,再也看不到了。

劳动种种

上干校，名义是学习，目的是改造思想。办法主要是劳动，外加一些读红书；对其中的一些人，读红书之外还要加一些批判或批斗。接受批判或批斗，非自愿也；根据好逸恶劳的人性论，轻如斯文扫地，重如上山采石，亦非自愿也。这就引来一个问题，用这样的办法，能够收到改造思想的实效吗？思想，目不能见，手不能触，泛论，说能，说不能，都难于举出确凿的证据。求确凿，只能缩小范围，不管他人，只问自己。我问过自己，答案是两个：一轻，是只能改造语言，即作伪，"说"好听的；一重，是受压，心不能服，思想更加转不过来。深说，还不只转不过来。恕我也来一次个人迷信，昔年不自菲薄，念了些方法论（包括知识论和逻辑）方面的书，深知分辨实虚、对错、是非、好坏等，并不像设想的那样容易。而想自己能活，别人也能活，又离不开对错、是非等的分辨，怎么办？办法是既尊重自己的理性，又尊重别人的理性；一时不能取得一致，知方面可以存疑，行方面可以从多数。总的精神是理性至上，表现为思想活动是自由加容忍。改造思想的办法则正好相反，是对错、是非等由至上的一个人定，推测其下的千千万万人都未能"正确"，所以要改造。且不管人有没有能力扔掉自己的理性，吸收一种非己心之所生的，单说求对错、是非之类，走这种定于一尊的路，一，得真或近真的对错和是非，可能吗？二，有没有错误的危险？理和事都可以证明，是很难求得对和是，却非常容易错。因此我有时想，如果世间有改造思想的存身之地，并且有需要改造思想的情境，首先需要改造思想的正是强迫别人改造思想的人。显然，这只是空想，因为强迫改造与接受改造的分别，其来源是权和力的有无，在这种地方，无理可讲，你无权无力，就只能听命，接受改造。

我之南行入干校，情况正是这样，讲理，我不信别人有改造我的思想的权利，甚至资格；但事实是不许讲理，如何做由权和力决定，我无权和力，就只能沉默，俯首接受改造。严格说，接受的不是改造，是命令，即让干什么干什么。干什么呢？主要是劳动。说起劳动，想再妄言几句。用劳动办法以求改造思想，就我的孤陋寡闻所知，是"日光之下"的新事。早的儒家，对己，说"学而时习之"，对人，说"教之"，推想仍是以读书为主。次早的佛家，态度就更加明朗，如天台宗，修止观，禅宗，参话头，都要静，一般是坐在蒲团上想，不是斯文扫地或上山采石。干校不用古法，自创新法，我颇疑乃受启发于某洋鬼子（惜我忘其名），记得他曾说："求人从速屈服，与其给他幸福，无宁给他痛苦。"长时期以来我们的堂上一呼，堂下百诺，这诺，有多少是从改造思想的成效来，有多少是从"给他痛苦"的成效来，自然只有天知道，但想想，只求个不完全糊里糊涂，总是应该的吧？

显然，这是后话，至于在当时，就只能看脸色，听命令，以求保持这"天命之谓性"，能活下去。命令是干这个干那个，即多种劳动。

以下先泛论劳动。几百人，到这略优于不毛之地的处所来，小事，要吃，要住，要活动，大事，要实现"小楼连苑"，亩产万斤，人人脑筋变红，住在《阿弥陀经》式的极乐世界，这样的幻想，当然就不得不动手动脚，即所谓建设。建设就不能不劳动，还要大规模的，如斯文扫地之类就排不上号。正面说，劳动可分为三大类，基建、农业和后勤。基建，即建筑砖墙瓦顶的住房（包括猪的住房），以及挖沟渠、修路等都是。农业，原有些葡萄园，要扩大，品种兼南北，如既种冬小麦，又种水稻。后勤更杂，吃的用的，都要运来，以及生米做成熟饭之类皆是也。种类杂，劳动就不能不多而且重，以下择与自己有关的说说。两种写法。一种最理想，用旧语说是流水账式，用新语说是录像式，称为最理想，是因为其成就会超过小说家描画的《黑奴吁天录》。但任何理想都会有不实际的一面，这样的流水账，即使没有"疏而不漏"的困难，写成，必没有人有耐心看。所以只能用第二种写法，触及一点点在心中有较明晰影像的。

　　影像最明晰的是"重"劳动，有的重到几乎非己力之所能及，不得不尽全力挣扎，结果就带来大苦。这一大宗是参加基建，充当小工。当小工，推想原因是一，自己没有砌墙之类的技术；二，工有高低，自己是下等人，只能干伺候大工的活。但小和低与活的轻重没有必然联系，正面说，小工的活，如挖地基、夯地、和泥和灰、运砖瓦等，都是很重的，重就带来苦。还有心情的不以为然，是推想，甚至确知，近观，必不能"小楼连苑"（因质量不佳），远看，有南口的花果山幻想为前车，也许不很久就降了温，都扔掉（幸或不幸而言中，至多维持三四年吧，都扔了），不以为然要装作以为然，也带来一些苦。基建之外，重劳动还很多，只说两种。一种是初夏的收麦，记得三时起床，劳动至六时吃早饭，管饱，有一天曾计数，是未费力就吃了九两（粮票）。再一种是乘卡车往大红山，先采后装运建筑用的石块。登山,找、凿、集近于立方的石块,不容易;有的块头大,五六十斤以上,搬到车上也不容易。这个采石运石的劳动,我参加的次数不少,受的苦自然也不少,现在回顾还不免于有些后怕。

有些活同样重或稍轻,可是脏,受命去干,还会有劳之外的苦。举两种为例。一种是长时间的,积肥。记得干过不少天,是把猪圈里混合尿的粪先淘到圈外,然后抬到另外的地方。抬要两个人,另一个经常是吴伯箫。吴是由延安经过东北来的文人干部,到出版社任副社长兼副总编辑,领导语文室的工作,是我的上司;已经印过文集,记得所写《记一辆纺车》还入了语文课本。他位高,并有名,可是干校的熔炉有优越性,优越性之一是有的地方真消灭了阶级,即如他和我到积肥之场就平了等。他身体不坏,且有飞将军身先士卒的精神,淘,抬,都抢先干。我们还忙里偷闲,或苦中作乐,谈些有关旧事的闲话,如他比我早来北京两三年,上师范大学,曾听辜鸿铭的讲演,就是一同淘粪时告诉我的。再说一种是卸石灰车,只是不定时的片时的劳动,这片时还可能是入夜上床之后。不管何时,都要接到命令就出动,到车上或在车下,把车上的石灰请到地上。石灰大部分是粉末,干而轻,一动就飞扬,其中不少就落在身上,钻入鼻孔,总之,卸完,人就成为白雪公主。所以事过二十余年,如果有人一定要问,多种劳动,我最怕的是哪一种,我会毫不迟疑地回答,最怕的是卸石灰车。

还有一种活,不重,却感到很难做,是下稻田插秧。我生于北方农村,出外上学之前,曾参加多种农业劳动,因为未成年,都是辅助性的。北方没有水田,不种稻,也就没插过秧。不会,又因为年及耳顺,笨手笨脚,所以虽用不着大力而感到很费力。还要加一怕,是听说水里有水蛭(俗名马鳖),会钻到肉里吸血。有经验的人告诉我,如果发现已经钻进去,千万不要往外揪,那会揪断,就糟了,要用手掌用力拍打，促使它收缩，就会出来。因为有此一怕，前行几步就要看看腿部，插就更加跟不上年轻人。幸而我老了，也许连血都味不美了吧，插秧几次，下水，水蛭并没有光顾。

使人头疼的活说了不少，还要说两种专职性质的劳动，挑水和烧锅炉。先说挑水，时间不短，是既要体力又要技术的活，派我，分明是意在折磨。但事实是既已为"奴"，也就只能听命。供厨房和锅炉房用水，一天平均六七十担。井的距离是百米左右，往返二百米，六七十担就是万米以上。井相当深，用辘轳往上绞，一桶水三四十斤，相当费力。挑是扁担两端各一个桶，自然就要重一倍。所以开始干这个活，一两天肩就肿了。这不能说，因为你叫苦，意在折磨你的人就更加得意。对付这样的人要用庄生之学，看作或装作无所谓。实际是不能无所谓，比如绞水之桶可能落在井里，要捞，捞而不得就可能被判定为犯罪，接受批斗。根据"惯了一样"的处世奇术，低头垂手而立受批斗，也可以看作无所谓。最而真怕的是降雨，其地土是黏性，雨鞋会粘（zhān）很厚的泥，连抬脚都困难。尤其这种时候，我就看到更明显的怜悯的目光。这使我不由得产生一种或者含有自卑成分的感慨，是：我们常说炎黄子孙、华夏文化，如果总是运动、改造，以致像这样的怜悯目光日减，多数人见人受苦而或孟的"不动心"，或庄的"相视而笑"，我们还有资格自我陶醉，说炎黄子孙、华夏文化一类好听的吗？

再说烧锅炉，供开水。派做这个活，意在什么，不能推测而知。可以是照顾，因为不用费大力；也可以是折磨，因为要晨三时半起床。两种可能，以照顾的可能性为大，因为派的时间是已进入一九七一年，即将放还的时候。我也乐得干这个活，单干，早晨忙一阵子，烧开之后，可以轻松大半天。何况我还有个优越的条件，是"天纵"有火头军的才干，比如严冬到八达岭下的三堡劳动，我就曾专职管炉火，并且是"光荣地"由屋友（同屋十几个人）推举的。换为三合输，有个小困难，是身边没有闹钟，怕睡过时，至时不能供应开水，将被判定为阶级斗争新动向，又是批斗。幸而语云，远亲不如近邻，碰巧邻床是王芝九兄，他说："你放心睡吧，到时候我叫你，决不会误事。"果然，总是三时半以前十几分钟，他就推我一下，小声说："老张，该起啦。"计烧了约三个月，没有一次例外。烧水，就不再挑水，于是，如果遇见雨天，看见挑水的那位在泥路上挣扎，我就如在天上了。也就因此，住干校近两年，多种劳动，如果一定让我选一种还值得怀念的，那就只有烧锅炉了。写到此，得意忘形，干脆一不做，二不休，再加说个可入《闲情赋》的。是八十年代初，上海张㧑之先生枉驾来看我，他是刻印名家，我是有揩油的机会决不放过，就请他刻一方"炉行者"印，以期我耳食，心里可以飘飘然，我之外的信士弟子兼耳食之徒，闻此大号而五体投地。何以故？盖禅宗六祖俗姓卢，受五祖衣钵之后，受具足戒之前，十几年，人称"卢行者"也。且说这方印刻成之后，孙玄常兄看到，即为绘一"炉行者图"，其上题诗云："何肉周妻非害道，砍柴烧水亦传灯。居然悟得南宗意，莫谓吾儒便不能。"依礼，我不得不和，也就凑了一首云："性相犹迷怜白发，之无渐忘愧青灯。身是濠上炉行者，何与曹溪老慧能。"濠上炉行者，义为凤阳烧锅炉的，但就是这样，因吹牛而得意的形迹还是依稀可见。这情况使我又悟出一种大道理，是人有生，或如西土所说，带来原罪，或如东土所说，堕入苦海，但也带来一种可以名为救星的力，凭这种力，到"山重水复疑无路"的时候，就还可以苦中作乐，化臭腐为神奇。

最后还应该加说一种轻的夜游的劳动，是秋收时节看场院。模仿京剧中的打更，要两个人，那一位是吴道存兄。他在外语室的英语组任编辑工作，长于我五六岁，安徽黟县人。我们合得来，一同受命做这个工作，遇见风雨之夜，就可以找个豹隐之地，上天下地，谈"真"心。所得有近而小的，是破孤单，破岑寂；有远而大的，是觉得"人之初，性本善"的人之性还没有被斗争教义消灭净尽，也就还会有希望。

那当然是后话，在"虚无缥缈间"。说后而不虚无缥缈的，是我放还之后，人们对实现天堂幻想的劳动不热心了，改为军管带头，群聚终日，打扑克。再其后，时移则事异，就连安置幻想的地点也放弃了。

放弃之后的情况会是如何呢？我真想去看看曾经属于我这炉行者的那个锅炉房。而事有凑巧，就真由凤阳，而且不只一个渠道，传来消息，是当地的上层人士，正在筹划，接我们一些人，身份变为贵宾，到昔日的劳动地点看看。我很愿意有这样一个机会，去看看三合输，看看黄泥铺，那个小邮局还在吗？那位指点我走错厕所的大姐或大嫂想当还健在吧？也是年近耳顺的人了。

少小离家老大回

我于一九七一年四月二十二日离开干校，次日上午回到北京暂住的家，记得又过一天，为我联系去处的两位校友（社里的党员同事）就来我家，告诉我联系的情况，像是还曾有不愿收的意思。但既已收了，就要照政策办事，从速移户口还乡。估计他们来，还有督促的意思，因为他们的任务是把我安置在京城外的一个地方。家乡不愿意收，我不愿意去（因为要由无大困难变为有大困难），可是这两位还要各处奔走（曾往张家口、香河），因为其时的局势是只信权，不讲理，更不顾小民的苦难。我户口在北京，要自己去把户口移到个既无亲属又无生活条件的地方，为什么会这样？我嘴里不敢说，心里明白，是我们的一切，决定之权不是"法"，或退一步，"情理"，而是至上的灵机一动。但既已多年如此，为了平安地活下去，处世奇术也就只剩一条，是绝对服从，并装作心里没有任何其他想法。事实是有想法，比如曾设想，可以装病，到张家口去疗养，拖延，不去迁户口，北京市不知道，不会来催，干校越来越冷清，还有精神管这鸡毛蒜皮的事吗？但立刻就转念，如果追问，扣一顶抗命的帽子，抗命者，反革命也，这还了得！所以三十六计，仍以遵命为上计，让回去就回去，保命为上。事后，有人说风凉话，认为我如此顺从，多受好多苦，不合算。我说，就说是不合算吧，所失究竟不多（也许还有所得，详下）；而有些人呢，如吴祖光先生所说，某戏剧名家只是因为过于听话，三十年，竟是一片空白，小巫大巫，真是不可同日而语了。

言归正传，说还乡。由迁户口说起。北京大学的住户属海淀派出所管，迁户口，要带着户口本以及其他粮本、副食本等，到南大街附近的派出所去办。去之前，家里曾开个小会，因为头脑里还有学习"我有两只手，不在城里吃闲饭"的影像，怕派出所顺水推舟，让没有职业的老伴也随着下乡，都知道乡下生活苦，所以也定个对策，是能够少下去一个就少下去一个。如果派出所坚持必须一齐迁出怎么办？二女儿的意见：那就暂不迁，回来，先办离婚手续，再去迁户口。大家同意这坚决少下乡的策略，我带着离婚的决心，于二十六日去派出所。接待的是个四十岁上下的民警，我说明原委，他看看户口本，果然说："你老伴呢？"我说是经过领导研究，决定我一个人下去。那位没说什么，拿起笔，该抹的抹，该填的填，只几分钟，我这整整四十年的住户就"押出国门"了。

趁热打铁，隔一天就往广渠门外马圈开往东南方向的长途汽车站买次日车票。其实距北京不过八九十公里，高速车一小时可到，却整整用了一天。二十九日晨六时起床，到马圈，车坏了，修理，拖延到近午才开车。到大孟庄下车，还离家二十里，天已热，慢慢向东走，到家已经是下午六时。村里人还都熟，见面，外表都过得去，当然，心里会说：想不到你也倒了霉，被赶回家。——其实，如果有家，在熟悉的屋子里，吃睡，都有家里人在眼前，也不至这样狼狈。糟糕的是家里人都外出，房子无人住，用为生产队的队部。我从家里原来的所属，算作第五生产队的社员。当晚办完入队（入公社?）手续，就住在队部。家里大变样，临街的门和院墙，中门以及两旁的墙，都没有了；正院东房三间，由土改时分得的一家拆走了；北房五间尚在，靠东三间成为生产队的办公处，靠西两间用作粮库；西房三间也在，靠南一间由一家无房的石姓住，靠北一间用作粮库，腾清后修整为住屋，给我。且说这间西房，二十年代早期建成，曾用作牲畜的居住之所，大概是三四十年代之间，改为人的卧室，我记得还住过，现在成为我的安身之地，想想，不能不有"人间如梦"的感慨。

手续办完，乐得还没有安身之地，理直气壮地回北京。决定多流连一天，看看镇上集市的情况，五一先到天津，看看亲友，然后回北京。家乡离天津近，约五十公里，来往人多，交通比较方便，所以五一这一天，先到村西三里张庄马表弟（三姑母之子）家，吃过午饭，由他们村西口外上汽车，刚过中午就到了天津。住三夜，看了最近的亲友，于五四乘火车回北京。又得先公后私。公还不只一件。其一可以坐待，是那联系去处的二位又来，问迁户口的情况。据实陈述，我们都取得遵命的善果；至于这个果，我将来怎么往下吞，下命令以及执行命令的人当然就不会挂心了。其二是我已经失掉北京户口，回来，虽然同住的是相伴近三十年的老伴，终归不能算合"法"，因为没有允许住的证明。这是说，要报临时户口，而报临时户口，又要先有我所属的什么社、什么队的证明。枷锁这样多，我不由得想到《史记·商君列传》所说：

> 秦孝公卒，太子立，公子虔之徒告商君欲反，发吏捕商君。商君亡至关下，欲舍客舍，客人不知其是商君也，曰："商君之法，舍人无验者坐之。"商君喟然叹曰："嗟乎，为法之敝，一至此哉！"

但"嗟乎"完了，就是有兴趣，接着读《苏秦列传》，读完了，还是要去报临时户口，不然，虽然实际是自己的家，住，来查，也许就要"坐之"的。计自一九七一年四月我因苛政而失掉北京户口，到一九七九年二月落实政策而户口回北京，将近八年，为这临时户口，我受的折磨也是一言难尽。例如到严冬，室内降至零下三度，水缸结冰，我想回北京，去大队开路条（许外出的证明），有权开的人说不行，我就只好不走，仍旧咬牙忍受。依情理，（如果有法）依法，我可以问为什么不许走，可是二十多年的治术，都是上上下下的有权者，出言即是法，就是正义，不许怀疑，更不许问。怎么办？忍加等待，等有权者一阵心地平和，大笔一挥，盖个印记，我再起程。到北京，有路条，报临时户口不难，但有期限，至多三个月吧，到时候要去续。八年，终于混过来了，现在回顾，就禁不住要问，一，如此不惮烦，究竟有什么获得？二，不许如此，不许如彼，这权力是哪里来的？

也许人之最大患是决定忍、只能忍而仍想问。知过必改，也就不再想这些，专心准备还乡的一切琐碎事。主要可以分作两类。第一类是那间房，要腾清，修整到能住。这看来不难，只是三五日之功，其实不然。原因很多，只说其荦荦大者，是一，不管吹为伟大也好，吹为灿烂也好，反正闭门自省，要承认自私是自古而然，于今为烈，修房于己无利，当然就不想动；二，二十余年说了算的传统，孕育成一种反常现象，是小官反而有更多的官僚主义。其结果是我为了表示有遵命的高尚品德，几次写信问，或不答，答，总是还没弄好。直到约百日之后，九月中，说大致完成，可以去看看。我带着我的少信哲学，去了一次。看，屋内粮食移出，靠窗给盘了一铺土炕，只此而已。求糊窗糊顶棚，说可以；但有室无门（原有门，哪里去了？都知道，我不知道，也不便问），有炕无席，言明须我自备。他们的原则是不花一文钱，收干校安家费几百元，算作意外获得。我既不要求，又不追问，因为二十几年的经验，深知要活得平安，就必须不想讲理的理。房总算有了，再说准备的第二类，生活用具，如果把身上穿的、眼睛看的（书）也算在内，琐琐碎碎，数量也不会少。单说与吃与用有关的，绝大部分可以由家里拿，少数，如书桌、水桶之类，就要买。买，也有个原则，是只求能用，越省钱越好。时间长，到十月，连煤球都买了，总算万事俱备，只待找车。再说这等待回乡的几个月，还忙里偷闲，远，到张家口和宣化，近，到西山温泉，或住几天，或只是看看，人，天命所定，只要还有一口气，就进取，可笑吗？能笑就笑一两声也好。

但笑完了，就还要说真格的，办真格的，即找车，下乡。其时，比不了改革开放的现在，什么都不方便，找车自然也不例外，奔跑，托熟人，好容易才找到一辆，名为北京130。定十月十四日起行，头一天忙到半夜，把应带的装好捆好。十四日晨车来，送的人不少。开车，四女儿跟着去，有名实二用：实是帮助安顿，以期困难可以少一些；名是暗示乡里，还有人管，并未到日暮途穷的地步。车沿京津公路东南行，不知为何，到大孟庄未转东，仍南行，到杨村转北，到村里恰好是中午。村里不少人来，情面是帮助卸车，心里大概是看热闹吧，少数，如小学同学石卓卿，推想会有怜悯之心，可是也只能"相视而笑"。幸而人有了生，就具有一种神妙的本领，是对于已然的，能够安之。我之被赶出都门，到乡村过自炊自食的生活，到用具等抬进屋，成为已然，我不得不安之，乡邻也就随着安之。第二天，四女儿走了，我开始走上人生的另一条路，而断断续续，这样的生活竟延续了五年。是一九七六年七月唐山大地震，我故乡剩的八间房都倒了，这种自炊自食的生活随着也倒了。但影像并没有绝灭，而最清晰的是初到的时候。怎见得？有诗为证。诗曰：

青衿游北序（指北京大学），白首转西厢。
稚幼争窥户，糟糠欲下堂（谓妻未同来）。
榻前多鼠妇（家乡名潮虫子，写实也），天外一牛郎。
默数晨鸡唱，方知夏夜长。

诗写成，有人看到，欣赏"榻前多鼠妇，天外一牛郎"一联，说不虚下乡一行。我喟然叹曰："以长时间难忍的困苦换十个字的对偶，代价也太大了！"

先我而去

题目的意义甚明，是有的人比我先离开这个世界。显然，这"有的人"就要加些限制，不然，无限的我知之而不挂心的人就会闯进来。这限制就是"挂心"两个字，如果有兴趣作笺注，可以加细说，是很希望能够并肩走到生命的尽头，可是他先走了，我老了，记不清旧事却又难忘旧事，而每一想到就感到凄凉。此亦残年之重要心境也，依本书的体例，应该说说。人几乎都是前面提到过的，这里虽然是用老眼看，也难得避重复。补救之道是偏重说怀念，点到为止。人凑了十二位，整整一打，下笔，以辞世时间的先后为序。末尾加说一位，情况与那十二位不一样，不是为己，是为人，人者，为数不少，茶余酒后，喜欢听听别人的异性间的牵扯，以遣自己的有涯之生者也。以下入正文。

一、梁政平，一九五一年五月二十九日作古。相识的因缘，交往，前面都已表过。这里只说，我一生，可以称为"知己"的朋友不算少，可是心情上视之为家庭的一员，却只有他一个。他过早地走了，四十多年来，我在人海中颠簸，多有苦，间或有乐，愿意有个人分担，总是最先想到他。近两年来，我们老夫妇离开女儿独立度日，风晨雨夕，感到冷寞，看看四壁，就禁不住想，如果他健在，他就会坐在不远的椅子上，那该多好。

二，李九魁，一九六七年三月八日或九日作古。关于他，我不只在前面写过，而且列为专题，用他的别号，曰"李也鲁"。他走了近三十年，我总是怀念他，是因为一，他为人厚，有时甚至近于迂；二，对我厚，够得上患难与共；三，文化大革命他被赶回老家，精神受折磨，仍不忘故旧，以致死于车站的候车室，想到就不能不心酸。而又常常想到，单说一九九五年十月下旬在赵州桥畔的一次，是东南望，知道不远就是他的家乡宁晋，记得曾约我到那里看看，现在是人琴俱亡，近在咫尺也没有去看看的勇气了。

三，刘旌勇，一九六九年一月二十六日作古。同于李九魁，我也是写过他，而且列为专题，曰"刘佛谛"，两次，一次入《负暄琐话》，又一次，在这本书的前面。一再写他，原因之小者是他在文化大革命中受赶回老家的威胁，服毒自杀，死得惨。原因之大者是通县师范学校毕业之后我们多有聚会，合得来。关于聚会，记得最清晰的是五十年代到六十年代，我住在鼓楼以西，他住在鼓楼以东，一街之隔，周末的晚饭，座上一定有他。他记忆力好，健谈，乐观，题材为严肃事也不忘幽默。我和他都只能喝一点点酒，一杯下肚，面上泛红，谈开天旧事或红色新事，相视一笑，就颇有同苦同乐的温暖感。现在呢，我听医学家的高论，晚饭时饮白酒半杯或黄酒三杯，如果是周末，看看对面，就不由得想到他。我还有酒喝，所失却太多了。

四，曹家琪，一九七三年二月二十七日作古。他死于文化大革命时期，受迫害是间接的，因为父被批斗致死，母被赶回老家，身心交瘁，才患肾炎，终于不治。他为人直而厚，有才，且通世态，与我深相知，所以我虽然长于他十几岁，却得他的帮助很多。可是也是早走了，我有时像是走到十字路口，为道多歧而举棋不定，就更容易想到他。不能向他请教了，还能说什么呢？不得已，请《庄子》代说几句：

  庄子送葬，过惠子之墓，顾谓从者曰："……自夫子之死也，吾无以为质矣，吾无与言之矣。"（《徐无鬼》）

  五、王勤，一九七七年四月（日不明）作古。我出身寒微，相知的人中也以穷苦的人为多，而如果聚既相知又穷苦的人于一堂，学时风之什么赛，得冠军的一定是他。他一生住在一个偏僻的小村，食不能饱，衣不能暖，也就一辈子没混上个女的。独自住一间隔为两间的土房，入夜，一灯如豆，他会想些什么呢？据他说，是我十几岁的时候在他们村头的地里干农活，他才十岁八岁吧，常来找我玩。其后就劳燕分飞，但他没有忘。一晃到了七十年代初，即过了半个世纪，我未衣锦而还乡，又见了面。他身大变（虚损多病）而心未变，仍把我看作田垄间的兄长。他怜悯我的情况，渴想伸出救援之手，有时送来一些他种的菜，量不多，可是我知道，这是他仅有的一点财富，应该拿到市上换钱的。我在家乡断断续续住了一年多，见面的次数不少，当然想周济他，可是没有力量。又是一晃，十几年过去，我的经济情况有变化而需要反而减少，有力量周济他了，他却不能等，走了。常常想到他，死者不能复生，有时颇希望改为住在《聊斋志异》式的世界里，那就可以多烧些纸钱，让他到阴间的什么酒家，去吃一顿饱饭吧。更伤心的是我已经不信有这样一个世界。

  六、王树棠，一九八一年十二月二十一日作古。仍由不衣锦而还乡说起。新风，住处以都市为上，农村为下，因而由都市移住农村，一般认为，或是倒霉，如插队之类，或是犯了错误，如戴了什么帽子之类，吾老矣，不再有资格插队，而且是回老家，脑子里装有斗争逻辑的人自然就推出，一定是犯了什么错误。然后是根据新风的处世奇术，要划清界限。我称之为王老哥的他就不然，街头邂逅，一眼认出，就拉到他家里，道幼年在药王庙小学同坐一书桌的旧事，并不用言语而明确表示，要把照顾我的复杂担子担起来。其后，至少是心情上，在家乡，我就不再是孤苦无依。幸或不幸，我未能在家乡长住下去，自一九七六年起，我不再回去，一九七九年年初回去移回户口，见了最后一面，其后未满两年，他就往生西方净土了。他往生之前，每逢节日，我都寄给他一些钱，以表示我没有忘记他那个简陋小屋，只是力不足，量不能大。现在呢，有力量多寄些，可惜他已经不能见到，世间事多是这样，念及不禁慨然。

七、裴庆昌，一九八四年一月二日作古。他字世五，长我两年零一个月，我习惯称为世五大哥或裴大哥。我们关系近而且深，有旧习俗的来由，是在小学，曾由刘阶明老师主盟，还有邵殿起，三个人结为金兰之契。还有实况的来由，是除了小学毕业后，有些年未见之外，自三十年代初在北京重聚起，直到他作古，我送他到八宝山止，我们几乎没离开过。记得前面说过，感情深，死生契阔，最使我念念不忘的，是我已经鹤发苍颜，不断执笔写些不三不四的文章，他还是把我看作少不更事的小弟弟，日子多了不见就不放心。见，大多是在他的住处，晚饭时候，面对，手持酒杯，听他忆旧论新，真像是走入"不知有汉，无论魏晋"的境界。可是他走了，听说他住多年的洪洞会馆的房子，因马路加宽也拆了，有时想到昔日，晚饭桌旁面对，饮白酒、吃小米面窝头的情况，就不禁有时乎时乎不再来的悲痛。

八、李耀宗，一九八六年八月二十日作古。我们是大学同班同学，自一九三一年起，不只一次，或同住，或同工作，可以说，半个世纪以上，都是互相扶助过来的。他性格偏于柔弱，也就重感情，有时受些挫折，甚至受些气，不会直言直语，就面对墙角落泪。对我的苦乐,也是很关心而不表现于语言。八十年代初,他帮我编注了三本《文言文选读》,本来还可以共同干点什么,不幸他得了脑疝之症,突然下世。记得分最后一次稿酬,他已经走了,我送到他家,与他的夫人陈淑贞晤对,说到他的为人,一生克己忍让,也受了不少窝囊苦,都落了几滴泪。

九、齐璞,一九八七年五月二十九日作古。如裴世五大哥,我们也是因同乡而相识。他长于我一岁或两岁,可是在小学不同学。印象是最初相见,他已经是药王庙小学的教师。其后他入了警务学校,毕业后先在铁路的魏善庄站工作,然后到天津,仍在警界,解放后受了些处分,改为到中学教语文课。由他教小学时期算起,半个世纪以上,我们虽不住在一地,来往却很多。他性格严谨,好文,重交谊,尊重我,视我为第一知己。晚岁,他健康不佳,心境也不好,就更希望同我会面,多谈谈。可是我忙,只能秋天去天津一次,中秋(他这一天生日)的中午在他家共酒饭。已成惯例,这一天上午,我们夫妇由小花园步行一段路,向右拐入唐山道,必远远看见他拄杖站在门口,向街口瞭望。午后辞别时也一样,到街口我们向左拐,他还是站在门口看着。他走了,想到他瞑目前的心境,我未能在他跟前,无论为他想还是为我想,都是无法补偿的遗憾。

十、杨功勋,一九八八年八月二十四日作古。怀念的这些人里,只有他,是我在堂上讲、他在堂下听认识的。那是一九三六年暑后,我在进德中学为人代课,至多一个月吧,建立了师生关系。其时我自然不记得他,后来仍是不记得,以何因缘就有了来往。他是山西洪洞县人,具有山西人的地域特性,细致稳重,保守少变,因而敬我为师长,数十年如一日。其实我长于他至多只是十岁,既然他执弟子礼甚恭,我也就只能待之如半友。他也读书,但文的方面先天后天都不高,所以如其先君,走了货殖的路。知道我穷苦,有好的入口腹之物,如山西醋、陈年酒之类,必尽先给我。近些年来,我们老夫妇倚老卖老,每到老伴的诞辰(我的算作附庸,合并到一天),家里就聚餐一次,至时他们夫妇必登门,提着寿桃之类,举杯前行礼如仪,祝寿。自他走后,至时家里人仍聚餐,就不再有行礼如仪之事了。他在世时,常同我谈及洪洞县的旧事,大槐树和苏三监狱之类,不久前我去看,在洪洞宾馆举杯时想到他,不由得悲从中来,心里说,真想不到,他却先走了,不能陪我在他熟悉的地方转转,如果他有知,也会落泪吧。

十一、刘慎之,一九九一年四月十二日作古。他辞世后,我曾以"刘慎之"为题,写了他(收入《负暄三话》)。我怀念他,主要是因为一,性格温厚,像他这样的,世间希有;二,视我为《后汉书·范式传》中说的"死友",我们心中都怀有深深的知遇之情。他受家教,通国学,不像我,诌打油诗,说"何如新择术,巷口卖西瓜",却未能改行,他是真改了行,解放后成为花木工人。可惜是天不假以健康,内脏多病,而且逐渐加重,入八十年代,就只能闭门坐斗室或卧斗室,服药,希望下降不过速了。记得是八十年代末,他住在前门外华仁路他的长女家养病,我们夫妇曾去看他一次。不久他迁回他的住处,新街口外文慧北园,我还常常想到他,只是因为忙,又无代步,就未能去看他。直到他作古之后,问他家里人病危时的情况,才知道常说,就是想我。他仍视我为"死友",我却未能,至少是素车白马,送他走,几年来每一想到,就为愧对这样一位"死友"而痛心。

十二、韩文佑,一九九一年七月二十四日作古。他长于我一年有半,就年岁说是货真价实的兄长,可是换为看品德和学识,我应该称他为师长。我们是在天津南开中学结识的,多有来往是一九三六年夏回到北京以后。共书,共酒,共苦乐,共是非,至少是心情上,成为同生共死的朋友。五十年代前期,他调往天津师范学院(后改为河北大学）任教，来往不能如以前那样多了，可是韩伯母仍旧住在北京，他有时要来探亲，我天津亲友多，有时要到那里去，来来往往，就仍旧可以聚会，饮白酒，为半日之谈。文化大革命时期，韩伯母病逝，我们二人恭送往东郊平房火葬场火化，他回天津就以莫须有的特务嫌疑被赶入牛棚。大革命之后，如许多牛棚中人，又经一次解放，名誉恢复，可是健康却一去而不复返，也就不再到北京来。幸而我还能挤公交车，至少每年的中秋要到天津住几天，也就一定要去看他，比如中午到，总要次日走，为的是能够挑灯夜话。这样的聚会，最后一次是一九八八年十月，也是住一夜，挑灯夜话。其时他的身体已经很不行，秋风送爽之后就不敢下楼，因为一着凉就感冒，一感冒就要输氧。他住在南开区的西湖村，记得是住一夜的次日上午，我们夫妇辞出，往南，行由径，入天津大学去看倪表弟。他们夫妇送到天津大学界，我们走出很远，回头看，他们还是在那里站着。没想到这就是最后一面。此后我们就没有再到天津去，因为他走了，就不再有勇气在南开一带徘徊。如何悼念他呢？写，想到他的品德和学识，我们的情谊，感到太难，所以直到一年之后才完篇。写完，念念，觉得很不够，力止于此，也就勉强收入《负暄三话》，希望对我还能起些鞭策作用，即处顺境的时候不敢忘其所以是也。

最后写加说的一位，杨沫，她小于我将近五年，于一九九五年十二月二日作古，反而比我先走了，也可以说是意外吧。过了二十天，即同年同月的二十二日下午，在八宝山举行遗体告别仪式，我未参加。相识的，不相识的，不少人，有闲心在这类事情上寻根索隐，希望我说说不参加的理由。我本打算沉默到底的，继而想，写回想录之类，应该以真面目见人，又，就说是小人物（指我自己）吧，关于史迹，能多真总是好的，所以决定到最后破一次例，说说。而人事，也如河道之有源有流，欲明其究竟，就不能不从源头说起。时间长，为避免繁琐，尽量简化。

　　站在最前的是合和分。合是常，分是变，好事者更想听的大概是变。可是变会带来伤痕，触及难免不舒适，又关于致伤的来由，前面"婚事"一题里已大致表过，所以这里从略。

　　其后是抗战时期，我们天各一方，断了音问。解放以后，她回到北京，我们见过几面。五十年代，她写了长篇小说《青春之歌》，主观，她怎么想的，我不知道，客观，看（书及电影）的人都以为其中丑化的余某是指我。我未在意，因为一，我一生总是认为自己缺点很多，受些咒骂正是应该；二，她当面向我解释，小说是小说，不该当作历史看。听到她的解释，我没说什么，只是心里想，如果我写小说，我不会这样做。

　　文化大革命中外调风正盛的时候，是北京市文联吧，来人调查她。依通例，是希望我说坏话，四堂会审，威吓，辱骂，让我照他们要求的说。其实这一套恶作剧我看惯了，心里报之以冷笑，嘴里仍是合情合理。最后黔驴技穷，让我写材料，我仍是说，她直爽，热情，有济世救民的理想，并且有求其实现的魄力。这材料，后来她看见了，曾给我来信，说想不到我还说她的好话，对于我的公正表示钦佩。可见她是以为我会怀恨在心的，我笑了笑，心里说，原来我们并不相知。

　　但对人，尤其曾经朝夕与共的，有恩怨，应该多记恩，少记怨。直到九十年代初，有关我们之间的事，我都是这样对待的。所以八十年代前期，我写忆旧的小文，其中《沙滩的住》（收入《负暄琐话》）末尾曾引《世说新语》"木犹如此，人何以堪"的话，以表示怀念。

　　七十年代末，我们的惟一的女儿与我有了来往，连带的我们的交往也就增多。都是她主动，因为她是名人，扯着名人，尤其女名人的裤角，以求自己的声名能够升级，我是羞于做的。她像是也没忘旧，比如送我照片，新拍的几张之中，夹一张我们未分时期的，并且说明，因为只有一张，是翻拍的。

是八十年代后期，有个我原来并不认识的人写了一篇谈她早年感情生活的文章，触及上面提到的伤痕，她怀疑是我主使，一再著文声辩，主旨是我负心，可憎，她才离开我。这些文本，都是关心我的人送来，我看了。我沉默，因为一，对于斗争我一向缺少兴趣；二，我不愿意为闲情难忍的人供应谈资；三，她仍然以为我心中有恨，所以寻找机会报复，这是把她自己看作我的对立面，移到我的眼里，她是失之把自己看得太重了。

但就是这样，我还是淡然视之。她像是也没把这类扬己的文章深印于心。比如九十年代初，我的一本拙作《禅外说禅》出版，她还让女儿来要。记得我给她一本，扉页上还题了"共参之"一类的话。

其后过了有两年吧，又有好心人送来她的新著，曰《青蓝园》。是回想录性质，其中写了她的先后三个爱人。我大致看了看，感到很意外，是怎么也想不到，写前两个（第三个不知为不知）仍然用小说笔法。为了浮名竟至于这样，使我不能不想到品德问题。有人劝我也写几句，我仍然不改沉默的旧家风，说既无精力又无兴趣。可是心里有些凄苦，是感到有所失，失了什么？是她不再是，或早已不再是昔日的她。我也有所变，是有一次，写《惟闻钟磬音》，真成为"随笔"，竟溜出这样几句："如有人以我的面皮为原料，制成香粉，往脸上搽，并招摇过市，我也决不尾随其后，说那白和香都是加过工的，本色并不如是。"

至此，具慧目的读者必已看出，她走了，我不会去恭送。但这里还想加细说说。是遗体告别仪式的头一天晚上，吴祖光先生来电话，问我参加不参加，我说不参加，因为没接到通知。其实内情不如此简单，且听后话。是仪式之后，我接到女儿的信，主旨是生时的恩恩怨怨，人已故去，就都谅解了吧。我复信说，人在时，我沉默，人已去，我更不会说什么。但是对女儿更应该以诚相见，所以信里也说了"思想感情都距离太远"的话。所谓思想距离远，主要是指她走信的路，我走疑的路，道不同，就只能不相为谋了。至于感情——不说也罢。回到本题，说告别，我的想法，参加有两种来由，或情牵，或敬重，也可兼而有之，对于她，两者都没有，而又想仍是以诚相见，所以这"一死一生"的最后一面，我还是放弃了。

自我提前论定

经验世界，事皆有首尾。人的一生也是这样，锦衣玉食，或居陋巷，食不饱，也都要有个结尾。可能为人所独有，到结尾，回头看看，还不免想到是非功过，曰论定。有多少人曾想到自己的是非功过呢？因为很少人如昔之张宗子，写《自为墓志铭》，今之启功先生，写《自撰墓志铭》，也就难于知道。语云，盖棺论定，这论定都是己身以外的人写的，因为，即使如昔人所信，灵魂不灭，盖棺之后，也要忙着往阴曹地府，听阎王老爷去论，去定，自己就无能为力了。出于别人的论定，有优点，是旁观者清；但也会有不足之处，是所知终归不能如己身之多，还可能守"君子成人之美"的古训，隐恶而扬善。这样说，是自己论定也有优点，所以想利用还能拿笔的方便，捷足先登，试试。

旧和新都有遗传之说，所遗所传主要是天命之"性"。就理说，比如所得于父者为二分之一，母也是二分之一，到祖父母、外祖父母成为各四分之一，上推，渐减，但无论减到如何少，终于不能成为零,所谓"万世不绝"是也。不过转为实际,也可以只追到父母。我的父母都是旧时代的农村人,就性格说,我论定,父是"直",母是"谨",我的一生碌碌,也许与这样的授受有关吧?不能确知,只好推开,说确知的。

如买西瓜,先挑个大个儿的,曰立身处世。关于立身处世,圣贤加理想,是要辨义利,争上游,万不得已,宁可舍生而取义。我是弱者,没有这样的魄力,所以应进的时候,不敢走陈胜、吴广揭竿的路,应退的时候,未能走伯夷、叔齐采薇的路。这样进退两失据,所求为何?也只是保命,看着妻也能活,儿女能生长而已。有人说,此乃千千万万人之所同然,似可不必内疚,但生而为人,总当取法乎上,每念及此,就不能不感到惭愧。

其次是治学,我幸或不幸,碰到上学的机会,而小学,而中学,而大学,大学毕业以后,而教书,而编书,又来于兴趣,而买书,而看书,而写书,可说是一生没离开书。可是说到所得则非常可怜,是没有一门可以够得上"通",更不要说"精"了。我想,这是因为生来不是读书种子,以致面虽多对书而心"浮",浮则难免游离,于是而"杂",而就如老伴所评:"样样通,样样稀松。"稀松带来多种恶果,只说个最难堪的,是有时被人推上讲台,面对诚心诚意的若干人,应该拿出点像样的,可是肚子里没有,就不能不悔恨昔年的"无所归心"了。

再说一种是,纵使略有所知,也常是知之而未能行。这种情况,分说细小的,难,也不必要,想说个总而大的,是多年来深信老子的"为道日损",至少对于我,乃"朝闻道"之道,可是碰到实际,就总是如西方一句谚语所说:"也知道清水好,却还是经常在浊水里走。"知而不能行,有时心里是苦的,还有时化为希冀,如《蒲团礼赞》《惟闻钟磬音》之类的小文,表现的就是这种心情。希望能够坐蒲团,听钟磬音，正好说明我未能"为道日损"，有什么办法？只能说是定命吧。

定命，无可奈何。然而荀子有人定胜天的想法，希圣希贤，也未尝不可以到檐头墙角找找，看看有没有"享之千金"的敝帚，可以拿出来让自己安慰，路人注目的。试试，居然也看到一些，不避自吹自擂之嫌，也说说。

仍是先说个分量最重的，是对人，或说人对人，我以为应该如何。这如何是重视平安幸福，而平安幸福，包括自己的，同样包括别人的。作为一种处世的准则，或说信仰，限于我自己，也是由来远矣。儿时，不少长辈的身教言教是。"志于学"以后读书，接触儒家，念"夫仁者，己欲立而立人，己欲达而达人"，"己所不欲，勿施于人"，"仁者爱人"，觉得很对。其后接触佛家，见有"众生无边誓愿度"的话，纵使知道范围扩大，很难做到，但其心可敬，仍觉得很对。又其后，接触一些西方的，其中有个英国的边沁，讲道德，讲政治，追寻"善"的本质，说是"最大多数人的最大幸福"，这是用科学格调的话述说东土的"仁"和"慈悲"，我还是觉得很对。不同学派说的话不同，意思则是"一以贯之"，用世俗的话说，不过是，小则人与人交往，大则求治平，都应该"对人厚"而已。我信服此理也是一以贯之，行呢，人微言轻，常苦于力有未逮，而心向往之则终身不变。表现于言和文也是这样，赞成与反对，决定于所行是与人以幸福还是与人以痛苦。

其次是前面说的"杂"，由另一个角度看，也带来善果，是"自己觉得"，对于事物的实虚、真假、对错、是非、好坏之类，有大致可用的判断能力。这方面，说句吹牛的话，也是一以贯之，所以就能够不随风倒。这一而贯，有来源，是价值信仰（如王道比霸道好）加思维方法（如特称肯定判断对，全称肯定判断必错），而选取的力量则来自康德说的"理性"。能选取，力量至大，地位至上，以致我自己也只能绝对服从。服从之后会不会有什么得失？曰有，而且不少，只说一时想到的。论定是辞赋的"乱曰"，应该多来点好听的。那就先只说一种，是容易不合时宜。得呢，想用形象化写法，凑三种。一是成立红卫兵之队，为某种"伟大"目的而去抄家，去杀人，我不会参加。二，有时动口成言，动手成文，求言之成理，纵使只能是公说公的理，婆说婆的理，也决不会出现，如说"定此处为曹雪芹故居，可见曹雪芹必住过"那样的荒唐。三，我一向赞赏戈培尔有关宣传的定理，假话多说几遍就成为真的，可是我却未能奉陪，而是千遍万遍之后仍是不信。

再其次，沿着假话往下说，是我回顾，不只说过假话，而且次数不少。各种形式的，由小组讨论谈体会到大会或长街喊万岁，都是。予岂好说假话哉，予不得已也。至于近年来的写不三不四之文，非不得已，就一贯以真面目对人，不说假话。或说得更准确，是所想未必说（或无兴趣，或无胆量），而所说就必是己之所想、所信。

最后由写的"所"还可以说说"能"，即表达能力，也是自己觉得，有所想、所信，还能够说明白，使读者不费力。说，写，能明白，有什么可吹的？恕我不客气，是有不少人，拿起笔就想不同凡响，以致成文就不容易悟入，孤家寡人的与之相比，上下不敢说，总可以算作接近群众吧。

至此，譬如对镜，前前后后都看了，所见呢，就是意欲摆在案头的，也平常得很。无实，也就无名，启功先生自己论定，起于"中学生，副教授"，止于"身与名，一齐臭"，我是"大学生，未教授"，且无名，那就想都想臭而不可得了。也没有什么悔恨的。岂止不悔恨，还想往对面再走几步，是关于自己的身价，已经由自己提前论定，如果有仁人君子，受吃糖瓜后的灶王老爷的传染，于本人驾临八宝山之前或之后，送来超出实况的浮名，我必谢而不受。此意，以前写《自祭文之类》（收入《负暄续话》）一篇小文，在结尾部分曾经谈及，因为说得较细致，较恳切，拉来助威：

> 还有其三，量可能最大，是仙逝突如其来，想拿笔已经来不及。来不及，悼词之类就只好任凭有成竹在胸的人写。其结果，本来自己是想说"多不是"（汉高祖语）的，悼词中却变为全身优点；本来自己是想说一生懒散的，悼词中却变为一贯积极。好听是好听了，遗憾的是，人生只此一次，最终不能以真面目对人，总当是无法弥补的缺陷吧？为了避免这样的憾事，还有个或应算作下策的补救之道，是弥留之际，写或说遗嘱（如果有此一举），于分香卖履诸事之后，再加一条，是：走时仓卒，来不及自己论定，但一生得失，尚有自知之明，敢请有成人之美的善意的诸君不必费神代笔；如固辞不得，仍越俎代庖，依时风而好话多说，本人决不承认云云。

现在是自己提前论定了，就不再有"来不及自己论定"之事，可以放心了吧？也不尽然，因为世风之力过大，"草上之风"不偃是难能的。如何补救呢？只能恳求看过此篇的读者多信我说的，少听别人的溢美之辞而已。

编后记

用"满目青山夕照明"来形容张中行先生笔下的散文世界,应该是很贴切的。因为这位上个世纪八十年代才为广大读者熟悉的散文名家,迄今发表的全部"杂体散文"都是他年届古稀以后完成的,其"大器晚成"也为当代中国文坛所罕见。就像一位跋涉、登攀了大半辈子的旅行者,在"跃上葱茏四百旋"的庐山之巅看世界、说大千,由于"起点高、来路长",不但视野开阔,包罗万象,而且"胸中有丘壑",所见所感和所思所议,自然与众不同——我想,张中行散文之所以赢得读者喜爱并为知识界所推重,它独特的魅力和久远的影响,其源也盖出于此吧。

正因为这样,要在短时间内,从张中老数百万言体例多样、出入中外古今、涉猎极广的散文、随笔和书评作品中,"精选"出一个既能总揽全貌又能彰显其特色的"大众读本"来,并非易事。说来有"缘"的是,笔者一九五六年上高中,适逢教育部统编语文教材"革新"之年,文学和汉语首次"分家",我们所读的《汉语》课本便是由时任人民教育出版社编辑的张中行先生参加编写的——从这个意义上来说，我今天面对的正是昔日的师尊。身入他后半生所营造的这座"文学宝山"，眼花缭乱的后学能不能交出一份差强人意的"答卷"？我想有必要在这里向大家交代一下"登山"的"路径"。

入选本书的七八十篇文章，按类别分为五辑。**第一辑"红楼旧事"**，收入张中老的成名作"负暄"三种中谈母校北大、老北京掌故的部分文章，情思所系可以用"家园"二字来概括。如此安排，为凸现其笔下对"五四"人文精神的传承、浓郁的"京味"以及当年老北京的神韵，令人一睹红楼与旧京的昔日风采。**第二辑"故人梦影"**，也多出"负暄"三种（亦曾被作者编入《月旦集》），这是为许多读者喜爱的张氏"人物系列"。由于作者不一般的阅历、识见和文笔，世间的名流雅士和寻常百姓经他娓娓道来，皆活灵活现，各具风采，月旦臧否也在其中。**第三辑"不合时宜"**，收入作者的议论文与杂感，多出自他的《横议集》，按张中老本人的解释，"'横'是放肆"（见《横议集·自序》），针砭时弊，触及社会和文化生活的方方面面，读者可见其思想锋芒的锐利和理性思考的深度，更可见其真男子的血性和永不冷却的赤子之心。**第四辑"案头清供"**，是这位毕生与书相依相伴的"资深书痴"的读书心得和说文谈艺，多真知灼见又兴味盎然。**第五辑"碎影流年"**，全部选自自传体文集《流年碎影》，是作者笔下最贴近"自己"的文字，也是他声言将散文、随笔"当诗和史写"（见《负暄琐话·小引》）最真实的见证。张中老半生多舛，拨乱反正，"负暄"成名后，关于他系小说《青春之歌》中某人物原型的说法流传甚广，望期之年的他在《婚事》、《先我而去》诸篇中坦然说前尘、忆往事，令晚生如我者亦感到怆然和钦佩，想必许多关心和敬重他的读者也是非常想了解这些作者本人的"行状"的。

需要说明的是，本想请中行先生为本书写一自序文字，考虑到他年事已高，只好作罢。征得中行先生和季羡林先生首肯，用季先生的《我眼中的张中行》作为代序，也别有意味。

通向中行先生笔下散文世界的"路径"，当然远不止以上所举，它的内容也不是我们这个选本所能囊括的。如果以上的介绍，能起到一声"芝麻开门"的作用，让捧书在手的读者诸君满有兴趣地去登堂入室，由此及彼，由浅入深、由少到多地去感应、发现、搜索和追寻，以求尽识"庐山真面目"，那正是编选者的最大希望。果如此，也就能向为出版本书付出诸多辛劳的江苏文艺出版社的同仁们以及尊敬的张中老"交差"，说声"谢谢"了。

冯亦同
谨识于二〇〇四年春三月的向阳窗下

图书在版编目(CIP)数据

负暄絮语 / 张中行著. —南京：江苏凤凰文艺出版社，2016

（大家散文文存：精编版）

ISBN 978-7-5399-9116-0

Ⅰ.①负… Ⅱ.①张… Ⅲ.①散文集-中国-当代 Ⅳ.①I267

中国版本图书馆CIP数据核字(2016)第061777号

书　　　名	负暄絮语
著　　　者	张中行
责 任 编 辑	邹晓燕　黄孝阳
出 版 发 行	凤凰出版传媒股份有限公司
	江苏凤凰文艺出版社
出版社地址	南京市中央路165号，邮编：210009
出版社网址	http://www.jswenyi.com
经　　　销	凤凰出版传媒股份有限公司
印　　　刷	南京新华泰实业有限公司印刷厂
开　　　本	880×1230毫米　1/32
印　　　张	9
字　　　数	230千字
版　　　次	2016年6月第1版　2018年2月第3次印刷
标 准 书 号	ISBN 978-7-5399-9116-0
定　　　价	32.00元

（江苏凤凰文艺版图书凡印刷、装订错误可随时向承印厂调换）